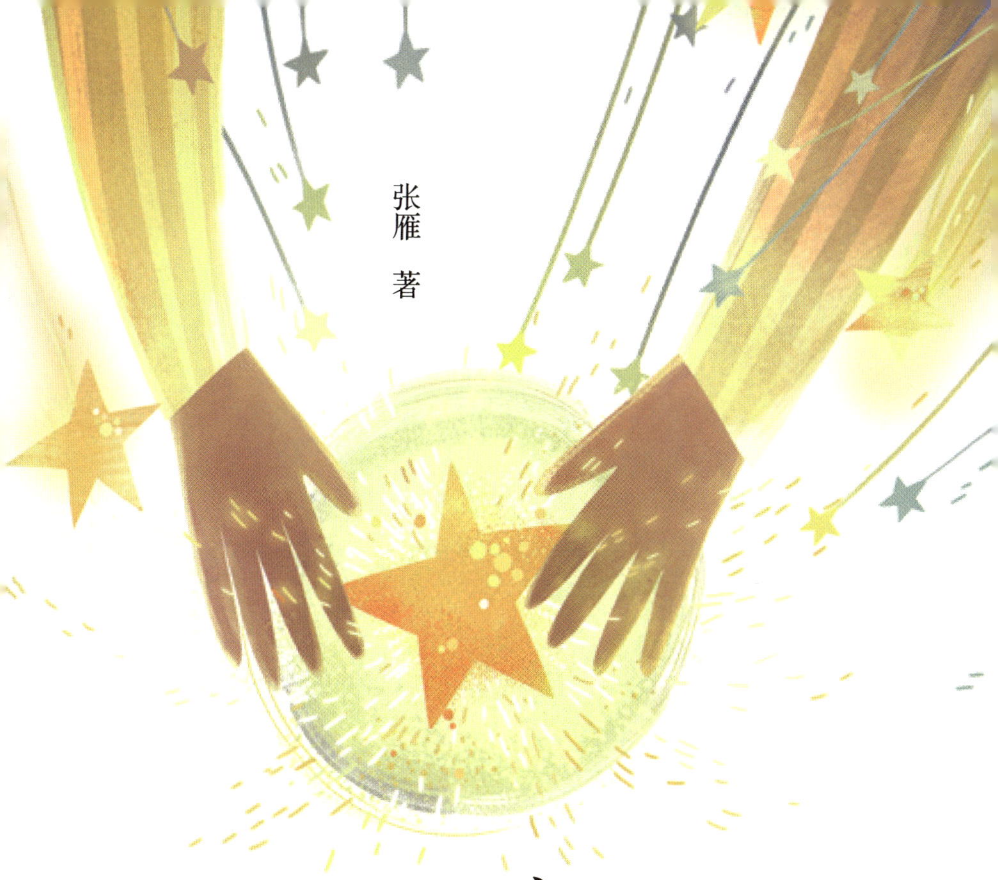

张雁 著

穿越孤独 拥抱你

華夏出版社
HUAXIA PUBLISHING HOUSE

图书在版编目（CIP）数据

穿越孤独拥抱你 / 张雁 著 . -- 北京：华夏出版社，2020.1（2022.2重印）
ISBN 978－7－5080－9762－6

Ⅰ.①穿… Ⅱ.①张… Ⅲ.①纪实文学－中国－当代 Ⅳ.① I25

中国版本图书馆CIP数据核字（2019）第091478号

ⓒ 华夏出版社有限公司　未经许可，不得以任何方式使用本书全部及任何部分内容，违者必究。

穿越孤独拥抱你

著　　者	张　雁
责任编辑	刘　娲
出版发行	华夏出版社有限公司
经　　销	新华书店
印　　装	三河市万龙印装有限公司
版　　次	2020年1月北京第1版 2022年2月北京第2次印刷
开　　本	880×1230　1/32 开
印　　张	11.5
字　　数	253 千字
定　　价	49.00 元

华夏出版社有限公司　地址：北京市东直门外香河园北里4号　邮编：100028
　　　　　　　　　　　网址：www.hxph.com.cn　电话：（010）64663331（转）
若发现本版图书有印装质量问题，请与我社营销中心联系调换。

自序

三个故事和三个关键词

双双是个70后，大学毕业以后一直在企业里做销售工作。

2003年儿子出生后，她就辞职做了全职妈妈，一心照料孩子。她为孩子买绘本、卡片，为孩子读故事，陪孩子看书，带孩子到处游玩……

孩子聪明伶俐，活泼可爱，可以背下整本的故事，还会讲很多歌谣和笑话。但是，他不认识字，怎么教也教不会。她试了种种方法，都不行。

不但她教不会，幼儿园的老师也教不会。老师说从来没有遇见过这样的孩子，看着这么聪明却什么都学不会。

六年过去，孩子将要上小学，但他还是不认识字，也不会写字。

双双耐心地教了又教。有时候，好像他已经学会了，但一转眼又不认识了。

这怎么能上学呢？双双绝望了。

没有人相信这么聪明的孩子不认识字，亲友们都认为是妈妈没教或不会教。

深受挫败的双双想回去上班，但是，她发现自己找不到工作。在与社会脱节六年之后，她几乎听不懂职场上的人们在说什么。她越找越灰心，标准也越降越低，"只要有工作可做，不要钱我也去，但是，连麦当劳都不要我"。

孩子、家庭、工作、生活，所有的一切，都让她倍感失望。她觉得自己已走投无路。

她哭了又哭，一时想不开要自杀，又担心自己死了孩子受后妈虐待，于是神经兮兮地拉着孩子非要教给他"生活技能"，免得以后受罪。"完全魔怔了。"她事后这样评价当时的自己。

在孤独、痛苦和无所事事当中，有一位朋友向她推荐了一本书，说："你看，难的不只是你，他们的日子比你更难。"

那本书的名字叫《蜗牛不放弃》——朋友说是写孤独症孩子和他们的家庭的。

"那一天，我在蓝色港湾[1]的喷泉旁边看那本书，看了好几个小时。我一边看一边哭，不知道是为了别人，还是为了自己。"

哭过之后，不知为什么，她心里不再如原来那般郁闷和绝望了，甚至，她想要为这些孩子做点什么。

---

1 北京市知名的大型商业街区。

她打听到北京市星星雨教育研究所的地址和联系方式，发现这地方居然离自己的家不远。

她打电话过去，提出想做志愿者。对方表示，现在他们需要的是在周五下午替家长照看孤独症孩子的志愿者。

"看孩子？"她倒吸一口冷气：她就是为了不想面对孩子才出来找工作的，难道找到的工作就是去照看别人家的孩子？

挂断电话，她越想越不甘心，给星星雨的负责人孙忠凯写了一封信，详述自己的情况，提出：只要不照看孩子，让她做什么都行。

孙忠凯很快回复，约她来发展部面试。

两周以后，她以志愿者的身份留在发展部工作。两年以后，双双成为星星雨的正式员工。

在星星雨，她见到很多有孤独症的孩子。他们都和自己的孩子一样漂亮可爱，但是却各有各的障碍和问题。她和他们的父母聊天，交流带孩子的苦乐。她旁听各方教育专家和特教老师的讲座，从中发现教育孩子的方法。

儿子还是那个儿子，在学校里功课跟不上，成绩落后。同样的字词别人写三五遍就记住了，他写二十遍、三十遍还是记不住。但是，她看孩子的眼光变了。她看到他的障碍，也看到他的长处，看到他的努力。

最重要的是，她完全接纳了：他就是这样的一个孩子；他有读写方面的障碍，但是他开朗合群，动手能力强，喜爱运动。她不再抱怨他为什么不能这样、不能那样，而是为他顶住各种责难和压力，寻找各种资源、途径，帮助他用他擅长的方式去学习，让他按自己的特点成长。

我的第一个故事是关于改变的：只有你改变了，你的生活才会改变，你的孩子也才会更好地成长。

⭐

深更半夜，我在微信群里和一个母亲吵起来了。

这位母亲有一个将近成年的"低、典、重"（低智力、典型、重度）孤独症儿子，没有语言，经常乱发脾气，大喊大叫，有时会没轻没重地推搡小妹妹，甚至大小便都不能完全自理，时常弄得身上臭烘烘的。

因为自己也有一个和她儿子年龄相仿的儿子，每回她抱怨她的孩子，我都对那些激烈言辞背后的伤痛苦闷感同身受，也会和她聊几句。

但是有一天，当她反复地说"闭娃（孤独症孩子）就是废物、累赘，没一点价值。生闭娃就是报应，哪天受不了就弄死他"的时候，我终于忍不住说："怎么会没有价值呢？他是你的孩子呀！每一个生命都是有价值的。"

"那你说他有什么价值？"她不服气地反问。

"我的孩子，他也是一个程度比较严重的孩子，也有大便不能自理的问题，但是，他有很可爱的时候。他是我们家的一分子。在我孤独的时候他陪伴在我身边。他竭尽所能帮助我们每个人。他爱爸爸、爱妈妈、爱弟弟。对于我们来说，这就是他的价值。"我说。

"我又没说你的孩子没价值，我说我自己的孩子还不行吗？我已经够惨了！求求你别批评我了！"

隔着屏幕，我无法让她明白：我真的不是在批评她，我只是在提醒自己，一千次、一万次地提醒自己。

对于"价值"，社会上流行的判断标准是这样的：孩子聪明伶俐、出人头地，有价值；愚笨落后、默默无闻，没价值。男人有名利地位，有价值；无功无名，不能让女人扬眉吐气，没价值。女人美丽能干、相夫教子，有价值；带不好孩子，伺候不好丈夫，没价值……

身为孤独症孩子父母的我们是这个价值体系里的失败者，因为不管我们怎么努力，也没法把孤独症孩子变成"不是孤独症"的孩子，没法把我们自己从"失败的父母"变成别人眼中"成功的父母"。

如果按这个歧视链演绎下去，最受歧视和伤害的就是孩子和我们自己。

在这个价值体系里，生命、爱、同情、善良和真实都是没有价值的。人与人之间只有功利的关系，没有生命的联结。"有价值"的人可以堂而皇之地歧视"没价值"的人，甚至有权力对他们为所欲为。而"没有价值"的人则丧失一切权利，只能去歧视和伤害更加"没有价值"的人。所以，我们会看到丈夫虐待妻子，母亲家暴孩子，幼儿园教师用针扎小孩，精神病医院里的临时工虐待病人，"无能"的父亲扼杀有孤独症的幼子……

在这种价值体系里，人人孤独沉沦，又拼命挣扎，用各种冠冕堂皇的理由互相伤害。

只有摧毁这种野蛮愚昧的价值体系，我们才能真正去爱我们的孩子，才能建设一个有爱的家庭和文明的社会。

幸好，我们还能够听到截然不同的声音。

我目睹了孤独症患者充满活力和执着进取的精神。……孤独症患者自然具备广泛的能力并对各种不同的领域抱有兴趣，他们都可以发挥自身所长，使当今世界成为一个更美好的地方。

——前联合国秘书长　潘基文

我要向孤独症患者表达谢意，还有同情与关怀的情意。通过加强对孤独症问题的研究和服务，我们会更好地认识生命，维护人的尊严，创造符合人的生命多样性的生存环境。要消除歧视和偏见，保障和实现孤独症患者的平等权利。

——中国残疾人联合会主席　张海迪

对于整天焦头烂额、处于水深火热之中的孤独症家长来说，或许会觉得这是一种站着说话不腰疼的矫情。不是的，只有你认识到孩子的价值，而不是把他视为一个残次品和累赘，你才能放下心中的内疚和怨毒，冷静看待孩子和你自己，看待孩子对于家庭和社会的意义；你才能在看到痛苦烦难的同时也看到爱的联结和创造的可能。

超越你自己的孤独，才能拥抱你的孩子，和他一起创造幸福的生活。否则，我们所有的苦都白受了。

这个故事的关键词是"价值"。在本书当中，孩子们用真实的成长证明了自我的价值。

十年前，在《蜗牛不放弃》的故事里，石头还在上中学；康康还在机构里做训练；秋实正在准备艺考；张戈刚刚找到一份新工作；小玄在餐桌上调皮捣蛋；而我的长子乐渔还在为上普小而努力……

在这本书里，石头在香港浸会大学攻读会计学博士；康康在职高学习；张戈已经在社区图书馆工作了十年；小玄考上了大学；乐渔在特殊学校接受九年义务教育后，在阳光家园里学习工作技能，他还当了哥哥……

还有更多孩子和家庭的成长故事。

十年磨砺，十年成长。他们是生活中的勇士，是我们亲爱的宝贝，是我们生命中不可缺失的一部分。因为他们，我们进修了一节又一节艰难的生命课程，成长为更好的自己。回首往事，我们觉得，一切的努力，一切的付出，都是值得的。

我想和大家分享的，不是"父爱如山"，不是"为母则刚"，不是"英雄的母亲和伟大的爹"，不是"我们有多值得钦佩或同情"，而是一段和特殊孩子共同成长的生命旅程。

和所有的父母一样，在养育孩子的过程当中，我们走过许多弯路，犯过许多错误。很多时候，我们太重视他学会了什么知识或技能，而忽略了他的情绪、行为问题。有的时候，我们高估或低估了他的能力，要么强求他做那些做不到的事；要么过度保护，不让他去尝试，阻碍了他的成长。有的时候，我们太想让他变得"和别人一样"，而没有站在他的立场上理解他的困难，和他一起去面对外界的敌意和压力。我们觉得为人父母天然应该控制一切、负责一切，一旦控制不了、负责不了就惊慌失措，仿佛世界末日来临。

但是，万物自有其时，每一个生命都自有其内在的、向上的成长动力。孩子们用成长原宥我们的过失，矫正我们的观念，引导我们从控制者和主导者变为生命的支持者。

这是一个了不起的转变。在解放孩子的同时，我们也解放了自己，不再把自己看作孩子的唯一责任者，不再把孩子的成败进退看作自己成功和幸福的唯一标尺。

不管怎么样，孩子都会长大。最后决定他在哪里、生活得好不好的不是智商，不是成绩，甚至不是单纯的个人能力，而是他能否与别人和谐共处，能否爱与被爱。我们在尽力带好孩子的同时，还要尽力为他创造一个有爱的社会环境。

所以，第三个关键词是"爱"。父母守护孩子，孩子照料父母，是基于爱；家人互相护持，社会扶危济困，个体回报社会，也是基于爱。

有人说孤独症的孩子情感缺失，不懂得爱人。这完全是错误的认识。这些孩子和其他孩子一样有丰富的情感。由于天然的社交缺陷，他们可能拙于表达，但也因此显出他们的纯真和直截了当。他们就像生活在永无岛的彼得·潘，来自外星球的小王子，用没有偏见的眼睛看到这个世界的真相。

正是在养育孩子的过程中，我们学会了如何单纯地相信，单纯地爱；学会了打破原子化的孤独存在，与他人建立生命的联结，建成守望相助的社会。

"爱如一炬之火，万火引之，其火如故。"这是吴宓先生转引的佛经上的箴言。

因为养育了特殊的孩子，我们特别企盼这个世界有更多的温柔、更多的良善、更多的爱。

所以，我们把它传递到你的手上。

谢谢。

附注1

孤独症(autism)，又称自闭症，全称为孤独症谱系障碍(ASD)，是广泛性发育障碍(PDD)的代表性疾病。

孤独症、自闭症都是autism的中文译名。"孤独症"的译法最早出现在1956年翻译出版的《精神病学》(纪晓明等译)中，指明了其核心障碍社会性孤独的含义，一般为医生和专业人士常用，也是政府官方文件用语。"自闭症"的译法由日文对"autism"的翻译而来，通行于中国港台地区及东南亚地区，21世纪以后由于媒体较多使用而逐渐在内地流行。

阿斯伯格综合征是孤独症谱系障碍中的一种。它的命名是为了纪念在第二次世界大战期间诊断并帮助孤独症人士的奥地利医生汉斯·阿斯伯格(Hans Asperger)。阿斯伯格综合征患者通常没有语言和智力上的障碍，但存在社会性缺失。

本书除特殊情况外，在行文当中统一使用"孤独症"这一名称。

附注2

关于孤独症的发病率，我国没有全国性的官方统计数据。美国疾病控制与预防中心（CDC）多年来公布的数据显示，美国的孤独症发病率一直持续上升。2018年4月，该中心发布的调查数据显示，美国孤独症患病率达到1/59，其中男孩是女孩的4倍。

2004年,北京市残疾人联合会进行的抽样调查显示,孤独症的发病率为1.53%。

世界卫生组织(WHO)统计中国大陆有孤独症患儿60万~180万。国内学者认为我国孤独症患者在150万~780万人之间。

附注3

本书中绝大部分稿件为本人独立采访和写作,部分内容曾先后发表于各类报刊和微信公众号上,不再一一注明。引用、参考他人资料编写的文章已注明作者、文章名称和来源。"故人安在"部分介绍的是在《蜗牛不放弃》中出现但在本书中未再进行采访的人物。如有疏漏,敬请指出。

目　录

第一部分
孩子，你是造物的恩宠

第一章　他的生命或许简单，但并不空虚
　　　　某时，某地，在人群中 / 3
　　　　故人安在 1 / 6
　　　　乐渔这些年：给于丹老师的信 / 7
　　　　"并没有奇迹这回事" / 11
　　　　殊途同归的朋友们 / 14
　　　　不会走失的杨弢 / 16
第二章　走过幽暗之谷
　　　　再见康康 / 18
　　　　罗意的回归 / 21
　　　　面对校园欺凌，他们的回答是成长 / 24
　　　　石头：与孤独症从抗争到共处 / 28
　　　　妈妈给小玄的信 / 38
第三章　长大成人
　　　　聪明的孩子和"高级的烦恼" / 41
　　　　小画家们 / 43

从"钢琴王子"到"秋实哥哥" / 46
石头 & 张海迪：你激励了我 / 50
爱与性："传说"与现实 / 58

第二部分
家：最温柔就是最勇敢

第一章　危机中抵制绝望
　　另类星爸蔡春猪 / 70
　　许爸爸：曾经三次想要放弃儿子 / 74
　　秋爸爸一家的艰难时刻 / 83
　　南雁：陕北有棵"爱心树" / 89

第二章　生如嘉树，爱如春华
　　故人安在 2 / 95
　　做生活的主人：给年轻妈妈的信 / 96
　　石爸爸、方妈妈秀恩爱 / 103
　　相思始觉海非深：许伟星与陈葵的故事 / 108

第三章　兄弟姐妹一起长大
　　相隔九年的两封信 / 115
　　兄弟行 / 121
　　张戈一家：两个重心，二十年成长 / 131
　　"她是我的姐姐" / 137
　　更多的付出，更多的爱 / 142
　　一起面对未知 / 144

第三部分
穿越孤独拥抱你

第一章　用生命影响生命
　　你是我的朋友 / 149
　　在生命的关键节点上 / 150
　　用生命影响生命 / 153
　　为你点亮每一座城市 / 155
　　"少年侠客"小秋实 / 158
　　　　如果想要帮助孤独症群体，普通人可以做什么 / 163
　　"昆虫"陆诚和他的世界 / 164
第二章　与"天真者"同行
　　海伦和中国孤独症群体同行 24 年 / 172
　　白崎爷爷的来信 / 179
　　薛晓路：你的善念里有天堂 / 181
　　窦干爹："我也是一个天真者" / 189
　　　　故人安在 3 / 195
附录：关于孤独症，普通人想知道什么

第四部分
我们一起创造了多少美好

第一章　发声改变世界
　　讲述我们自己的故事 / 201
　　帮助有需要的人 / 208
　　论战，为了揭示真相 / 213
　　　　"冰箱妈妈"假说是如何破灭的 / 216
　　秋爸"拦轿"记 / 220
　　十年播种，今日花开 / 223
　　　　"议员先生，请看看我们的孩子！" / 230
第二章　从一无所有到蔚然成林
　　因爱结盟 / 233
　　温洪：我的一生好像都在为这件事做准备 / 236
　　"家长组织是血脉，要渗透到生活的方方面面" / 242
　　融爱于行：把更多的人引为同伴 / 249
　　一代人，又一代人 / 259
　　　　故人安在 4 / 263

第五部分

爱、恐惧与坚持

第一章　从寻求治愈到支持生命
　　每一个生命都可以自我成全 / 267
　　佑佑的故事：让我听到你的心声 / 272
　　天天和他的"魔法学校" / 280
　　继续融合还是在家上学 / 285
　　支持性就业：一千场春雨和一千个春天 / 289
　　成年养护，路在何方 / 300
第二章　我们的生命课
　　假如有一只猴子得了孤独症 / 311
　　孤独症教给我们的…… / 316
　　田惠平的生命课 / 321
　　肖扬：我们的爱、恐惧与坚持 / 327

尾声

我追寻答案，却总是抵达未知

后记 / 345

第一部分 孩子,你是造物的恩宠

> 不变的你
> 伫立在茫茫的尘世中
> ——罗大佑

＊小杰绘画作品

第一章　他的生命或许简单，但并不空虚

某时，某地，在人群中

2016年3月，某个工作日的早晨。

如果有一颗卫星，从空中俯瞰这个生气勃勃的世界，我们可以看到——

在大大小小的城市里，上班和上学的人们从家里、宿舍中涌出，男人和女人，成人和孩子，背着、拎着大大小小的包，穿着样式不一的服装，奔向他们的工作单位和学校。蚂蚁一样的人们汇成巨大的人流，像是城市的血液一样涌动着，充满了街道、地铁、公共汽车……

在人群里，走着几个不起眼的年轻人。他们就是故事的主人公。十一年前，故事开始的时候，他们是学生，是孩子，现在，他们长大了。

香港，香港浸会大学宿舍

石头今年26岁，是一位高功能孤独症人士。大学本科时他已经离开家独立生活，读硕士这几年更是独自一人生活在香港。他已经习惯了这种充满学术气息的校园生活。

北京，城北某小区

18岁的康康早起要去安华职业学校上学。妈妈每天负责接送。有时妈妈不能送，康康会很高兴地说："妈妈不要送，康康自己去上学，康康能行！康康可以的！"

在同一时间，欢欢也坐地铁去上学。他是北京某大学的一年级新生。

在千万人口的大城市里，在涌动的地铁人流中，他们只是毫不起眼的两个年轻人。他们的路线在地下交叉又分开，奔向各自的目标。

南京，锁金小区

32岁的张戈起得很早。十年前，她从特殊教育学校毕业，开始在社区图书馆做馆员助理。十年来，她的作息几乎是一成不变的：早起打扫房间，吃早饭，去小区的社区服务中心上班；中午回来吃中饭，下午再去上班；5点左右下班回家吃饭，散步，织围巾，画画，休息。

在熟悉的环境里，她生活得和那些与父母同住的年轻人大同小异。

成都，某居民小区

每天早上6点钟，吴秋实就起床了。29岁的他是一家人中起得最早的。

秋实很忙，周一到周日每天的日程都排得满满的。周一，他在当地一家孤独症训练机构里当教师助理，给孩子们弹琴，教他们唱歌。周二到周四，他搭地铁到离城区十几公里远的华阳，在一间华德福幼儿园里教音乐，带孩子们进行户外活动。去年幼儿园孩子多，他还一个人晚上住在园中值守，每天给幼儿园开门、烧开水、锁门。周五他在另外一家孤独症训练机构做教师助理。周日他在教会服务。周一和周三下午，他分别在两个合唱团做伴奏。

另外，他还负责在妈妈单位管理退休工人的活动室。

绍兴，某小区

早上7点，19岁的乐渔和10岁的弟弟先后起床。除非晚上失眠，通常乐渔会在7点前后起床，洗漱完毕直接坐到桌边。

乐渔吃得很快，总是在十分钟左右就结束"战斗"。他最喜欢吃油条，其次是方便面和葱花饼，完全不吃绿色蔬菜。

吃完饭他就穿上鞋子准备去阳光家园[1]。有十几个成年残障人士在那里和他一起接受培训，其中大部分和他一样，曾经是本地培智学校的学生。妈妈为他准备了一个写着"残障人士请多关照"的挂牌，但他很少用。

通常，他和妈妈、弟弟一起出门。他独自一人走到小巷口，在路边等着妈妈先把弟弟送到学校门口，再返回来送他。学校很近，走路也不过20分钟的路程。妈妈送他到小区门口，提醒他注意看红绿灯，看着他独自过马路，走进小区。

放学时，他独自走回来。

北京

十多年来，杨弢一直是慧灵机构托养的学员，每逢周末和节假日

---

[1] 阳光家园是由残联创办的附设在社区中的针对各类残障人士的职业培训机构。

回家,其他时间在机构里度过。他的作息更像离开父母独立生活的年轻人。他每天和伙伴们一同起床、洗漱,到工作场所,在老师的指导和陪伴下学习、娱乐,晚上再回宿舍休息。去年,他离开慧灵,和妈妈田惠萍一起周游世界,享受独特的"二人世界"。

虽然他们都是孤独症谱系人士,但十年的时间,他们走过了不同的路,成为如此不同的人。他们带着各自的特点,平静地生活在普通人的中间。

 故人安在1

悦悦:低智力、典型、重度孤独症(简称"低典重")女孩,无语言。悦悦已经长成一个大姑娘,和母亲红一直生活在一起。她的亲人很爱护她,有亲戚朋友来家中帮助照料她。她的身体比以前好一些,长得又高又胖。放暑假的时候,她会和妈妈一起外出旅行。

兔仔:一个努力发音和学习"擦屁股"的可爱男孩。可惜的是,身为台商家属的兔仔妈妈在2008年前后和我失去了联系,退出了内地家长的交际圈。兔仔,如今已经是个大小伙子了吧?相信有妈妈的智慧和爱,兔仔一定会发展得很好。

圆圆:曾经在北京朝阳区某普通小学上学的高功能孤独症孩子。失联。

乐渔这些年：给于丹老师[1]的信

亲爱的于丹老师：

很高兴认识您，感谢您愿意了解乐渔的详细情况并提供专业的帮助。

我把乐渔的情况尽可能详细和准确地梳理一下，希望能提供一些参考。

乐渔今年18周岁了。他于2001年在北京大学第六医院被贾美香教授诊断为孤独症倾向。

从3岁到9岁，他的智力水平经过三次测试，一直在55~69之间。此后未进行测试。

自2000年到2006年，他先后在北京宣武区培智学校、北京星星雨教育研究所等康复机构接受干预，主要的方法为感觉统合、行为训练等；同时他还断断续续在普通幼儿园和学前班接受与普通儿童一样的学前教育。除了家长的短暂陪读以外没有其他的辅助。

2007年至2013年，他随我们全家迁至绍兴，入读育才学

---

1 于丹，瑞典籍华人教师，长年工作在瑞典的特殊教育学校，有丰富的一线教学经验，擅长结构化教学。近几年经常通过网络对国内家长进行专业指导。

校，接受特殊教育。

2011年到2013年，乐渔跟随一位美术教师学习绘画，曾有部分画作参加北京市孤独症儿童康复协会主办的"爱在蓝天下"画展，后因教师离职中止。

2013年后，他从育才学校毕业，到区残联下属的阳光家园职业教育中心接受职业培训至今。

我简单描述一下他现在的状态和问题。

他周一至周五白天都在职业教育中心受训，周末和我们在家。每天傍晚，如果我做饭就让他在厨房帮忙。他很喜欢洗、切土豆和煮面条。

吃完饭我们会出去散步，他有时想去，有时不想。我们会玩一些简单的纸牌游戏，他也还愿意参加，但对输赢没有多大兴趣。他最喜欢做的事除了吃东西以外，是在床上读超市新发的各种促销广告。

职业中心的培训，坦白地说，对他的效果有限。

他目前可以独立步行上学和回家，可以拿字条去熟悉的超市或小摊买单一物品，可以说出简单的名词和动词，但只能模仿说句子。他认识大约一千个常用字，能够简单地按要求读和写，但只能理解具象的名词和动词。在辅助下，他可以回答选择性问题。

他的优点是平稳安静，安全感强，愿意接受别人的指令,喜欢家人,喜欢旅行,能够忍耐一般的环境改变和吵闹,没有情绪问题。

他和弟弟相处得很好,愿意和弟弟一起待着——以前他们一起读书识字和游戏。现在随着弟弟长大,有点玩不到一起,但没人的时候两人还会凑到一起,玩简单的棋牌游戏。他高大而笨拙,没有能力和弟弟进行身体上的对抗。

他的身体问题主要表现在:口腔敏感,不善于咀嚼,影响到发音;经常胀气和便秘;偏食,爱好淀粉类食品和油炸食品。

离开特殊教育学校前后,他的行为有一定退缩,表现为:不爱写作业,不爱运动,喜欢一个人坐在床上自得其乐,不再主动尝试画画;有自我刺激行为,但被制止后能够自控,表现出不好意思的样子。

自从他不再画画,无所事事的时间比较多。我尝试过让他玩电脑游戏。他在2007-2010年那几年曾经很喜欢玩一些简单的游戏,但现在只要没人陪他玩他就不想玩了。

最近两年,我尝试用写字、图片等方式与他沟通,还是有效果的。比如,写几个选项,让他去划钩;去快餐店点餐,让他看看图片选择;春节给他讲有关的社交故事,让他理解"红包""年夜饭"是什么,他都有很积极的回应。

目前我的难处在于:在时间上没有结构化,也就是不能保证每天都有一定的时间给他；因为没有专业学习过扩大替代性沟通的办法，所以在使用上显得零散和随意；青春期性教育这方面，我没有想到什么好的办法教他处理自己的欲望。

在生活中学，在生活中教，说得容易，但如果执行得不好，就变成按下葫芦起来瓢，只能是见招拆招，穷于应付。

您提到的"建一个字典"，我的理解是建立一个他常用的词汇、场景、短句的库，最好可随时查询、随身携带，以便在他需要表达时能够用得上。现在我想的是两个办法：一是我现在用的随身小记事本，有什么需要随时写、随时画出来。二是在电脑里给他建一个文件夹，里面一条一条的都是场景和句子，对应着他的要求。如果这个行得通，我可以给他买个手机或是平板电脑，让他可以写出自己的需求，或是编辑自己的句子、图片、故事。

不知道这样可不可以，请指教。

谢谢。

张雁

"并没有奇迹这回事"

身为母亲，看到原来胖乎乎、肉滚滚的小男孩忽然有一天像小树一样抽条，长成一个自己需仰视才见的半大小子，原来光滑的苹果脸现在长满青春痘，都会心生感慨吧。

但是，乐渔的一些变化让我的心里流溢着难以言说的忧伤。

他有很多白头发。这或许是家族遗传，但我们家没有一个人小小年纪就变得头发花白的。走在街上，满头白发让本来挺帅的小伙子平添了一分苍白的病态。

男孩长青春痘是正常的，但他脸上的青春痘，一方面是他挑食导致的营养不均衡所致，一方面是他不好好清洁皮肤所致。每次不得不抓住他洗脸，令人心生烦恼。

他的眼神不再有孩子式的清澈，而是流露出智力迟钝者特有的呆滞和迷茫。他安静地待在人群里，不会有什么麻烦，但只要有人试图与他接触、沟通，马上就会发现他的异常。带他坐公交，基本不用出示残疾证，只要说一声，乘务人员瞥一眼就放行了。

我终究是没有办法把他变成"普通人"。尽管我曾试过种种办法帮助他，但是奇迹并没有发生。

他没有智力上的飞跃，也没有天才的火花闪现。十年过去了，他从一个被诊断为中度孤独症的小男孩成长为一个智力缺损、能力不足的年轻人，需要我们的帮助才能做到生活的基本自理。

2013年,我带乐渔回星星雨访问。相隔11年后,我们再次坐在同一间教室里听田惠平老师上课,和当年刚刚进入星星雨实习、现在已经是负责人的孙忠凯老师聊天,把用乐渔的画制成的明信片送给老师。我们还参观了吴良生老师主持的成人托养班,意外遇到了以前的马姓同学和他的家长。

整整一天当中,乐渔始终安静、微笑,显得很开心。吴老师一家和我们一起吃了午饭。吴老师觉得乐渔的状态相当好,情绪平稳、性格乐观,对人友善、依赖。其他人也对我说过:他们见到的乐渔本人比我跟他们描述的要好得多。

好吧,你们见到的是一个在阳光下羞怯的、微笑的大男孩,而不是会在半夜里发出怪声,或是拿着脏内裤找妈妈的人高马大的儿子。

他一直在或快或慢地进步,有时也给我们带来种种惊喜。

他的心智水平决定了他需要过一种简单安静的生活,不追求成功和名利,不需要为什么去拼搏、算计、争斗。

他也不会有复杂、强烈的感情。他不会爱上什么人并为之痛苦,大概也不会有什么人爱上他。至于欲望,那是另一回事。

如果我不生弟弟,把更多的精力、资源集中到他的身上,他会比现在更好吗?

如果我们没有离开北京,让他获得更多的特殊教育资源和环境支持,他的身上会发生奇迹吗?

类似的问题同样困扰着几乎所有孩子的父母:假如我不逼他学这学那,假如我不过分强调说话或是看人,假如我没有不顾他的感受强迫他和小朋友"玩",假如我早知道他的身体会出状况……

有多少不甘，就有多少认命。有多少千方百计，就有多少无可奈何。有多少情非得已，就有多少悔不当初。在看了太多、经历了太多之后，我相信：在孤独症孩子身上，那种黄土成金、铁树开花的奇迹是没有的。

小时候，他能开口说话曾令我们欣喜若狂，但是"开口"只是无数个进步阶梯中细小的一环，甚至不是必不可少的一环。

他学会读和写也令我喜出望外，但是如果没有相匹配的理解力和生活能力，这种单纯的技能对他的生活并没有实际的帮助。

不少关于孤独症孩子的书中描写了某个孩子一旦克服了某种具体的、个别的障碍，他的才能如朝霞喷薄而出，但被这些天才奇迹所激励的人们不要忘记：这些孩子都是智力正常甚至超常的孩子，他们在不能与人正常交流的情况下已经积累了很多知识、经验，一旦交往的瓶颈被打破，能力自然得到大幅提升。对于多数智力和神经受损的孩子来说，这种奇迹不过是望梅止渴。

从另一个方面说，任何人基于自身能力和特点的改进，都是一种奇迹。

奇迹不是一个结果，而是一种状态。在孩子的成长当中，它不是一个终极的结论，而是一个较高的起点。

每个人都需要自己的"奇迹"，但一个人的奇迹无法与另外一个人的奇迹相比较。正如威利爸爸彭灼西[1]说的："康复训练没有奇迹，一辈

---

1 威利爸爸彭灼西，一名孤独症孩子的父亲，用15年的时间，将被判定为终身无法与人沟通、无法参与正常社会生活的孤独症儿子威利，培养成会弹钢琴、拉大提琴，可以参加青年交响乐团演奏，可以开车，会做饭、洗碗、洗衣服并单独参与社会工作的人。

子不懈的坚持就是最大的奇迹。"

此刻，他走在阳光里，心中没有苦恼，脸上没有阴影。参加喜欢的活动时，他可以开心地笑，当然还伴随着跳跃或是搓手，间或发出"哈"的一声大笑。

那一天，我送他到阳光家园后，看见他和一个年长的男性学员并肩坐着，偶尔对视，发出笑声。"那是建华。"老师告诉我，"建华很喜欢他。他们总是坐在一起，有时他们还说悄悄话呢。"

原来，我的儿子也可以和他人发展出亲密的感情，虽然是那么轻和浅，如同幼儿间的联结。

他的生命或许简单，但并不空虚。

殊途同归的朋友们

牛牛和小杰是乐渔的朋友，他们从五六岁时就认识了。我们几个家庭经常一起玩耍，还曾经一起去北戴河度假。

小时候，他们是乖顺的宝贝，虽然有这样那样的问题，但都能在游乐场、海滨浴场和大自然的怀抱里快乐玩耍。

牛牛是我们羡慕的对象，健壮，不挑食，说话清楚，学习能力较强，开朗乐观。小杰是个胆小的乖宝宝，基本没有语言，因为身体不好经常有点小情绪。乐渔的能力和性情则介于两者之间。

十几年来，这三个孩子成长的轨迹交错又重叠，却大同小异，殊途同归。

2003年，他们在同一家私立机构接受康复训练。

* 牛牛绘画作品

2005—2006 年,乐渔在一家打工子弟小学读了两个学期,我陪读了一个学期。2007 年,乐渔进入培智学校读书,直到 2013 年毕业,进入阳光家园。

2008 年前后,牛牛去了家附近的一所公立小学,由妈妈陪读;在 2011 年前后转入培智学校,目前毕业在即,准备找职业教育中心继续学习。

小杰也去了一所公立小学,妈妈找了小阿姨陪读;四年级以后转入培智学校。

机构—普通小学—培智学校—职培中心或庇护机构,他们三个的路,就是大多数孤独症孩子成长要走的路。

难过吗?绝望吗?

然而,这是事实。

在"普通孤独症孩子"这个区间里,智力水平并不能决定他们的处境。情绪平稳、身体健康、对环境适应能力强的孩子会生活得比较愉快;而有情绪和行为问题、身体有疾病的孩子则要困难得多。

从外部因素来看，生活富裕、特教资源丰富、助残工作扎实具体的地方，孩子们在成长过程中可选择的就业、托养方式多，走出家庭、融入社会的机会多，社会接纳程度高，他们的生活也就更加丰富多彩。

不会走失的杨弢

杨弢已经在慧灵居住、工作了十年以上，他和他的妈妈都习惯了这种生活：平日各自过各自的，周末相聚。有时他跟妈妈一起出去购物、开会、接受采访，甚至出门旅行。

因为杨弢有残疾人证，田慧平带着他坐飞机经常可以走快捷通道，享受贵宾待遇，她甚至为此有小小的得意。

田惠平觉得她的儿子特别爱她，而且他有一个宝贵的优点：从不随便跟陌生人走。

"90年代，我和弢有一次不小心被防盗门关在外面。我去物业打电话找人来开锁。那会儿还是传呼机呢，要等机主回呼。我跟物业的女值班员说我儿子还在门口，穿得很少，会冷，我去把他叫到这里来。好心的值班员让我等电话，她去叫他。过了一会儿，她回来说：杨弢不跟她走。这是我第一次知道弢不跟别人走。我们住处最近的公交站那边所有的黑车司机都认识弢。有时候，他们收车回家看见弢站在那儿等公交，就顺路把他捎回来了，但如果是一个不认识的司机冲他招手，他就不上车。"

在田惠平的记忆中，杨弢唯一的一次走失是在商场里被人赶走的。

"建国门那边有个赛特商场，我转车时会在那儿逛一会儿。弢不爱逛,就在一楼等着我。有一回,我上楼逛了一会儿,回来发现电梯口没人了!我上下找了没有,就问营业员有没有看见一个手拿着一瓶矿泉水的男孩。他俩对视了一下,说:'问保安吧,我们不知道。'

"我猜想:大概是他们看到弢一个人拿着一瓶矿泉水就叫了保安,保安把弢赶出了商场。

"我找到保安,保安说他们盘问了他,发现他不会说话。我说正是因为他不会说话你们才应该保障他的安全。你发现他不是普通孩子为什么不报警?

"我立刻打电话,找亲友帮忙。亲友都说你就在那儿守着他们,不许他们关门下班。开始他们还说没见到,我说不可能,我要调录像。我家儿子不会跟任何一个陌生人走,他有孤独症,他一定会站在这儿等我。

"我就站在那儿,同事也报了警。我手拿着电话,不知怎么突然一转头,好像觉得弢就站在停车场里。

"最后是星星雨一个老师的侄儿把他带了回来。原来保安赶他到大门外,他不知怎么走到停车场,就站在一辆和星星雨的班车一模一样的车旁边,等着妈妈。

"还有一次是 2014 年,慧灵的工作人员带他们去平时常去的地坛公园玩。公园管理员忽然要他们交残疾证,老师和管理人员正在交涉。就这么一瞬间,杨弢被机构里的另外一个孩子带走了。工作人员找了两个小时找不到就报警了。警察最后发现,杨弢大热天花了四个小时从地坛公园走回了慧灵学员们在东直门的住处。他怎么走回来的?满大街的车啊!我真为他骄傲!"

第二章　走过幽暗之谷

再见康康

"张雁阿姨，你从哪里来？你家住哪里？几楼几号？你家有几口人？叫什么名字？"

早听说康康现在比较刻板，果然上来就给我个下马威。妈妈在开车，他坐在副驾驶的位置上，每问一个问题就要转过头来看着我，握住我的手，字字清晰但是语调平板。

幸好我身经百战，应付得来，不过康康妈妈邹文则岔开了话题。

第一次见到康康是 12 年前。在青岛以琳的放学路上，他还只有 8 岁，是个行动如风、动不动就蹿上窗台的淘气小子。后来在北京也见过几次。少年康康外向活跃，对所有人都非常热情友善，是个阳光闪闪的小"话痨"。

上回在他们家做客，他和小狗团团一起欢迎我们全家，和乐渔在饭桌上抢土豆丝吃，踩着跳舞毯跟着视频跳热舞，乐得我家两个小朋友手舞足蹈。

几年过去，康康热情依旧，但是他的整个动作举止却比以前慢了几拍，像是老了似的，有点打蔫。

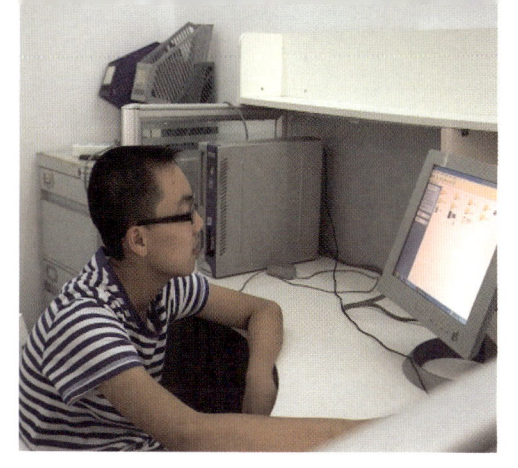

＊康康在康纳洲上电脑课

以前那个精力过剩、神采飞扬的小少年不见了。我有点心疼。

"你都心疼,可想而知我是什么心情。"康康妈妈说。

康康在普通学校从小学上到初中,一直是一个上进的好学生。虽然他功课跟不上,但交到不少好朋友,还获得过"海淀区自强不息好少年"的光荣称号。

2014年的一天,康康在去打球的路上突然晕倒。此后他一直需要服药。药物影响他的情绪和行为,令他变得脆弱、刻板,更令妈妈备受煎熬。

"就像是明明过着好好的日子,忽然间被打下地狱。"她这样描述康康发病给她的打击。

虽然医生和教师都否认这次发病跟家长的教育方式有关,但康康妈妈还是反思了自己过去的教养方式,后悔以前给康康的压力太大了。

"特别是小时候,要上学的时候和刚上学的时候,为了跟上、达到学校的要求,做个合格的学生,我们给孩子的压力太大了。各种负面情绪积累下来到青春期,就会有比较严重的爆发。"

康康在上学期间得到很多爱和鼓励,但是先天的局限使他在很多方面的表现仍然异于常人。康康太上进、太好强了,当他觉得自己不够好、达不到想要的目标时,就会产生严重的情绪问题,焦虑、自责、自我怀疑,怕妈妈生气,怕妈妈因此不爱他了。

*《等待爱的猫咪们》
（2017年Neuroscience Bulletin孤独症专刊封面）/康康绘

这样的纠结发作反反复复，折磨着自己也折磨着爱他的家人。

现在他经常爱念叨的一句话就是："妈妈爱我，爸爸也爱我。"

"他缺乏安全感，想要寻求一个肯定。"

康康妈妈现在做得最多的就是带康康玩。旅行、拍照、参观各种展览，让他在做自己喜欢的事当中放松下来，重新做回那个阳光少年。

当康康第三次给我"号脉"时，我轻轻捉住他的手："康康要上课了，先做学生，下课再来做医生。"

"好的。"他温顺地离开我走进教室，开始向新来的老师介绍每一个同学的名字。

10分钟以后，他和七八个同学在老师的指导下，随着音乐跳起热舞来。

在得到安全的承诺之后，康康又是那个温和阳光的大男孩了。

罗意的回归

罗意已经 18 岁了。三年前,他突然爆发的情绪和行为问题让父母措手不及。

罗意的程度相当严重,他几乎没有语言,刻板行为非常明显,很容易发脾气。在他被查出有孤独症以后,妈妈尚瑶投入全部精力和无限的爱帮助他。她去香港学习康复技术,请家教和助教到家里,设计出全套的结构化流程帮助罗意过正常化的生活。家里有专门为罗意做的时时更新的日程表。如果家里来客人,妈妈会要客人提前把照片发过来,打印出来给罗意看,告之客人的姓名、人数、来访的时间,让他做好准备。通过图片沟通的辅助,罗意可以和家人做事务性的沟通。

由于妈妈的悉心照顾,罗意的状态一直比较平稳。他一度进入附近的小学学习,和同龄的孩子一起上体育课,还交了一两个好朋友;他学会了游泳,可以在游泳池中自得其乐;在家里,妈妈发现他很喜欢用手抠东西,就教他剥豆子。

但是,在 2013 年前后,他的刻板行为突然变得非常严重:他坚持家里所有的东西必须一次用完,冰箱里不能有剩下的饭菜,厨房里不能有用过的调味品,洗手间不能有开封后未用完的洗手液和洗发水,一发现就马上扔掉、倒掉;他甚至会半夜里起来在厨房里游荡,把妈妈收起来的瓶瓶罐罐翻出来倒空。但是,做完这一切,他又会很纠结,烦躁地倒在地上,用手遮住眼睛。

＊罗意和他的镶嵌画

他经常莫名其妙地发脾气，摔东西，不再遵守日程表的安排，也不听从大人的指令，对包括妈妈在内的家人都经常显示出敌意。

15岁的罗意人高马大，发起脾气来成年人也压制不住。最严重的一次，他咬伤一直带他的叔叔，叔叔被迫到医院缝了十几针。

妈妈崩溃了，想把他送到专业托养机构，但又找不到合适的。爸爸虽然反对将罗意送走，但也对他的行为无计可施。

他们的朋友方静老师说服他们接受专业治疗师的帮助，并介绍当时恰好在国内讲课的新西兰籍行为分析师朱璟（朱朱）到罗家进行入户访问，指导他们进行行为管理。

朱老师在罗家待了一天，观察罗意的日常行为，帮助分析行为的产生原因。她认为，罗意的反常行为，有些是孤独症人士常见的强迫、刻板行为，而有些行为是青春期的孩子试图反抗成人控制、争夺"领导权"的心理因素所致，需要有针对性地进行干预。由于马上要离开中国，她建议他们引入本地的专业力量，组成干预小组。于是，在上海本地机构中服务的任老师加入罗意的行为干预小组，朱朱则主要提供远程的咨询建议。

三年过去，由于爸爸、妈妈和干预团队的不懈努力，罗意终于度过了最初的暴躁、刻板、退化阶段，慢慢变得平稳。因为他喜欢剥豆子，妈妈创办了手工糕点坊，专门制作以豆类为主要原料的点心。

现在的罗意成了"自食其力"的手工劳动者。他每天下午1点到3点在工作坊工作，加工核桃，剥豆子。一开始一天剥100克，后来可以剥500克；先是只剥毛豆，现在除了毛豆还会按不同的季节剥蚕豆和豌豆。

剥豆子对于罗意来说不是一项简单枯燥的工作。"在剥豆子的过程中，他对声音和触觉的刺激需求得到了一定满足。"妈妈解释。

除了剥豆子，罗意还会压饼成型、摆放点心入烤盘并送入烤箱、包装等。完成了这些工作，他就可以心满意足地享受生活，比如下馆子吃好吃的。

由于罗意妈妈的精心设计，手工糕点坊推出的"意匠"八珍糕和罗罗豆豆等精致糕点，在孤独症圈内甚至圈外成为大家喜欢的美食，也成为各种会议、活动的供应甜点，亲友之间的馈赠佳品。

对于长大的孩子来说，他们生活当中最值得关注的问题不是语言表达，不是学业能力，而是身心健康。

因为先天因素，孤独症孩子经常会有一些共病，比如，肠胃问题、睡眠障碍、癫痫，以及抑郁、焦虑症和强迫症等。语言表达和社交方面的障碍使得他们的就医更为困难。他们和他们的家庭都需要更多的帮助。

参考资料：

《回归》，朱璟，来源：《2, April · 星日》电子杂志第15—16期，2013年12月。

面对校园欺凌，他们的回答是成长

调查数据显示，在国内的谱系人士当中，有将近一半的孩子在普通学校接受义务教育。由于他们有社交障碍，会对环境中的某种因素敏感，出现种种奇怪的反应，很容易被视作"怪人"，被孤立和嘲笑。在小学阶段，由于孩子们普遍天真幼稚，情况比较容易控制，但到了初中，校园欺凌的情况就变得比较严重。

"我最害怕的就是这种情况。"一位长期辅助孩子上学的家长说。她的孩子已经在一所职业高中读书，她说："有的时候，欺凌来自你意想不到的人、意想不到的地方。"

她的孩子身高一米八，是个挺拔阳光的壮小伙子，但是，他经常被一个泼辣的女生截住辱骂。"她就是那种不讲理的人，在班上横行霸道的，看谁不顺眼就骂谁。我叫儿子躲她远点，可有时候就是躲不开。"

"怎么办呢？"

"一般就是忍着，我嘱咐一个和他要好的同学，看见了就上去找个借口把他拉走。"

越越是个聪明乖巧的孩子，在小学和同班同学的关系很好，有外班的同学欺负他，在走廊里堵他，班上同学就和他一起藏在空教室里，等人散了一起回家。

但升入初中后的某一天，放学时，有人在本班教室黑板上写下这样一行字：××是孤独症、傻子。

学业的压力，同龄人的嘲笑，使越越变得越来越焦虑。不久他休学了。

已经大学毕业的佳洋这样回忆在高中受到的欺凌：

在几乎每一次课间休息的时候，教室外面总会有几个同一年级的同学在我上课的教室外面围观我。

从初中三年级开始，（不能听人打响指）这个问题困扰我好长时间了。我并没有做出令他们不悦的动作，但是他们还会打响指——我那个时候最怕听到的就是这样的响声，每次听到这样的响声的时候我内心的愤懑就会爆发出来，强烈的刺激使得我径直向这些人冲过去；每次遇到这些人的时候就唯恐避之不及，但一旦再次听到这样的响声，我就会再次冲向他们……

这些人甚至在我如厕时封住厕所的大门，导致其他同学和教师无法正常如厕；还有一次他们把整个厕所的门给锁上了，我很用力地去推门，结果把门推倒了，校方因此要我们家赔偿损失，也不敢再让我回校上课……

佳洋休学一年，直到高考前夕才回到校园。

在家长的强有力支持下，休学对于这两个孤独症孩子来说不是放弃而是休整。没有了环境压力，精神放松了，他们更能专注于自己喜欢做的事。越越喜欢音乐，在休学的时间里他经常靠听音乐放松精神。他也慢慢接受了"我有孤独症"这个现实，了解自己因为先天的原因有时头脑会"卡住"、注意力不能集中、过于沉迷细节，学会理解自己的情绪变化，试着自我控制。

在妈妈的引导下,他尝试和不同年龄、不同性情的人交往,不再拘泥于校园里的狭窄天地。

越越后来参加了高考,被深圳一家高职院校录取。

他一度特别喜欢一本书《等风来》,见人就推荐。

这本书里有一段非常有名的话:

"不管你有多着急,或者你有多害怕,我们现在都不能往前冲,冲出去也没用,飞不起来的。现在的我们只需要静静的,等风来。"

"等风来?"

教练点点头,"如果想飞起来的话,只有勇气往前冲,是不够的。我们得停下来,什么都不要想,让自己清空,只是等风来。"

休学的一年对于佳洋来说满是愉快的回忆。

在家自习的一年多时间内,我积极学习生活中的各种技能,其间还多次独自外出游玩。在奶奶去世之前的二十多天,我还在一次模拟考试之后独自前往长春游玩;在同年七八月间,我还独自骑车前往西丰、梅河口。

一年之后佳洋回到学校,几次考试之后,人们意外地发现他的功课并没有落下,学习的能力反而更强了,对环境的适应能力也提高了。

佳洋自己也发现,他再也不怕别人打响指了。"这是长期社会生活经历磨练的结果。"他总结道。

2012年8月,佳洋拿到了大连东软信息学院的录取通知书。

回首往事,佳洋说:"这些(欺凌)事件并没有泯灭我对于学习、

*越越摄影作品

生活的兴趣,却更激发了我积极勇敢的心态。"[1]

2017年9月,越越和佳洋相会在北京。作为计算机专业的大学毕业生,他们共同参加了德国SAP公司为中国孤独症人士设立的"自闭症人才项目"并通过了面试。

参考资料:

《我的高中学习生活》,李佳洋,来源:微信公众号"李佳洋的微平台",2016年12月15日。

---

[1] 由于立法和惩戒机制的缺失,中小学校园暴力的制裁长期以来停留在道德层次,而没有上升为法律议题。2015年,中国青少年研究中心针对10个省市的5864名中小学生的调查显示,有32.5%的受访者表示自己在校时会"偶尔被欺负"。2016年1月至11月,全国检察机关共批准逮捕涉嫌校园欺凌和暴力犯罪1881人。2016年5月,国务院教育督导委员会办公室印发《关于开展校园欺凌专项治理的通知》。同年11月,教育部联合中央综治办、最高人民法院等部门印发《关于防治中小学生欺凌和暴力的指导意见》。希望以后面对校园欺凌,我们不再是孤军奋战。

石头：与孤独症从抗争到共处

我们都听说过蛹变蝶的故事，蛹必须挣脱千丝万缕的缠绕，经受各种磨难才能从茧里爬出去。如果没有这个过程，蛹在变成蝶之前就会死去。事实上，古今中外很多成功人士都是经历过无数次苦难才获得成功的。苦难对想成就大业的人来说是一个必备的条件，因为苦难能够教会我们如何生活。

——石头

相对于同龄的孩子而言，石头十年间的成长历程可谓辉煌：
2006 年 7 月青岛大学附属实验中学毕业，考上本市重点中学 15 中；
2006 年 8 月进入澳门国际学校就读；
2009 年高中毕业，考入澳门大学金融专业；
2013 年考入香港中文大学会计专业，攻读硕士学位；
2015 年硕士毕业；
目前在香港浸会大学会计专业攻读博士学位。

十年前，当石头离开青岛到澳门上国际学校的时候，他觉得自己应该彻底远离"孤独症"这三个字了。

不仅他自己有这个感觉，他的爸爸、妈妈也有这个想法。爸爸就骄傲地扬言："让他离开，就是要离（孤独症）这个圈子远一点！"

石头初中的成绩很好，和周围的同学也相处得不错，但是一年比一年繁重的功课压得他抬不起头来。在澳门科技大学教书的父亲每次回青岛都为儿子心疼。夫妻俩反复磋商，觉得在内地的教育体系里，像石头这样另类的孩子前途渺茫。即使他能考上重点高中，也要面临住校的问题。石头睡眠浅，有洁癖，在社交上的障碍肯定会影响到他与同学的交往。

妈妈方静觉得，石头不如在本地上个走读的中专，但是石头很坚定地拒绝了，因为他所有的同学都要考高中，考重点高中。

当妈妈反复和他讲读高中的各种不好时，他反问："是因为我有孤独症，你觉得我上不了高中？"

"孤独症"这三个字，是多年以来母子共同的心结，话说到这里，方静只能闭嘴了。

纠缠不清的痛苦回忆

由于石头奇迹般的康复，更由于方静创办以琳自闭症训练中心和以琳自闭症论坛多年的缘故，石头的大名在孤独症圈里如雷贯耳。方静在青岛也是名人，经常有媒体来采访他们母子。他们的名字早就和"孤独症"结下了不解之缘。

石头小时候不懂，觉得自己是个小明星，很乐意让摄影师拍照。方静经常主动和老师沟通石头的情况，请同学们帮助石头。但是，为了保护石头，她尽量避免让石头周围的人跟他讲"孤独症"三个字。久而久之，在他周围形成了一个保护圈：人人都知道他是一个有孤独症的孩子，但他自己却蒙在鼓里。

小学二年级的时候，在方静又一次"曝光"之后，一个同学终于跟石头说起"你有孤独症"这回事。石头不信,于是几个男同学一起去卫生间,石头脱下T恤让同学们摸,看到底哪里长了"孤独症"。摸了半天没有摸到,大家一哄而散。

石头回家后,在吃饭的时候突然问:"妈妈,我的孤独症长在什么地方?"

方静吓了一跳,弄清原委以后对石头解释:"孤独症是一种病,就好比感冒。有这种病的人都比较聪明,比一般人聪明,但是不爱说话,不爱运动,不爱和别人一起玩,就爱捣鼓他自己喜欢的东西。"她反问:"你觉得你有孤独症吗?"

石头把自己的情况和这几条对比了一下:"除了比一般人聪明,其他的都对不上。"

这样简单的回答只能糊弄小学生。到了初中,讲礼貌、守规矩的好学生不再人见人爱,大家追捧的是机灵、幽默、叛逆、帅气的校园"明星"。石头社交上的幼稚刻板使他成为同学们嘲笑、孤立、捉弄的对象。

有的同学故意唆使他去捅树上的马蜂窝,他就照办了。

有的同学骗他说:"校长昨天去嫖娼了!"从不懂得说谎的石头马上去质问校长,让校长一头雾水,张口结舌。

更防不胜防的是他笨拙的社交行为招来一句句刻薄的嘲讽:

——"你有病啊!"

——"神经病!"

——"你病得真不轻!"

石头痛苦、愤怒、不解,不断和同学发生冲突。

在家里，和妈妈或是好友说起在学校里受气的事，石头经常愤怒、激动得不知所措。

方静做了最坏的准备，让石头退学，到以琳来上班。

在校长和老师的支持下，方静避开石头向青大附中的同学们做了一个演讲，讲什么是孤独症，讲如何帮助有孤独症的同学，讲自己和石头这几年来的艰辛历程。

讲到伤心处，方静哭了，同学们哭了，老师们也哭了。

不久，石头终于知道了自己有孤独症。

他问妈妈："我有神经病吗？"

方静回答："你没有，但是妈妈要告诉你，你确实有孤独症。"

至于病因，方静做了很含糊的解释："你太聪明了，然后从小到大太关注学习，所以就不太会和人交往。"

"不怕，我们可以学会和人交往的。"她勉励石头。

从此，妈妈利用一切机会，事无巨细地教石头学习"如何像一个普通人那样社交"，他们再没提起"孤独症"这三个字。但是，这三个字始终如同看不见的巨石一样压在他们心头。如果能一朝摆脱，真是再好也没有。

"是不是孤独症好不了？"

石头如愿以偿上了澳门国际学校，妈妈回到青岛继续工作。她几乎天天和儿子在网上聊天，了解学校和同学们，了解石头如何适应环境和与同学们相处。

学校的功课很紧张，但石头总是显得很开心，说他很喜欢学校，同学对他也很好、很热情。

方静和先生商量要不要和学校沟通一下孤独症的问题,被先生一口否决:"说什么说,根本就看不出来了。"

可是,不到一个月,校长就约见了家长。

在谈话中,校方指出了石头在学校表现出的种种异常,认定石头是孤独症,并拿出很多资料让家长参考——他们并不知道在他们面前的母亲是国内著名的孤独症"专家级家长"。

在了解了校园里发生的一些事情之后,方静夫妇发现石头在人际交往方面和国际学校的同龄学生相差得太多太多。由于语言、文化的差异,加上孤独症的困扰,他听不懂一些社交中常见的双关语和带讽刺侮辱性的俚语,也不能分清开玩笑和捉弄的界限,弄不懂虚构和事实的分别,仅从表面的言辞、礼貌出发,认为学校的同学对他都很"友好"。

妈妈找石头谈话,婉转地告诉他真相。一开始,石头坚决不相信,指责妈妈不信任他的能力,插手他的社交。妈妈举出具体的例子,用各种图示给他解释前因后果。

他哭了:"是不是孤独症好不了?"

彻夜无眠之后,妈妈决心和石头彻底谈一谈孤独症。

一开始,妈妈问石头怎么看待孤独症,石头痛苦地说:"我只想问:'上帝为什么要这样对我?'"

妈妈握紧他的手,说:"妈妈也一直问上帝:'为什么石头会得孤独症?或者妈妈可以接受石头得了孤独症,为什么上帝不医治石头?不是说上帝是全能的吗?'"

"你为自己有孤独症很愤怒,是吗?"

"是。"石头难过地哭了,"我不想听什么我得孤独症是为了荣耀神,我上哈佛不是更能荣耀神吗?"

妈妈拥抱他:"妈妈也觉得如果上哈佛更能荣耀神。"

石头在妈妈的拥抱中慢慢平静下来。

"妈妈知道你很不容易,虽然你不说,但是你一直在挑战这三个字。"

"我知道有孤独症的人有社交问题,所以我尽量多和同学在一起,和他们玩。"石头说。

他递了几张纸给妈妈看。原来,自从知道自己有孤独症之后,石头暗中在网上搜集了很多孤独症的资料,并试图通过与同学多多交往来"改正"自己的缺陷。

妈妈的眼泪止不住落下来。

石头温柔地拥抱妈妈:"妈妈不难过,妈妈不要心痛。"这是他从小就养成了的安慰妈妈的方式。

"妈妈,没事的。妈妈,我会努力的,我会打败孤独症的。"

"我们一家一起来面对,你一定行的。虽然我们有很多不明白的地方,但是那么多年我们都看到神与我们同在,他会帮我们。"

话题很快转向具体问题的讨论。母子俩对照着资料逐条逐条讨论,分析孤独症的每一条特点在石头身上的表现,以及石头应该如何去改善。

方静去了石头所在的国际学校,为石头的同学们做了一次演讲,告诉大家石头有阿斯伯格综合征以及什么是阿斯伯格综合征。同学们都深受感动,表示要帮助石头,要和他一起做他喜欢做的事。

自我接纳，学习独处

石头从小自律、用功，学习成绩优异。他对自己有很高的期许，但由于欠缺社会常识，这种期许常常显得不切实际。

在中学阶段，石头一度极其迷恋官位、权势、财富，因此得了个外号叫"石三迷"。最开始，他一门心思想当"皇上"，后来发现当"皇上"不现实，便决定要当"总统"。但是，他又发现国内没有什么"总统"可当，就改为要当"主席"。

这种情况一直延续到他上大学。他经常不分场合、对象地和别人谈论自己的"伟大理想"，让人不胜其烦。他会不加掩饰地表现出对出身贫困、成绩不好的同学的蔑视。

他经常抱怨妈妈不理解他，不能好好听他说。他不允许妈妈打断他的话，一打断就生气。

很长时间里，妈妈为自己的孩子如此"势利"而痛苦。明明妈妈刚刚苦口婆心地用圣雄甘地、德兰修女的事迹跟他讲清了美德的意义，转过身去他又是一大套"我怎么样才能当上总统"的奇谈怪论。

有一天，石头不经意地对妈妈说："我觉得很多得孤独症的弟弟、妹妹很痛苦，我想当上总统，那样就有权力让更多的人帮助他们了。"

妈妈的心一下子被触动了：原来，石头因为有很多纠结在心中的痛苦、挫败无法排解，才幻想能拥有最高的权力化解一切困苦。

单向度的思维方式决定了石头在语言和行为上异于常人，这使得他在社交中一再受挫。他事无大小，坚持"非对即错""非黑即白"，不能理解他人的圆滑委婉、含糊其辞；他不能接受使他丧失秩序感的改变，会把因此产生的不安和愤怒发泄到他人身上，以致失去朋友；他欠缺社交的分寸感和同理心，会无意识地冒犯别人。

青春期的孩子都要面临自我认知的冲突与重塑，石头的青春期更是充满艰辛。他渴望独立，但又离不开家长的保护；他期望被所有的人认可、喜欢甚至崇拜，但薄弱的社交能力使他在人群中经常举止失措。他需要朋友善意的提醒，但有时又觉得那是对他的不信任和侮辱。有时他觉得别人无心的善意是格外对他的好，有时又觉得所有人都看不起他，排斥他，抛弃他。

认识到自己有孤独症以后，石头因自己与众不同而痛苦。他非常努力、非常认真地改正自己的"缺点"。他通过各种渠道学习在社交场合的适当举止，学着说话，学着倾听，搞清楚什么样的应对会让别人觉得舒服。他知道自己在人前有时过于兴奋，话太多不够得体，就干脆准备一本书，在有长辈在场或是人多聚会时静静地在一边看书，只有有人问他问题他才回答。

但在同龄人当中，他还是显得格格不入。他可以和大家和平相处，但融不进任何一个"圈子"。

考上澳门大学之初，石头非常享受前所未有的独立和自由，他的社交欲望显得格外强烈。他试图回避"孤独症"这三个字，不允许妈妈在家里做跟孤独症有关的事，接待跟孤独症有关的人。

越是意识到自己和别人不同，他就越发强烈地希望自己能被人接纳，希望自己能融入群体之中而不是被排斥在外。像所有年轻人一样，他渴望朋友，渴望和同龄人一起交流、玩乐。

刚开始，同学们出于礼貌，邀请他参加很多社交活动，如吃饭、踏青、参加各种聚会，可是石头的社交短板在这种聚会场合逐渐暴露。他经常见人就说自己感兴趣的话题，而这个话题他可能已经说了很多次。他试图和同学开玩笑，可是他的玩笑总是不够得体。

在石头 20 岁生日的那一天，他邀请了很多同学一起给他过生日。经石头同意，方静夫妇与其中几个同学谈了石头的问题。有几个女生非常同情石头，表示要理解石头。

大二时，因为感情问题，石头和同学起了严重的冲突，他情绪失控，无法待在学校里学习。

父母决定给石头办休学。他们先去找校方谈，不料校方说："为什么要选择休学？为什么不是我们一起帮助他度过？我们不认为这是多严重的事。"

妈妈请了两个多月的假到澳门陪石头，每天让他回家住。

石头很灰心："妈妈，孤独症是终身的，只会越来越严重，对吗？"

妈妈坚定地说："不会，你只会越来越好。"

石头后悔、自责，但同时也很愤怒、委屈。

那一段时间也是母子冲突最多的时候。妈妈发现他在公开的网络上羞辱同学，悲愤欲绝，但石头只是自暴自弃地说："我反正有孤独症。"

很多时候，父母只能无言地陪着石头。当石头反反复复地说同一件事情的时候，他们倾听；当他愤怒的时候，他们认同他的情绪和感受；当他伤心无助的时候，他们紧紧拥抱他；当他平和一点的时候，他们和他一起看连续剧、听赞美诗，和他一起祷告。

几天之后，石头要求复课，学院认为石头可以复课，老师们也鼓励他。校方为石头调整了宿舍，让他单独住一个房间。周围有友好的学长照料，学监经常到宿舍来。石头一天天恢复，但伤痛犹在，他有一种因为孤独症而被全世界抛弃了的感觉。幸好有几个要好的同学一直陪着石头，让他慢慢走出来。

经过这件事，妈妈强烈地感受到石头要学习独处，学习对自己的接纳。经过多年尝试和痛苦的挫折，经过父母的悉心教导，石头慢慢认识到：孤独症带来的社交障碍并不是"多和人交往"就能改变的。自己即使再努力，也不可能成为人见人爱的"社交明星"；相反，专注、安静、单一、善于钻研的性格使得他在学业上如鱼得水。他必须接纳自己的特点，学习独处。

长大了的石头具备很强的学习能力和心理承受能力，就像一个久病成医、自学成才的患者一样。他和妈妈一起自学，学习关于阿斯伯格综合征的知识，学习各种应用心理学的知识和方法，学习对自己的行为予以剖析，并学会理解、接纳、改进。

随着年龄和阅历的增长，自我认知的加深，石头终于慢慢开始接纳自己的特点，从对社交的强烈要求中退出来，学习享受独处的乐趣。

参考资料：

《慢慢揭开这层纱：方静老师细述和石头谈自闭症的那些事》，方静，来源：微信公众号"以琳自闭症家园"，2016年4月18日、21日。

（注："以琳自闭症家园"现已更名为"以琳星家园"。）

妈妈给小玄的信

亲爱的儿子：

这会儿你做完物理题了吧？希望你全都会做，哪怕不会，也只有很少很少的地方。物理是你的最弱科目，没有一次及格过，让你信心全无。接下去你会考化学。没关系，在妈妈看来，你全都掌握了，只是容易犯糊涂。

这三年过得好快，好像妈妈还在担心你如何能够适应中学的生活，一转眼毕业就到了眼前。

刚开始你的每一门课几乎都不及格，甚至经常出现二三十分的分数，使我怀疑你到底能否拿到毕业证书。可是，现在我们居然能期盼着考到80分以上。这三年，你的进步是有多大啊！妈妈很感恩，感谢神给了你这么多智慧和勇气，感谢老师们对你的耐心和无私的帮助，感谢同学们虽然不是热情如火地对待你，至少是与你相安无事。这三年，你很少受到委屈，就算有，你钝感的神经也未察觉。

你小学时最好的朋友，初中考上了福州最好的私立中学。中考前一天晚上他在你的QQ上留言：

百炼成钢出锋芒，动心忍性，木断石穿。
尽洒吾辈少年狂，厚积薄发，励志激昂。

十年一剑自无双，雷霆征途，纵马长扬。
明朝金榜状元郎，功成九转，笑傲四方。

说实话，妈妈刚看到时非常想笑，那么小的孩子就有这样大的志向，而这样的志向说给你听，是现在的你无论如何都理解不了的。可是笑过之后，妈妈的心里就充满了感动。这个孩子从小和你一起长大，他是优等生中的优等生，成绩永远第一，做事一直稳重。难得的是，他有一颗仁慈的心，对落后的你从来不嘲笑，小时候常带着你玩，给你买零食。各自读了不同的中学后，他还总是在回应你幼稚的询问，尽可能帮助你。

你喜欢的女生都有着同样的外貌：瘦，长发，有温柔的声线，眼睛不必很大，笑起来能眯成弯弯的最好。女生们很复杂，我怕你永远都不懂她们的心。幸好现在你还小，还不需要懂。

亲爱的儿子，快要毕业了，你一直念叨着"舍不得，舍不得"，你是有多喜欢你的学校啊？这让爸爸、妈妈无比欣慰，至少你是度过了快乐的三年，而不是我当初想象的难熬的三年。你总是对逝去的日子恋恋不舍，没关系，会珍惜生活的人，生活就总是一段段美丽的现在和将来。

爸爸、妈妈一直希望你上五年中专，直接开始职业训练，也可以免除高中的"荼毒"。可是你自己要读高中，你说你一定会努力的。这么多年下来，你一定也感觉到自己在

＊西藏羊卓雍措　摄影/小玄

　　有些方面无论怎样努力也不能达到别人的高度吧？但是，我是否太武断了呢？从小到大，你的每一段生活之路都是我们帮你安排的，现在轮到你自己来决定了。无论你决定走怎样的路，我们都会站在你的身后全力以赴地支持你。

　　所以我跟你约好，只要你考得上，那么咱们继续高中之旅。

　　祝福你，儿子。

　　祝中考顺利！

爱你的妈妈

穿越孤独拥抱你

第三章　长大成人

聪明的孩子和"高级的烦恼"

春天的时候，我和轩轩妈妈联系上了。

十三年前，轩轩和乐渔在星星雨曾经短暂地做过同学。开始的时候两人都在 D 组，也就是能力最好、年龄较大的一组，但是乐渔不到一个月就转到了年龄更小、能力较差的 A 组，而轩轩一直稳居 D 组的老大。他当时已经 7 岁了，长手长脚，白净的脸上长着一双灵活的眼睛，举手投足很有小哥哥的派头，处处管着乐渔。有一回上课，他做老师的小助手，端着一塑料筐教具进来，乐渔伸手去摸，他身子一侧，大喝一声："别动老师的教具！"吓得乐渔赶快缩手跑开了。

那时候，乐渔还不会说完整的句子，而轩轩不但伶牙俐齿，且已经在学读书写字了。当时所有的妈妈都非常羡慕轩轩，都认为以他的能力，他上学是没有问题的。

轩轩果然上了当地的普通小学、中学。现在，他毕业了，没有地方可去，只好留在家里帮爸爸、妈妈做饭。

轩轩妈妈很苦恼：因为轩轩是那样一个热情外向、有活力的孩子，他会抓住每一个机会、拉住每一个人聊他感兴趣的话题。他有很多想法，有自己的爱好和理想，但这一切毫无用处。他不能和人有效地沟通，单方面滔滔不绝的倾诉只能让人望而生畏；他无法深入任何一个话题，他说的内容多半来自外界的灌输，虽然广博却肤浅混乱，无法形成自己的观点和逻辑。他可以学会简单的家务和一般操作，但没有深入专注的学习能力和理解力，那些有技术性和专业性的学习对于他来说难如登天。

在就业困难的小城市，他无法找到一份工作，没有合适的娱乐方式和教育场所，过剩的精力无处发泄……在他面前还有几十年漫长的人生。

2017年夏天，我与欢欢母子约在北京南锣鼓巷见面。当年的胖男孩已经成了高大威猛的小伙子，在我们身边晃来晃去好像保镖。

欢欢考上了大学，这在谱系人士当中可谓是凤毛麟角。这个当年在小学几乎被拒绝入学的孩子，后来上了初中、高中，高一时随父母去了澳大利亚。他和父母在国外生活了三年，没有读过语言学校便直接进入当地中学。他在国外读完了义务教育阶段的课程，成绩优良，曾经两次获得全校数学竞赛第一名，可以顺理成章地上大学，但由于父母的工作调动他又回到国内，结果因为学籍问题差点失去上学的资格。几经周折，他终于在2016年考上北京一所大学，学习计算机。

欢欢很喜欢他的新学校和课程，但他几乎从不参与同学的社交活动，而是一放学就回家。对于他来说，从中学到大学，不过是把教室和课堂换了个地方。他温和而有礼貌，在我和他妈妈交谈的过程中，他从不插话，但如果谈话涉及他，他就会仔细听，然后不高兴地打断。"他不喜欢我跟别人说他的事。"欢欢妈妈说。

欢欢的智力很好，学习不用父母操心，但作为成年人，他面对的是就业和生活问题。

"他的生活非常简单，喜欢计算机，不喜欢跟人打交道，对吃穿都不讲究，没有不良嗜好。如果我们不在了，他一个人是能活下去的。"在妈妈的眼中，欢欢就是一个地地道道的"宅男"。

欢欢妈妈的烦恼在于：单纯的欢欢不是一个有民事能力的"社会人"。如果没有人帮助他管理和处置，即使给他留下再多的财产，他也不会用，反而可能招来灾祸。

轩轩和欢欢，都是个人能力非常好的谱系人士。在家长们当中，他们父母的烦恼是非常"高级"的烦恼，但它依然是真实的、普遍的困境，并不因为级别高低而变质。因为这些困境，所有长大了的孩子都要面对。

小画家们

乐渔的同学当中也有几个"名流"。

2007 年，乐渔在绍兴育才小学插班上三年级，同时来插班的还有一个名叫毕昌煜的孩子。他年龄大，个子高，坐在教室的最后一排。

这是个苍白瘦弱的男孩，坐在座位上一直左顾右盼，不肯看向黑板和老师，有时还不耐烦地发出声音。

乐渔最初入学的几天我不放心，总在教室外陪着，就这样认识了陪昌煜读书的阿姨。她很有耐心也有办法，总是能让烦躁不安的男孩安静下来，但是，她也特别担心，不知道昌煜接下来要怎么办。

"他喜欢画画，只有画画时才特别安静。"她跟我说。

两个月以后，学校组织了一次公开课。全班 11 个同学，轮流到黑板上去回答问题和写字。这时候就看出孤独症孩子的与众不同来了。其他唐氏、脑瘫的孩子都很积极地举手，只有乐渔和昌煜没有。老师叫到乐渔时，他愣在那里，要后面的同学推他才站起来走到前面。老师问他问题，他答得很小声，在黑板上写字倒很自觉，但始终表现得十分紧张。

轮到毕昌煜时，他先是没有反应。前面的男生回过头来用手碰他，他跳了起来，推翻了自己面前的桌子。

不久，昌煜就离开了学校。

几年以后，我在"同在蓝天下"画展中见到了昌煜的画。原来，他离开绍兴以后又回到北京，一边在星星雨上课一边学画。虽然换过好几位老师，但他坚持不懈的努力终于使得自己的绘画天赋得以发挥，成长为一名有独特风格的小画家。

李华自 2008 年起就接触毕昌煜和他的画，对于昌煜学画的历程十分了解。她介绍说："毕昌煜笔下的世界一直都是非常感性的。无论是自画像，还是卡通形象的创作，乃至技法练习的写生，无不体现出他接触这个世界时的细腻触感。昌煜的画色彩丰富，风格多变。自然流露的装饰味其实来自他精心设计的线条和色块布局。他的画会提示你，他眼中的世界也许比我们看到的都要丰富精彩、艳丽绚烂！"

2008 年，毕昌煜首次参加"同在蓝天下"画展，他的作品受到陈丹青等知名画家的推崇。

2014年4月，他的作品《世外桃源》在第八届世界孤独症日北京慈善晚宴上拍出五万元的高价。

2015年7月，在意大利米兰世博会中国馆举办的"无语言的交流全球自闭症艺术作品巡回展"中，毕昌煜的作品《在海边奔跑的两个女孩》作为代表作品之一展出。不久，国际上一些知名品牌看中毕昌煜的作品，将其制作成服装，在纽约时装周上亮相。

昌煜的父亲一直从事服装面料生意，他将儿子的画制成真丝丝巾和服装，并用毕昌煜姓名的拼音缩写"BCY"作为LOGO。

在绍兴柯桥，风景如画的瓜渚湖畔，毕昌煜的家人为他创设了"毕昌煜工作室"。

经过不知多少人不懈的努力，一个孤独症孩子的天赋终于衍化成为名模身上华丽的图案，成为服装展上一个持久闪亮的时尚元素。

与他相似的还有合肥的李文博，他也是乐渔在星星雨D班的同学。当年浓眉大眼的李文博不爱说话，但是字写得工整漂亮。离开星星雨13年后，我偶然在一个大龄孩子家长群里发现一个名为"合肥小画家文博"的ID，一问，竟然是文博的爸爸。据他介绍，文博从小喜欢画画，一直由爸爸陪着学画，在当地读完初中后就留在家里，画画、做家务。

李文博由于具有绘画专长被当地媒体邀请参加公益活动。2013年3月31日，他的一幅山水画在当地电台组织的公益拍卖活动中以800元拍出。

由于很多孤独症孩子具有视觉优先的特点，他们当中有不少人擅长画画，但是真正的天才仍然是极少的，大部分孩子只是将其作为一

＊李文博国画作品

个兴趣,而无法发展成为谋生的技能。也有的孩子开始画得不错,后来因为种种原因放弃了。

从"钢琴王子"到"秋实哥哥"

2017年1月,我在成都见到了久别的秋实母子。

我们在一家火锅店约会。秋实迟到了,秋实妈妈解释说他今天在郊区参加一个义演活动,正在赶来的路上。

正聊着天,秋实风尘仆仆地走进来,背着沉甸甸的背包,手里还提着热心观众们送的土特产。他热情地向我打招呼,主动和坐在旁边的一位陌生的姑娘聊天。作为在座唯一的男士,他在妈妈的指点下殷勤地招待远来的客人:布菜、换碟子……多年不见,他的眼睛还是那么纯真闪亮,脸蛋红扑扑的,只是头发变得格外稀少。"遗传的,没办法!"妈妈无奈地说。

秋实现在身兼数职,比爸爸妈妈还忙。这些工作有些是有薪水的,有些是无薪的。但只要心情舒畅,他都一样干得很带劲。要是违背了他的原则,给再多的钱他也不干。

2015年,他曾在华阳一家咖啡厅弹钢琴,收入颇丰。这份工作是他自己找的。当时他在华德福幼儿园上班,看到旁边有一家咖啡厅,就走进去问老板是否需要钢琴师。老板说,他们已经有一位钢琴师了。他说,"我先弹一段你听听",于是就坐下来弹琴。弹完了,老板说确实不错。他接着说:"我的工资可以比别人低一点儿。"于是,他真的得到了这份工作。

秋实是享受音乐的人,可以几个小时不停地弹琴,沉浸在音符的世界里,但是,咖啡厅是地地道道的现实世界。当秋实弹钢琴时,包间里经常有人在打麻将。输了钱的人火气大,容易迁怒,于是有人出来喊:"弹钢琴的,停下来!"

秋实有时候也会停下来,但他很不喜欢这样,觉得那些人不尊重别人。次数多了,秋实就干脆不理睬,自顾自地弹。客人生气了,叫来经理。经理对秋实说:"要听客人的话,因为客人是上帝。"

秋实火了:"顾客怎么会是上帝?上帝只有一个!"

经理没办法,打电话给秋实妈妈。秋实妈妈尽力向秋实解释。秋实虽然听了妈妈的话,但他一直对这件事耿耿于怀,不想再去那里弹琴了。

秋实妈妈对他说:"你不喜欢的话可以不去,不过最好过了年再

＊秋实演出照

说。"于是秋实过完年就不再去了。

过了年,他回到华德福学校,意外地在街上遇到了以前在咖啡厅的一位同事。那位同事现在在另外一间咖啡厅做经理,他请秋实喝咖啡,席间透露出想请秋实到他的那间咖啡厅弹琴的想法。机会就这样又来了。

不过秋实最喜欢的还是和孩子们在一起。从十年前他在成都艺术学校上学的时候开始,他和妈妈就通过孤独症家长协会经常参加特殊孩子的文艺演出活动。在活动当中,他们认识了成都武侯区特殊教育学校的师生,和他们一起排练,一起演出。学校的乐队缺一个键盘手,学钢琴的秋实责无旁贷。渐渐地,老师们发现他能够帮助老师做很多辅助工作,也非常享受这份工作。2014年,他受聘担任成都武侯区特殊教育学校的特教助理,与一位音乐教师一起工作。

在这所仅有六十多名学生的学校里,孤独症学生占了三分之一。秋实的存在对于家长来说是一个莫大的鼓舞。而学校从校长到每个员工都了解孤独症孩子的特殊性,知道如何对待他。对于秋实来说,在这里恰好可以规避他的社交短板,发挥音乐才能和认真勤快的优点。

"秋实的音乐素养很好,他的特点是不会察言观色,比如,有时只管说自己感兴趣的事,不管别人在做什么。这时我就会直接对他说:'秋实,校长现在很忙,你去三楼教室里等一下。'他就马上很听话地走开了。另外,我们事先和他说好,他的工作是辅助音乐老师工作,如果有分歧和争议,要听从杜老师的安排。他只要答应了就会不折不扣地做到。"武侯区特殊教育学校校长蔡晓莉说。

学校每年有四五次固定演出,他都会安排好时间准时参加。如果有临时性的演出任务,他会仔细核对自己的时间安排表,权衡轻重缓急做出调整。"他的能力很强,而且妈妈也提供了很有力的支持。"蔡校长评价。

秋实本来有机会走专业演奏的路,但是专业演奏对人的要求很高,不仅需要高超的演奏技法,还需要对音乐本身的深入理解。秋实受限于理解力,无法体会那些细腻抒情的音乐曲目所表达的感情。他喜欢贝多芬的热情奔放,而困惑于肖邦和舒曼的细致委婉。久而久之,他泄气了:"我成不了演奏家。"他把这句话挂在嘴边,不想再去深造了。

秋实现在的工作,接触的不是老人就是孩子,在这个世界里他是最受欢迎的"秋实哥哥"。

春节,秋实父母的双方老人生病,爸爸、妈妈分头赶去照顾老人,剩下秋实一个人怎么办呢?"我自己买了两张(当天往返的)火车票,去绵阳看了绵阳科技馆。"

剩下的时间呢?——被朋友们承包了。秋实是有名的"钢琴王子",又在当地两家机构任教,孩子们都特别喜欢他,很多家长因此争着约他周末一起出去玩。

在学琴的孤独症孩子当中,秋实更是一个名符其实的"大哥"。他不但钢琴弹得好,还可以弹电子琴和吉他,如果要组乐队的话,是不可多得的"全面手"。

在参加中残联下属的中国残疾人艺术团演出的时候,秋实和同事们一起上山下乡，摸爬滚打，所有的行李、乐器都是自己打理，甚至还学会了做简单的饭食。

十年过去了，除了音乐，秋实还一直保持着对火车的热爱。"下周我要去佳阳看蒸汽小火车。""这是第二次去了。"妈妈补充道。

石头 & 张海迪：你激励了我

2013 年，石头以优秀的成绩大学毕业。

毕业前，他同时申请了香港浸会大学和香港中文大学的硕士并通过了考试。

石头进入香港浸会大学读博士之后，方静夫妇抽空去见了院里负责研究生工作的主管老师。老师坦诚地说，入学一个星期后他们就觉察到石头的异常了。他们认为石头有阿斯伯格综合征（简称 AS），但因为学院里有好几个老师都有 AS，所以他们已经习以为常。主管开玩笑说，石头是他见过的最彬彬有礼、穿着也最得体的 AS。

石头现在可以和父母很从容地聊关于孤独症的事。

石头也不回避和他一样的孤独症人士，他有好几个经常联系的谱系中的弟弟、妹妹，都把他视作兄长和偶像。他们见面时很愉快地聊天，一起出去游玩。有时弟弟和家人发生矛盾，他还会去劝说。

石头假期回到青岛，经常和妈妈一起在以琳做义工，为家长们讲解孤独症人士的特点和他们遇到的问题。他会经常和父母讨论如何回避自己的短处，去从事适合自己的工作。

2016年8月15日,石头在青岛以琳自闭症训练中心见到了自己少年时的偶像——中国残疾人联合会主席张海迪。

他走上前去,把一束鲜花送到坐在轮椅上的张海迪手上,说:"阿姨,我是听您的故事长大的,真的很激励我。"

他说:"阿姨,我今天要代表这个群体感谢您这么多年来对我们的关怀和帮助。我会更加努力!"

张海迪一脸惊讶地望着这个诚恳温和、风度翩翩的年轻人,转头对方静说:"我不敢相信!"

她忍不住伸手摸摸石头的脸,一脸赞赏和爱惜。

张海迪询问了石头的专业,然后说:"今天阿姨太开心了,你也激励了阿姨!"

接过鲜花的时候,她对石头说:"这个花应该送给你的妈妈。"

石头说:"阿姨,请您收下,我昨天刚给妈妈送过花了。"

2018年6月22日,方静在"以琳自闭症家园"上宣布了一个惊人的消息:"石头决定转行,现在他已经被美国一所著名学府录取读和特殊教育相关的硕士课程。同时,石头筹备、组建了以琳星科技有限公司,将会为来不了以琳的家长和孩子们提供优质的网络服务。"

"我完全可以管理好自己的生活"

12年前,我在青岛第一次见到石头,他是一个帅气的中学生,话不多,但是很有条理,对于妈妈交办的事情十分认真。我还记得当我们在餐厅吃饭的时候,他楼上楼下追着7岁的淘气包小玄跑,生怕他闯祸的情景。

12年间，我们匆匆见过几回，但一直没有机会好好交谈，只是从方静老师处不断得到关于石头的消息。12年过去，当年的翩翩少年已经成为一表人才的博士生。最近，我们通过书面采访有了一次成人之间的对话。

张雁：你的妈妈曾经详细地讲过她如何向你解释你有孤独症这个事实。接纳自己对一个生来有某种障碍的人是很难的一件事，你是怎么做到的？

石头：我一开始也无法接受有孤独症这个事实，可是后来在上学期间，尤其到了高中，通过跟其他同学的对比，以及专家们的科学性解释，我逐渐地接受了有孤独症的这个事实。

张雁：很多孤独症孩子的青春期过得很艰难，总是有很多的冲突和苦恼。作为一个过来人，如果要向那些和你有同样状况的十四五岁的孩子说几句话，让他们更清楚自己的处境和前途，你想说些什么呢？

石头：青春期是孤独症孩子一生中最艰难的时刻之一，因为在这个阶段他们将遭受学业和情感方面的双重困扰。青春期正是情窦初开的阶段，孤独症孩子在这个时候渴望爱情，但是凭自己的能力又做不到建立正常的两性关系，于是就会遭受长期的心理困扰。不过走到现在，我认为在初中和高中阶段完全不需要被两性关系所困扰，因为走向大学和社会之后，就会发现人生的前方有更美丽的风景，何必在自己心理未完全成熟时在一棵树上吊死呢？

张雁：描述一下你每天的（日常）生活安排好吗？你喜欢这种（读博士的）生活吗？你最喜欢学校的哪个地方？

石头：我现在每周一到周五主要都在学校办公室或图书馆读写论文和查找资料，一般会在傍晚的时候去健身房运动一个多小时。一方面是为了锻炼身体，一方面是为了换换大脑，整天泡在学习中反而效率是不高的。

对于现在的博士生活，我博一的时候是蛮喜欢的，因为主要是处于一个探索性阶段。可是到了博二下半学期，就不再享受博士生活，因为写论文的过程太累了，有太多的挫败感，以至于怀疑自己是否适合继续读博士。后来在掌握了一定的方法之后，逻辑能力在多次修改论文的过程中逐渐建立起来，于是又找到了写作的感觉，就重新回到轨道上了。

学校里的环境比较单纯，大家都可以做自己喜欢的研究，不用像在业界那样有时需要为复杂的人际关系所困扰。

张雁：在学习之外你最喜欢做的事情是什么？哪些事情使你最开心？你如何纾解学习和生活中的压力？

石头：在学习之外我喜欢做的事情就是沿河骑行，每一次都有一种心旷神怡的感觉。我也会随时关注在香港举办的活动，比如说近期的军营开放日，我排了近三个小时才拿到门票，可我觉得这是值得的，因为可以让我进军营体验向往已久的兵哥哥生活。这些丰富多彩的业余活动可以帮助我纾解学习和生活中的压力，让我明白读博士期间不需把所有精力都花在论文上。

张雁：除了学业的压力，你还有社交、情感或其他方面的困扰吗？你觉得这种困扰是人之常情还是孤独症带来的？

石头：我社交的困扰主要是在青春期和大学时期，因为那个阶段

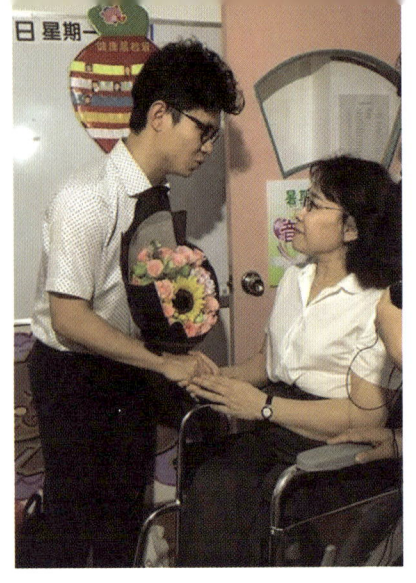

*石头与张海迪

我感觉自己完全被同学们排除在外了,连基本的小组作业都没我的份。现在我跟同学们能够友好相处,而且有什么事情也尽量想着他们,他们也同样想着我,大家互相关心、互相帮助。

我觉得那个时候的困扰和孤独症有非常大的关系。

除了社交和情感方面的困扰,生活方面包括租房和搬家的事情,总是会有很多困难和烦恼,但这很锻炼个人的能力。这些我觉得是人之常情,是每个人都要去面对的。

张雁:以前你想过成为皇帝、总统、国家主席,至少是马云之类的大人物,现在你对自己的未来是如何设想的?看得出你很喜欢香港,你打算以后留在香港发展吗?

石头:以前的最高职业目标就是美国总统,因为在我看来成为美国总统可以拯救地球,而且美国总统的形象就是一位接近上帝形象的道德巨人。可是,在看完2016年的总统大选之后,我对总统选举备感失望,因为那是要在一个疯子和一个骗子中间选出一位总统——也许我的看法是偏激的,而我现在在试图中立地去看问题。

其实我早就放下当总统的不切实际的想法了,现在更加清楚自己可以做什么。

现在是走一步算一步,如果我之后仍然喜欢研究,那么就去当大学教授。至于是否留在香港,要看到时能否在香港的高校中找到合适职位,不行的话美国和加拿大都可以考虑。

我会更加深入去思考自己到底适合做什么。不过一辈子在哪个地方生活、在哪里工作、做什么工作也不是一成不变的,马云不是也换职业了吗?

张雁:你学的是会计专业,你觉得自己如何能比较快地实现财务自由?你心目中的财务自由大概是什么样子的(资产、收入结构和数额)?如果实现了财务自由,你打算去做什么?

石头:财务自由这个是比较难定义的,要看个人的生活方式及喜好吧。最快实现财务自由的办法就是去买六合彩,中个大奖,其次是在牛市中把钱投入股市。可你也知道,我额头不够亮,买彩票中不了奖;而中国股市在2015年发生的股灾,让很多投资者失去信心了。

我心中的财务自由就是完全不用因为金钱而为基本生活所需发愁。目前我的财务是自由的,因为我的收入足够支付我的学费、生活费和房租,不过所剩无几了。好在我的父母不需要我提供生活费给他们,所以我很轻松。

在香港生活费非常贵,因此,有时会觉得在香港生活得好辛苦,可能十几二十年都无法实现真正的财务自由。

张雁:你的父母为你的成长曾经付出很多心血。以前你更喜欢母亲,对父亲有很多批评,现在呢?

石头:我的父母确实为我的生活付出了很多心血。以前我更喜欢母亲,是因为母亲在我身上所花的时间较多,而且更善于用专业的方法应对我的情绪问题。现在我对爸爸不再有很多批评,因为爸爸的逻辑和研究能力对我的研究起到了很大作用,爸爸也有他的优点。

每个成长时期爸爸妈妈的作用是不一样的。爸爸妈妈我都爱。

张雁：成年以后，特别是离开家庭独立生活之后，你和父母的关系跟以前相比有何变化？你以后会和父母同住吗？

石头：离开家庭独立生活之后，我并不认为跟父母的关系疏远了，通过锻炼独立生活的能力，反而更认识到父母的不容易。现在对我来说，不让父母为我的生活琐事操心是我的心愿。

以后我应该不会和父母同住，因为鸟儿长大后总要离开笼子（鸟巢）到天空中去飞翔。不同住不是不爱父母啊，是为了彼此有更好的空间。

张雁：你觉得父母教给你的最宝贵的东西是什么？

石头：对事的态度和做人的品格，这两样东西是日后独立生存的重要条件。

张雁：你喜欢和什么样的人交朋友？我知道你有很多年长的朋友，在交友方面你有什么心得？如果发生不愉快，你通常会怎么处理？

石头：我的朋友目前主要是通过学校活动以及各类展览活动结交的。现在我交朋友不再局限于我的老同学，而是通过各种机会扩大自己的社交圈，比如，在年度书展上认识书友。

我喜欢跟直率真诚和学识渊博的人交朋友，拒绝和一些带有负能量的人做朋友。在很多年长朋友身上，我可以汲取一些有关职业规划和人生选择的经验，以及透过他们的视角看自己该如何选择合适的人生道路。

如果（和朋友）发生不愉快，小事情我就会把它淡忘，大事情我会多思考，也会和父母及其他朋友谈一谈，该放弃就放弃。旧的不去，新的不来。

张雁：你喜欢和同学、朋友聚会吗？在这种场合有没有觉得紧张或不自在的时候？如果有，你怎么办？

石头：我喜欢参加一些老同学聚会，但是要看这样的聚会是否有意义，如果没有意义我就自动弃权，如果有意义我就会去参加。参加老同学聚会，大家都是熟人，因此，我不会有紧张和不自在的时候。如果聚会中都不是熟人，我就不去参加了。

张雁：你喜欢旅行吗？第一次离开父母独自旅行是什么时候？感觉怎么样？听说你暑假要去西藏，那里有什么特别的东西让你感兴趣吗？

石头：喜欢。旅行可以让我体验到平日生活中很难接触到的一面。

我第一次离开父母独自旅行就是上高二那年，在学校的组织下我跟随同学们一起去泰国普吉岛旅行，体验了潜水项目，感觉收获满满。今年暑假的计划是要去西藏，那边的高原风土人情是吸引我的一个重要因素。

张雁：每一个人都渴望成功，但不会永远成功。所以追求成功的人也必然面对失败。如果有一天你觉得生活不是你想要的样子，你要怎么办？

石头：我会尽可能为我想要达到的那个目标而努力。

如果有一天生活真不是我想要的样子，我就需要思考这条人生轨迹到底适不适合我；如果不适合我，我就需要考虑一下是否需要转换人生频道。

张雁：一个人真正的独立，意味着他可以控制自己，控制自己的生活。你觉得你现在已经做到了吗？

石头：我觉得我目前的生活尤其是对未来的规划最终都是自己做的决定，爸爸妈妈只是为我提供参考性意见。

比如，父母希望我住学校宿舍，但是一年后学校宿舍需要让给新生，更重要的是住宿舍需要跟人合用一间房，我不太习惯，这促使我做出外出租房的决定。我提前告知父母我的想法，把理由也说了，开明的父母就支持了我做的决定。

我现在也会规划自己的未来，但是我和父母有很好的关系，我可以开诚布公地谈我的想法和打算，我也会接纳他们给我的建议，他们会尊重我自己的选择。我不喜欢用"控制"这个词，我想说我完全可以管理好自己的生活。

参考资料：

《激动人心！海迪主席来到了我们中间》，方静，来源：微信公众号"以琳自闭症家园"，2016年8月16日。

爱与性："传说"与现实

我坐在沙发上和豆豆妈聊天，18岁的豆豆在房间里走来走去，兴奋不安。忽然，他大步走向自己的卧室。

"关上门！"妈妈在他身后大声提醒。

门关上了，我和豆豆妈继续说话。

过了几分钟，门被打开，豆豆拿着短裤去洗手间换衣服。

豆豆妈进卧室巡查，随即拿了一只枕套出来，敲开洗手间的门："把这个一起洗了。"

在我接触的成年孤独症人士当中，能力较低的孤独症人士大部分对陌生异性不太感兴趣。一方面是他们的心智发展所限，另一方面也源于家长和监护人的过度保护。

但是，青春期的性需求是客观存在的，如何在社会规范允许的范围内满足他们的欲望，是一个需要认真研究、严肃对待的课题。在这方面，很多家长摸索出了一些比较实用的办法，简单地说，就是帮助孩子学会自慰、保护隐私和做好清洁。

有些孩子会对异性表现出兴趣，但局限于头发、皮肤的接触或是衣服的纹饰，这是一种刻板行为。如果在公开场合不能自我控制，容易被误认为性骚扰。因此，必须用行为管理的方法予以矫正。

而在高功能孤独症人士当中，这个问题更为复杂和突出。一方面，高功能孤独症人士的心智水平与常人相当，对异性往往很感兴趣；另一方面，天生的社交缺陷使得他们难以掌握恋爱的技巧，无法接近异性并取得好感。这种愿望和能力之间的冲突有时会导致严重的心理和行为问题。

在中国人的文化传统里，"性满足""性行为"总是与"结婚""生子"联系在一起。由于社会保障的缺失，也由于观念的狭隘，有些家长往往把婚姻等同为"找一个人来照顾有残疾的孩子""生个孩子将来给他养老送终"，而很少顾及"爱情"和其他。但在现代社会里，性、恋爱、婚姻、养育后代是相互独立的概念。孤独症人士由于自身缺乏社会性，更不能用简单的"找对象、结婚、生子"解决他们的独特需求。在这个圈子里流传的一些故事，都反映了这种"包办安排"带来的恶果。

成年孤独症男孩S，家里比较有钱，有一份简单的工作，对异性很感兴趣。父母于是为他安排与一个外地女孩结婚。结婚以后两个人相处还算融洽，但是男孩的妈妈和妹妹对女孩有偏见，觉得像S这种孤独症人士连话都说不清楚，女孩不可能和他产生感情，跟他在一起一定是为了房子和城市户口，所以对女孩处处提防。男孩的父亲起初还希望他们婚姻长久，女孩能照顾男孩，但后来发现女孩在网上和别人聊天，觉得太不可靠，于是让女孩离开了。男孩一度非常失落，情绪更加不稳定。

高功能孤独症男孩R，从16岁起就对女性感兴趣，成年之后一直想要谈恋爱结婚。父母想尽办法，将一个在男孩父亲公司工作的女孩介绍给他。男孩很兴奋，也很迷恋这个女孩，但他有行为问题，不能控制自己的情绪，也不能好好和对方交流，稍不如意就大吵大闹。女孩受不了，提出分手。男孩就在家里砸东西、骂人。父母没有办法，只好去求女孩回来，许诺种种好处。女孩为了生计考虑只好回来，直到受不了再离开。这样反复折腾，对所有的人都是折磨。

难道孤独症人士就不能收获美满的爱情和婚姻吗？

当然不是。

瑞典一项跟踪一组（50名）阿斯伯格综合征男孩20年（23~43岁）的研究发现，在成年后，这些人当中有22%（11人）不再符合ASD诊断；其余78%仍有ASD诊断，其中41%有全职工作或能独立学习，51%独立生活，33%至少有2个朋友，少数有支持性就业或依靠政府资助，也没有朋友；24人从未恋爱过，7人有配偶，另有8人有伴侣但未同居。

在国外，有很多孤独症人士之间恋爱的故事。

孤独症人士的性教育与普通孩子的性教育是同步开始的。他们从小就被教会什么能做、什么不能做。当他们开始与异性约会时，也是父母大为紧张的时候。有些孩子，初次约会需要父母为他们创造一个自然的机会。于是，约会可能以家庭聚会的方式进行，父母在客厅里聊天，两个孩子在房间里说话。父母会要求他们不要锁门。

露丝和托马斯是两位澳大利亚的高功能孤独症青年。

回忆起自己第一次遇见露丝时的感受，托马斯只需一个字来形容：哇！

"初次相遇的经历是令人难以置信的。她开口就问我：'你认识哈利·波特吗？'我愣了一下，随后意识到她这么问是因为我的名字和伏地魔的名字（Thomas Riddle）相同。

"那次邂逅让我发现了她的与众不同，她的独特。因为我自己往往就会做出同样的事情来，圈圈绕绕地说出一些让别人摸不着头脑的话来。

"所以，当听见她在我面前说出那样的话来，我感觉，哇，这个女孩简直绝了！"

露丝表示，她和托马斯彼此理解。她说："我估计，一个正常人会很快把我甩掉，但这次，我感到两人之间存在着紧密的联系。所以，棒极了！"

大卫和林茜是两位高功能孤独症人士。大卫是一名气象学家。林茜有艺术学位,在一家孤独症的公益组织工作。他们俩在一次孤独症人士的聚会上相识,之后开始相恋,同居了八年。

大卫理性刻板,林茜感性活泼。虽然性情不一,但两人彼此非常了解孤独症的特点,彼此都有出众的智力和认知能力来理解和协调,认真积极地相互容忍和回避对方的禁区,包括从思维方式的不同到生活习惯的不同。

同居第八年,大卫向林茜求婚,林茜高兴地接受了。

斯迪夫是低功能孤独症人士。五十多岁的他和妻子吉达共同生活了17年。吉达有轻微的学习障碍,但是语言流利、感情丰富。当采访者问"如何和只能一问一答的丈夫交流情感"时,她说,斯迪夫虽然不怎么说话,更不用说通过语言表达情感了,但是她会从丈夫的眼睛里看到他的情感。

孤独症人士的爱情与婚姻

在国内,孤独症人士恋爱结婚的例子比独立工作更加稀有。个别与普通人结婚的孤独症人士,往往被父母刻意保护着远离"孤独症"这个圈子,成为一个美丽遥远的传说。孤独症人士的爱情与婚姻,与普通人的一样,需要心灵的吸引和生活方式的契合。

作为国内最早独立上大学、工作和结婚成家的孤独症人士,景林就是这样的一个"传说"。

景林的父母是孤独症圈里的资深家长,同时是科班出身的教育专家。景林从小天资过人,智商达到130,但是孤独症与生俱来的社交缺陷使得她在学习和生活中处处遇阻。她的母亲甄老师在悉心教导女儿的同时研究教育孤独症人士社会性思维的方法，出版了多部专著。

2009年，我在一次私人聚会上见到了景林和她的父母。当时她刚刚大学毕业，和母亲一起在各地巡回讲演。景林跟着父母走进来的时候表情自然，落落大方，表现得彬彬有礼。落座以后很快发现在场的只有一位和她年纪相近的男生越越，她自然地靠近他，试图发起谈话。但越越是个特别害羞、内向的男孩，聊了几句之后就借故躲到楼上去玩电脑，景林只好留在桌旁，参与我们的聊天。中间她还离开了一会儿，上楼去看那个男孩玩电脑，回来对越越的妈妈说："他电脑玩得真好。"

她快人快语，爽朗自信，就像个胸无城府的初中女生。说到孩子独立的话题，她直言不讳地对父母说："我现在最大的愿望就是离开你们！"众人大笑。

那一回，我真切地体会到什么是甄老师说的"有特点的普通人"。后来，景林在北京一家连锁食品企业当了销售员。再后来，她结婚成家，淡出公众视野。最新的消息是：她做了母亲。

石头长得很帅，和所有的年轻人一样喜欢漂亮的女生。从小到大，他喜欢过女明星、女老师、女同学……他曾经为求而不得的爱情而焦虑痛苦，也曾经因为和男同学喜欢上同一个女生而大动干戈。

经过很多次挫折之后，他认真地对妈妈说："如果我谈恋爱了，我会好好和女朋友谈谈孤独症，我不会做任何隐瞒。"

他说："妈妈，说实话，我以前不想要孩子，原因嘛，我不说你也知道。但是，为了让你圆做奶奶的梦，我会要孩子。可是，现在我突然觉得我必须要有自己的孩子，因为你那么爱我，我也想爱我的孩子。没有孩子，老了太孤独了。"

冬天的一个晚上，秋实和初次见面的一个女孩并肩走在江边。他很喜欢这个娇小的妹妹，一直不停地和她说话，但女孩明显对他的热情有点接受无能。秋实彬彬有礼地问："我很喜欢你，我可以牵你的手吗？"女孩红着脸摇摇头。

秋实有些失望，但他仍然保持着微笑，礼貌地退开一点距离。

秋实一直断断续续地与女孩交往。最开始时，妈妈很紧张，也抱着很大期望。但通常谈个一年半载，秋实和女孩的交往就无疾而终了。

"他的理解力还处于小学生的水平，与人交往很难深入。"妈妈说，"女孩们都很聪明也很现实。如果不是对他本身特别喜欢的话，她们就觉得没有必要交往下去了。"

慢慢地，妈妈向秋实灌输"如果找不到有缘分的女孩，一个人过也挺好"的观念。秋实口头上也认同，但他心里还是想有一个一直能够相守的伴儿。

著名孤独症专家、北京大学第六医院郭延庆医生认为："孤独症人士有恋爱的要求，也有这个自由（包括生育）。他们所面临的困难一方面来自他们可能与生俱来的特质，一方面来自社会对这些特质的不了解和不接纳。这些特质本身不涉及价值和道德的判断，如果从认识、了解、接纳和欣赏的角度去看，这些人很值得信赖、很可靠，也许是我们常人自己不够好。如果有了这样的态度和认识，孤独症人士也可以并且愿意成为我们的朋友。"

资深家长、《阿斯伯格综合征完全指南》的译者之一冯斌认为："孤独症谱系的范畴实在太大，没有办法用一种思想和方法泛化到各个层次，不同程度的孤独症有不同程度的目标和期望。

"我们必须正确认识到自己孩子的定位，做孩子能力之内的规划和期望。调整家长自己的理念和期望，一切以孩子的现实出发，而不是以家长自己的愿望和执念，或是以别人的经验和榜样为准。

"青春期的性教育必须要和他们将来的生活相配合，有能力的当然可以培养恋爱和婚姻的知识和技巧，没有能力的也可以引导他们如何单独生活，如何合理地释放自己的性需求。"

参考资料：

纪录片《恋爱中的自闭症》(Autism in love)。

《成长中的爱与性|恋爱中的自闭症人士》，冯斌，来源：微信公众号"以琳自闭症家园"，2016年2月15日。

《一个是阿斯伯格女孩，一个是高功能自闭症男孩，他们恋爱了》，来源：微信公众号"以琳自闭症家园"，2016年8月7日。

纪录片《谱系中的爱》。

第二部分
家：最温柔就是最勇敢

> 正因为时世艰辛，你要等着我……让我们怀着希望去生活。
>
> ——[智利]聂鲁达

*陆诚国画作品

《打渔杀家》

《邯郸梦》

《三岔口》

第一章　危机中抵制绝望

谁没有经历过绝望呢

当我们看到别人的孩子聪明活泼而自己的孩子却冥顽不灵时，当我们的梦想一一破灭时，当我们生活困顿、精神濒临崩溃时，当我们的孩子受到不公平待遇时……绝望，就像魔鬼的利爪撕扯着我们的心，咬噬着我们岌岌可危的理智和灵性。

一项国外研究显示，孤独症儿童家长与美国特种部队队员在承担任务时承受的压力指数是一样的。

对于很多人来说，生活里并没有胜利可言，挺住就是一切。

在孤独症儿童家长这个群体当中，特殊的压力导致人性扭曲的例子也并不鲜见。正如一位妈妈所说："养育特殊孩子不仅能让人发疯，还能让人变狂。"——这种心灵的黑暗正是生长恶的温床。

如果要写下孤独症群体里发生的家庭悲剧，可以写出长长一串：有父亲或是母亲抛弃家庭出走的，有父母带着孩子自杀的，有丈夫失控杀死妻子的，有父亲杀死孩子的……

但是，这没有什么意义。

一方面，这些崩坏的家庭本来就有先天不足，孤独症并不是造成这些家庭悲剧的罪魁祸首；另一方面，任何一个家庭在生活中都会面临种种压力和考验，难的并不只有我们。所以，我要讲述的是人们在面对痛苦、折磨、危机时彼此守护、坚持生活的故事。我们不需要悲情和比惨，我们要传递的是爱、价值和信念。

美国孤独症协会一项题为"与孤独症同行"的研究显示，孤独症家庭的离婚率显著低于普通家庭。美国普通孩子家庭的离婚率为39%，孤独症家庭离婚率为30%，而重度孤独症家庭离婚率仅为27%。

如果说我们要做孩子的守护神，那么，其实孩子也是在为我们守护。

另类星爸蔡春猪

"小蔡啊——"

"发呆"咖啡馆的老板指着靠近隔断和墙角的一个座位告诉我："您要找的就是那位。"

蔡春猪同学盘腿踞坐，从手提电脑前抬头向我打了个招呼。蔡同学圆脸，眼睛贼亮，不笑的时候有一种狮子般的懒散。

这是他的地盘，他在这里"上班"——至少他天天和儿子喜禾告别时是这么说的。

剽悍的人生底色

发现"喜禾爸爸"的经过十分普通:2011年2~3月份,我开始看到他在微博上说孩子得了孤独症,互相关注后在私信里交流找机构、请家教等琐事,发现他说话有一种恶狠狠的幽默感,然后看他的博客被逗得不行。再后来有一天,网上疯转他《写给儿子的一封信》,他突然变成了大名鼎鼎的"爸爸爱喜禾"。有家长说:原来他就是"小蔡"——《东方夜谭》里经常绷着脸被刘仪伟呼来喝去的策划兼主持人蔡春猪。

突然的走红使他有点不自在,有时他会删除自己写的帖子。别人称赞他是"伟大的爸爸",他会觉得有点受不了,甚至考虑停掉这个账号,重新开一个像以前那样专门胡说八道的。但到目前为止,他还是照自己的方式应付一切,幽默、温和的皮毛下时常露出剽悍的爪子,让人为之一惊。

20世纪80年代末,职高毕业的他跑到广东去打工,两年以后漂到北京,混迹于圆明园的艺术丐帮之中。他觉得这里自由、浪漫,很适合自己,于是就待了下来。从听课蹭饭到接活挣钱,做摄像、电视策划,写小说,当记者,网络来了他混BBS,当西祠胡同"无厘头以人为本"的版主……

"我混得不好。"他这样评价自己,"我不爱混圈子,也不爱结交名人。没事我就想待在家里,宅。"但是在好朋友当中,他是个出了名的会说段子的人,那种出其不意的冷幽默让人笑过之后又五味杂陈。

在北京混了十年之后,他买了房子,娶了媳妇,成家立业,这个父母最喜欢又最操心的孩子终于让父母放了心,然后喜禾降生了。2011年初,两岁半的喜禾被医院诊断为孤独症。

被打蒙的蔡春猪一边开车一边哭,竟然也回到了家。他拿着存有几百个号码的手机,却一时不知道能打给谁。

日子总要过下去,蔡春猪身上的草根生命力让他挺过来了。他说:"我父母都是农民,我也是。我相信凡事到了谷底就不会再坏了,总会慢慢好起来。"

"喜禾对你最大的改变是什么?"

他想了想说:"责任感。以前我是个特别懒的人,现在我太太辞职照顾孩子,一家子就靠我了。我是男人,得撑起来。"

他真的撑起来了,而且是以意想不到的方式:微博写了两三个月之后,新星出版社决定将他的博客文章和微博文字结集出版,名字就叫《爸爸爱喜禾》。他幽默有力、个性十足的文字得到了业内的认可,出版社纷纷来洽谈出版他的其他作品,他的电影剧本也在改编洽谈当中。

不为未来之事忧虑

最大的欣慰来自喜禾的进步。他从不说话开始变成"乱说话",比如对着爸爸激动地叫"公共汽车!"。蔡春猪本来就宅,现在更是一有空就陪儿子疯玩,尽量把晚上和双休日的时间都留给他,用他的话说是"把爱狠狠地向他砸过去"。

儿子患孤独症使他接触了一个以前从不知道的圈子:孤独症儿童家长。在最近的一次聚会上,他们一家成了大家关注的焦点。"他和他妻子都很安静,不太说话,和我们在网络上看见的大不一样。"一位家长说。

那篇让他一夜成名的《写给儿子的一封信》同样引起了家长的关注,但他们的反应则更为复杂。一位"老"家长说:"这位父亲的文笔很好,把情景再现得非常真切,把感受表达得非常贴切。唉,不过,又能如何呢?今后要走的路还很长,怕是连品味黑色幽默的心情都没有了。"

蔡春猪不是很适应这个圈子,在他看来有些家长太过焦虑:"有个家长不停地跟我说他儿子的种种不良行为,焦虑得不行。可我看他孩子多好啊!这么多优点,简直羡慕死了。"

"但你真的不为孩子的未来忧虑?"

"忧虑。"他顿了顿,稍稍犹疑又恢复了开朗,"未来就是没来,为什么要为这没来的事忧虑?"

对于他来说,生活已经恢复了常态。他是一家之主,是职业编剧和作家,负责挣钱、接受记者采访和与孤独症儿童家长交流——尽管新书需要宣传,但他坚持只有自己出头露面,尽可能地保护家人的隐私。他的妻子在家里照顾孩子。喜禾,虽然被医生判定为患有孤独症,但在他眼里却是一个最酷、最可爱的孩子,成长中的精灵,他灵感和欢乐的源泉。

以后的事,谁知道呢?

后记

小蔡一家后来的生活和每一个有孤独症孩子的家庭大同小异。喜禾由妈妈陪伴在青岛接受了一段时间的培训，随后回到北京。姥姥帮忙带孩子，妈妈重新找了工作。

2016年，喜禾到了上学年龄。小蔡和所有外地户口的在京学生家长一样，早早去教育局排队，为各种证明文件心急火燎，抱怨连天。9月，喜禾终于和北京二十多万一年级新生一样背上小书包去上学啦，他跨入了一间特殊小学的门槛。

2018年底，小蔡和儿子一起出了"爸爸爱喜禾"系列的第三本书《你一直在和自己玩》。爸爸写字，喜禾画画。

"他喜欢我，愿意跟我在一起，碰巧我也喜欢他。我们愿打愿挨的，就够了。我不嫌弃他，他不嫌弃我。"小蔡同学现在心满意足。

许爸爸：曾经三次想要放弃儿子

端午节前几天，许爸爸被许妈妈骂了一顿。

那天，许爸爸在网上和网友聊起儿子的事，心里难过，写了几句肺腑之言，哭了一场。许妈妈回家后，许爸爸拿给她看。谁知许妈妈看了很生气，说他太悲观。许爸爸乖乖地跑来跟我说："我写的那段文字不要写进去了，老婆骂死我了。"

在他的心目中，老婆既是说一不二的一家之主，又是睡得像懒猫一样的小娇妻，还是会在下雪天捏小雪人玩的长不大的小女孩。

从一个人到一家人

许爸爸名叫许捷，湖南资兴人，他自己是脑瘫患者，有个已经成

华夏特教

书号	书名	作者	定价
*7658	孤独症入门		
*7658	孤独症谱系障碍：家长及专业人员指南	[英]Lorna Wing	36.00
*9879	阿斯伯格综合征完全指南	[英]Tony Attwood	78.00
*8066	孤独症和相关沟通障碍儿童治疗与教育	[美]Gary B. Mesibov	49.00
*0157	影子老师实战指南	[日]吉野智富美	49.00
*0014	早期密集训练实战图解	[日]藤坂龙司等	49.00
*0119	孤独症育儿百科：1001个教学养育妙招（第2版）	[美]Ellen Notbohm	88.00
*8138	孤独症孩子希望你知道的十件事（第3版）		49.00
*9202	应用行为分析入门手册（第2版）	[美]Albert J. Kearney	39.00
	融合教育		
9201	"你会爱上这个孩子的！"（第2版）	[美]Paula Kluth	98.00
*0078	遇见特殊需要学生：每位教师都应该知道的事	孙颖	49.00
9497	孤独症谱系障碍学生课程融合（第2版）	[美]Gary Mesibov	59.00
9329	融合教育教材教法	吴淑美	49.00
9330	融合教育的理论与实践		59.00
*9228	融合学校问题行为解决手册	[美]Beth Aune	28.00
*9318	融合教室问题行为解决手册		36.00
*9319	日常生活问题行为解决手册		38.00
8957	给他鲸鱼就好：巧用孤独症学生的兴趣和特长	[美]Paula Kluth	30.00
*9210	资源教室建设方案与课程指导	王红霞	59.00
*9211	教学相长：特殊教育需要学生与教师的故事		39.00
*9212	巡回指导的理论与实践		49.00
8338	靠近另类学生：关系驱动型课堂实践	[美]Michael Marlow 等	36.00
*7809	特殊儿童随班就读师资培训用书	华国栋	49.00

书号	书名	作者	定价
经典教材|工具书|报告			
0127	教育研究中的单一被试设计	[美]Craig Kenndy	88.00
*8736	扩大和替代沟通（第4版）（AAC）	[美]David R. Beukelman 等	168.00
9707	行为原理（第7版）	[美]Richard W. Malott 等	168.00
9426	行为分析师执业伦理与规范（第3版）	[美]Jon S. Bailey 等	85.00
*8745	特殊儿童心理评估（第2版）	韦小满、蔡雅娟	58.00
8222	教育和社区环境中的单一被试设计	[美]Robert E.O'Neill 等	39.00
*8202	特殊教育辞典（第3版）	朴永馨 等	59.00
*9715	中国特殊教育发展报告（2014-2016）	杨希洁、冯雅静、彭霞光	59.00
新书预告			
出版时间	书名	作者	估价
2021.11	孤独症谱系障碍儿童视频示范实用指南	[美]Sarah Murray 等	59.00
2021.11	孤独症谱系障碍儿童焦虑管理实用指南	[美]Christopher Lynch	59.00
2021.12	看图学社交	徐磊 等	88.00
2021.10	图说社交技能（儿童版）	[美]Jed E.Baker	78.00
2021.10	图说社交技能（青少年版）		78.00
2021.12	社交技能培训实用手册		88.00
2021.12	迎接我的青春期：发育障碍男孩成长手册	[美]Terri Couwenhoven	28.00
2021.12	迎接我的青春期：发育障碍女孩成长手册		28.00
2021.12	长大成人：孤独症谱系人士转衔指南	[加]Katharina Manassis	59.00
2021.10	相处的密码	[美]Carol Gray	28.00
2022.01	应用行为分析与儿童行为管理（第2版）	郭延庆	49.00
2022.01	谱系女孩闯江湖	[美]Jennifer O'Toole	49.00

微信公众平台：HX_SEED（华夏特教）

微店客服：13121907126（同微信）

天猫官网：hxcbs.tmall.com

意见、投稿：hx_seed@hxph.com.cn

联系地址：北京市东直门外香河园北里4号（**100028**）

标*号书籍均有电子书

书号	书名	作者	定价
生活技能			
*0130	孤独症和相关障碍儿童如厕训练指南（第2版）	[美]Maria Wheeler	49.00
*9463	发展性障碍儿童性教育教案集	[美] Glenn S. Quint 等	59.00
*9466	发展性障碍儿童性教育配套练习册		12.00
*9464	身体功能性障碍儿童性教育教案集		79.00
*9465	身体功能性障碍儿童性教育配套练习册		24.00
*9215	孤独症谱系障碍儿童睡眠问题实用指南	[美]Terry Katz	39.00
*8987	特殊儿童安全技能发展指南	[美]Freda Briggs	42.00
*8743	智能障碍儿童性教育指南	[美]Terri Couwenhoven	68.00
与星同行			
*0109	红皮小怪：教会孩子管理愤怒情绪	[英]K.I.Al-Ghani 等	36.00
*0108	恐慌巨龙：教会孩子管理焦虑情绪		42.00
*0110	失望魔龙：教会孩子管理失望情绪		48.00
*9481	喵星人都有阿斯伯格综合征	[澳]Kathy Hoopmann	38.00
*9478	汪星人都有多动症		38.00
*9479	喳星人都有焦虑症		38.00
*9537	用火车学对话：提高对话技能的视觉策略	[美] Joel Shaul	36.00
*9538	用颜色学沟通：找到共同话题的视觉策略		42.00
*9539	用电脑学社交：提高社交技能的视觉策略		39.00
*9800	社交潜规则（第2版）	[美]Temple Grandin	68.00
*9090	我心看世界（最新修订版）		49.00
*7741	用图像思考：与孤独症共生		39.00
8573	孤独症大脑：对孤独症谱系的思考		39.00
*8514	男孩肖恩：走出孤独症	[美]Judy Barron 等	45.00
8297	虚构的孤独者：孤独症其人其事	[美]Douglas Biklen	39.00
9227	让我听见你的声音：一个家庭战胜孤独症的故事	[美]Catherine Maurice	39.00
8762	养育星儿四十年	[美]蔡张美铃、蔡逸周	36.00
*8512	蜗牛不放弃：中国孤独症群落生活故事	张雁	28.00
*9762	穿越孤独拥抱你		49.00
*6635	与自闭症儿子同行系列(1、2、3)	[日]明石洋子	75.00

系 列 丛 书

书号	书名	作者	定价
*0149	孤独症儿童关键反应教学法（CPRT）	[美]Aubyn C.Stahmer 等	59.80
9991	做·看·听·说（第2版）	[美]Kathleen Ann Quill 等	98.00
8298	孤独症谱系障碍儿童关键反应训练（PRT）掌中宝	[美]Robert Koegel 等	39.00
*9941	社交行为和自我管理：给青少年和成人的5级量表	[美]Kari Dunn Buron 等	36.00
*9942	神奇的5级量表：提高孩子的社交情绪能力（第2版）		48.00
*9943	不要！不要！不要超过5！：青少年社交行为指南		28.00
*9944	焦虑，变小！变小！（第2版）		36.00
9852	孤独症儿童行为管理策略及行为治疗课程	[美]Ron Leaf 等	68.00
*9964	语言行为方法：如何教育孤独症及相关障碍儿童	[美]Mary Lynch 等	49.00
*8607	孤独症儿童早期干预丹佛模式（ESDM）	[美]Sally J.Rogers 等	78.00
*9489	孤独症儿童的行为教学	刘昊	49.00
9324	功能性行为评估及干预实用手册（第3版）	[美]Robert E. O'Neill 等	49.00
*5809	应用行为分析和儿童行为管理	郭延庆	30.00
*0005	结构化教学的应用	于丹	69.00
9678	解决问题行为的视觉策略	[美]Linda A. Hodgdon	68.00
9681	促进沟通技能的视觉策略		59.00
9203	行为导图：改善孤独症谱系或相关障碍人士行为的视觉支持策略	[美]Amy Buie 等	28.00
*9496	地板时光：如何帮助孤独症及相关障碍儿童沟通与思考	[美]Stanley I. Greenspan 等	68.00
*9348	特殊需要儿童的地板时光：如何促进儿童的智力和情绪发展		69.00
*9500	社交故事新编（十五周年增订纪念版）	[美]Carol Gray	59.00
*8958	孤独症儿童游戏与想象力（第2版）	[美]Pamela Wolfberg	49.00
8936	发育障碍儿童诊断与训练指导	[日]柚木馥、白崎研司	28.00

年的孤独症儿子萱萱。

在发现孩子患有孤独症以前,他在当地可以称得上是身残志坚、勤劳致富的典型。

由于早产落下脑瘫,他从小就走路不稳,说话吃力。亲戚们把他当成废人,劝父母把他"养起来"(也就是好吃好喝关在家里),但许捷却想去读书。直到9岁,他才终于上了小学。

许捷自尊心强,不要父母接送,坚持自己走路上学。走不好路他就早起床,慢慢走。他的学习成绩很好,同学们对他很佩服,老师也很照顾他。19岁初中毕业,因为身体残疾上不了高中,许捷开始自食其力,在父亲和叔叔合伙开的汽车修理厂做管理。

"我不愿意像猪一样过完我的一辈子。"他说。

起初这个修理厂只有他一个专职人员。为了跑业务,他跑遍了资兴的各个角落,一家一家跑业务,一笔一笔收欠款。后来,厂里招了个年轻姑娘给他做助手,两个人一起跑业务、收账。

很快,许捷爱上了这个善良勤快的姑娘,他紧追不舍。1999年,他们结婚了。

年底,孩子出生。太太在家带孩子,不放心他一个人行动不便还在外面跑。于是,许捷从修理厂辞职,在镇上开了一家网吧。赶上21世纪初互联网最初的发展大潮,网吧扩张很快,从最开始的6台电脑,几年下来发展到40台电脑。妻子贤惠,儿子可爱,生意蒸蒸日上,曾经被当作"废人"的许捷终于通过努力奋斗过上了梦寐以求的幸福生活。

"开网吧的头几年是我最累也是最充满希望的时候。"他回忆说。

孩子跑了,他的第一个反应是"解脱了"

2003年10月,3岁的儿子被发现患有孤独症。

"我当时蒙了。在网上查到孤独症是怎么回事,吓得我几个月没有吃好饭、睡好觉,觉得生活一片空白。"

太太带着孩子去广州训练。尽管妻子拼命省钱,但昂贵的训练费用成为家庭的沉重负担。家里的积蓄逐渐变少,许捷整天泡在网吧里忙,用身体的疲惫麻木内心的痛苦。

亲戚们的称赞也变成了怜悯和讥讽。许捷和他们慢慢断了来往。

2004年元旦,许捷一家去深圳玩。一天他们在朋友家的小区里散步,太太去买水喝,要他照看孩子。4岁的儿子跑得飞快,许捷腿脚不灵追不上,叫他也不听,一下子就没影了。孩子跑了,许捷的第一个反应是"解脱了"。

太太回来发现孩子不见了,发疯似的到处找。许捷也反应过来,赶快去找保安帮忙。

孩子很快找回来了,原来他想找妈妈,没有找到,就自己顺着来路往回跑了。

"我一直记得那十分钟的感觉:高兴、焦急、后悔、激动、自责……什么都有。这是我第一次闪过想放弃他的念头。"许捷说。

他发帖"要杀了孤独症儿子"

在广州训练一年半以后,孩子回来上了幼儿园,由太太陪读。一家人重新团聚,对生活也重新充满希望。但是,孩子越来越大,幼儿园待不住，又没有学校愿意收——怎么办？或许大一点的城市能给孩子更好的出路？怀抱这个希望，许捷在2007年转让了网吧，举家迁到郴州，用网吧转让的钱在郴州市区买了个不临街的门面和60平方米的住房。

可是，郴州并没有一所学校能接收孩子，他们只好把他送进一家孤独症训练机构。

两年间，许捷在郴州的创业很不顺利。卖百货、卖早餐，都没有挣钱，反而亏了本。儿子的学费要1500元一个月，全家生活费每月至少要3000元。家庭入不敷出，几陷绝境。儿子没有进步，太太又患上了抑郁症，病情发作的时候就想要自杀。

2012年，许捷的妈妈做心脏手术，家里的亲戚在探病时责骂他拖累了父母。

"我几乎崩溃，第一次生出了杀死孩子的念头。"

他连续几个晚上失眠，要靠把自己灌醉才能睡几个小时。

"我还记得绝望的感觉：心是凉的，全身都是凉的。"

一天晚上，绝望中的许捷在百度的"孤独症贴吧"里发了个帖子："我要杀了孤独症儿子。"

"当时是这样想的：（他死了）我父母解脱了，老婆解脱了，我自己怎么样都不在乎了。"

但是，和第一次一样，他发完帖就后悔了。一方面自责为什么会有这么罪恶的念头，一方面却控制不住地想：假如……是真的呢？

这样煎熬了几天，他再也受不了了。一天下午，他悄悄出了门，去找一直帮助妻子做心理干预的心理咨询师老陈。

"我跟他说了近两个小时,把心里所有的痛苦、愤怒、阴暗的念头都倾倒出来。自己哭了一场,舒服多了,就把这个念头抛开了。现在想想,好在当时没有实施,否则,结果将是多么的可怕、多么的罪恶啊!"

不抛弃,不放弃

绝望和发泄过后,生活还要继续。

为了生计,许捷自学修电脑,开了个电脑维修部维持生活。太太的病时有反复,他精心关照太太按时服药,志愿者们及时介入进行心理疏导,太太的病情渐渐有了好转。

随着年龄增长,本来就有残疾的许捷身体慢慢变差。2014 年,他摔了一跤,一个月行动不得。

电脑维修的生意越来越惨淡,只好开个小小的网店暂时补贴一下家用。一开始他也不知道要卖什么,只能卖手机充值卡。但没钱做宣传,网店根本没有人看到,生意惨淡,他急得要命。走投无路之际,以前的那种阴暗的想法又开始浮上来。

好在经过多次心理较量,许捷已经知道如何克制住那些可怕的念头,他决定到当时流量最大的圈内网站"以琳自闭症论坛"上发帖求助。

论坛负责人方静核实了许捷的情况,很感动,发动网友想办法帮助。刚创办的星日公众号发布了许捷的求助信和经过核实的相关信息。

很多网友和志愿者帮助他出谋划策、免费宣传推广,更多的人不声不响地前来消费。蜂拥而至的消费者让许捷应接不暇,网店一度陷入瘫痪，只好暂时停止接单。

热心的网友们发现，仅仅来消费是不够的，必须从头开始帮助许捷学会如何做电商。于是，以琳的志愿者们经常在网上讨论如何从技术、管理、市场上帮助许捷的网店打开局面，或者帮他学些技术，做别的工作。

"感谢那些不曾谋面的朋友，你们的支持和帮助给了我信心和力量。"许捷由衷地说。

后来，网店又转型为微店，许捷做在线客服，妻子帮助他打包发货。一家人的生计终于有了着落。

番外1　2016—2017年：许家这一年

2016—2017年，许家这一年，过得不容易。

许爸爸今年41岁了。他自幼患脑瘫，随着年纪增长，身体的机能逐渐下降。"我目前身体暂时没有大的毛病，只是已经走不动路了，在家里走路都要扶墙，感觉膝盖很无力，每迈一步都要小心翼翼，害怕摔跤。"以前每天傍晚他和妻子会出去散步，但现在他出行基本上要靠三轮车。

比体力下降更令人忧虑的是，修理电脑的生意日益惨淡。由于电脑被手机取代，今年以来，他的小店几乎没有卖出过新电脑。电脑维修的生意也下滑得厉害，几天才有一单。

相比之下，网店的生意还比较好。"以琳帮我大力推广，我目前能够在网上卖点东西了，但是找货源非常困难。我对每个（来买东西的）人都怀着感恩的心，坚持不好的东西不做，贵得离谱的东西不做，一

*许爸爸一家近照

切要对得起买我东西的朋友。"

去年,许妈妈抑郁症发作住进医院,很多朋友和家长用各种方式支持他们。现在,许妈妈慢慢恢复了健康。近日,她通过交警队的招聘做了文明劝导员(辅警),早上7点半上班,12点半下班,一天工资60元。"回来还要做饭,很辛苦。"许爸爸心疼地说。许妈妈有腰椎间盘突出,不能久站,而她现在的工作一天要站近五个小时。许爸爸担心她吃不消,可是她愿意去,觉得开心,许爸爸就支持她。

儿子的情况还是不乐观。萱萱今年18岁,正值青春期,情绪波动很大,好的时候能帮助家人做简单家务、买菜、用高压锅煮饭;不好的时候会骂人、打人,家人无法制止,只能依靠服用精神类药物。最令人难堪的是,他会学着别人说一些辱骂父母的话让家人伤心。

为了避免刺激病中的妻子,儿子现在由爷爷奶奶带养。许爸爸一提起来就想落泪,他是多么希望一家人团聚、和和美美地过日子啊。

针对许家的困难,当地政府也给予了救助。他们全家享受低保,每人每月300元,每季度发放一次。许爸爸和儿子还享受每人每月100元的重残补助。

1100元,这就是全家三口人每月的稳定收入。

2017年春节前,有一个家长群的群主同情许家的困难,捐了一笔钱给许爸爸，但当时群里刚好有另外一个星儿爸爸突然患了癌症，许爸爸就将这笔相当于全家一个季度固定收入的捐款让出来，捐给了这位爸爸。

"我是需要别人帮助的，但我也要力所能及地帮助别人。这样生活才有意义。"许爸爸总是能口出金句。

对于未来的生意方向，许爸爸和许妈妈有些小小的分歧。许爸爸觉得网店的生意有前景，成本低，值得当作主业。许爸爸从小就是弱视，为了做好网店生意，特意换了 27 英寸的显示器。可是，许妈妈觉得网上的家长是出于同情来买东西，她不好意思受人照顾。尽管不太看好网店生意，但她还是全力帮助许爸爸。店里卖出的每一份冰糖橙、蜂蜜都由她亲手打包、发货。

父亲节就要到了，我让许爸爸许个愿望。他说："我希望孩子的情绪稳定，早点度过青春期的难关。我希望他能学会炒菜，自己给自己做好吃的。我真的希望我们一家三口能够团圆，孩子能够安心地和我们住一起，不再捣蛋。"

2017—2018 年跨年的时候，许爸爸告诉我："孩子接回来已经半年了，最艰难的时候终于过去了。"

"孩子刚回来的时候，打我，吃饭的时候拿筷子戳我，现在都过去了，能平静地生活在一起了。有时候，他还能帮助父母干点活，搬东西，摘橙子……"

其实，我们心里都明白，"难"并没有过去。即使旧的艰难过去了，新的艰难还会来。但是，一家人在一起，让他觉得生活还有希望，有欢乐。

(硬广告：萱萱现在可以帮助父母摘橙子。在微店"紫依电脑商行@郴州土特产"订货，或许你收到的土特产品里，也包含着萱萱的一份劳动呢！)

番外2　许妈妈的告白：我从来没有后悔嫁给你

18年前，她自由恋爱嫁给许爸爸，一直为这个家庭含辛茹苦，付出了自己的全部。她为他生儿子，帮他做生意，独自带孩子到广州训练，陪着他全家搬到郴州，替他干他干不了的所有体力活：拆装电脑、装卸货物、打包……他体力不好，不爱运动，她就每天拉着他去散步。儿子长大了需要接触社会，爸爸行动不便，许妈妈就经常带他去参加志愿者组织的公益活动。和很多大朋友在一起，儿子很开心。

她最心疼的还是丈夫。

"其实，他挺难的。"她对我说，"我心情不好的时候，就爱冲他发脾气。他心情不好的时候，闷在心里。"

我问她："你还爱他吗？有没有后悔嫁给他？有没有想过，如果嫁给别人可能生活得更轻松？"

她说："没后悔过。我们在一起已经18年了。以后他走不动了，只能在家上网做生意，我可以出去做事。"

"我不觉得辛苦。"她说。

"那么，你对他有什么希望？"

"他心情一直不太好，我希望他开开心心的。我不需要赚太多钱，只希望全家平平安安的。"她还说，"责任是夫妻一起承担的，不要大男子主义。"

秋爸爸一家的艰难时刻

秋爸爸是孤独症人士家长圈中的"名人"。他有一对患有孤独症的双胞胎儿子宝宝、贝贝。他的本职工作是遗传学研究员,业余担任北京ABA家长促进会会长,在以琳自闭症论坛担任版主、志愿者,经常运用丰富的专业知识为其他家长排疑解难。他是个爽朗、诙谐、有点贫嘴的北京人,讲科学,认死理,反中医,挺方舟子,热心助人,也特别爱和别人在网上争辩,因此拥有大批粉丝。

2011年11月19日下午,秋爸爸家的老大宝宝在北京儿童医院被怀疑得了急性白血病。通宵失眠到第二天凌晨的秋爸爸,在微博上留下一个大大的"NO"和一颗破碎的心。

"那时我们差点垮掉了。"秋爸爸坦承。

第二天中午,秋爸爸家的朋友、同为家长的燕原(网名)经秋爸爸、秋妈妈同意,在以琳自闭症论坛志愿者内部讨论区发帖公布此事,并求助。傍晚,以琳志愿者thankstoyilin(网名)在以琳自闭症论坛发帖"携手秋爸",相约帮助秋爸共渡难关。

秋爸爸家中没有老人可以帮忙,夫妻二人都是上班族,一直依靠保姆帮忙带孩子,孩子出了事立刻就无法正常运转。这时,北京的志愿者和家长已经紧急行动起来,帮助秋家料理各项医疗、家庭事务。大家讨论决定:秋爸、秋妈全力以赴救治宝宝,由秋家小姐姐带弟弟贝贝继续上学。

21日下午，宝宝入院做了骨髓穿刺检查，经检查为急性非淋巴细胞白血病。

21日，北京星星雨教育研究所负责人孙忠凯闻讯打来电话，以壹基金海洋天堂计划的名义向秋爸家提供特别补助1500元——这是秋家接受的第一笔来自公益机构的捐款。

秋爸爸是北京市孤独症儿童康复协会的活跃会员，协会里很多相识的朋友马上伸出了援助之手。协会理事林女士是医生，一直热心地帮助他联络医院、与医生沟通。

22日，以琳志愿者们说服秋爸爸接受募捐。志愿者经协商分工，由thankstoyilin等三位志愿者分别负责募款账号的设立、管理和账目公开。

23日，经秋爸书面同意，以琳志愿者团队公布账号，设定捐款上限目标，在以琳自闭症论坛上为秋宝宝募捐，并开专帖通报募捐情况。

在北京市孤独症儿童康复协会的努力下，中国福利基金会同意成立救助贫困孤独症儿童的专项基金。

24日，宝宝第一天入院检查。

29日，"以琳志愿者团队2011"在新浪微博发起"为患白血病的自闭儿'秋宝宝'送祝福"微活动。中国福利基金会专项基金"贫困自闭症儿童救助"官方微博同日开通。

腾讯微公益、新浪亲子大本营官方微博都发布了宝宝的有关信息，号召大家伸出援手，帮助孩子和家庭渡过难关。

12月3日，关注并参与"为患白血病的自闭儿'秋宝宝'送祝福"微活动的公益人"中国困境儿童关注日"提议，将每年的12月12日设立为"中国困境儿童关注日"。该提议在三天内获得八百多条标明"我提议"的转发。

12月7日,以琳志愿者团队发布公告宣布募捐结束,捐款账户销户,全部捐款已经转给秋爸爸的账户。团队公布了捐款总额、笔数和所有能统计到的捐款人信息。短短两周,在一个小众的专业平台上,有六百多人为宝宝捐款,再加上7家康复机构的捐款和一笔海外捐款,捐款人数达到七八百人。这些人,有些是教师和公益人士,更多的是孤独症孩子的家长,秋家的危难牵动了他们的心。

与此同时,宝宝、贝贝先后就读的北京五彩鹿儿童行为矫正中心、北京星希望孤独症康复中心和北京市海淀区培智中心学校也组织了"给白血病宝宝"的捐款活动。

宝宝是个温顺快乐的孩子,动作比弟弟慢,看起来不如弟弟机灵,但总是下意识地让着弟弟,很少发脾气。他不明白为什么自己要离开家住进一个满是陌生人的房间,不明白为什么要打那么粗的针还一动都不能动。

化疗需要整天躺在床上,可是孤独症孩子安静坐20分钟都很困难。宝宝一开始不懂得配合,去拔管子,血一下子就冒出来,溅得医生、护士的衣服上全是。两个姐姐24小时在病床上陪护,按着他的手让他不要拔。

秋妈妈含着泪回忆:"那时我每天还得坚持上班,下班打饭给他们吃,10点半再回租的房子里。天很黑,星月惨淡,我一个人走,就不断地想:老天你为什么对我这么不公?你把这些苦加在我身上没关系,不要把苦降临到我的宝宝身上,我愿意代他受罪受罚……"

为了帮助宝宝理解什么是"生病",为什么要"住医院",以及在医院里应该怎么做,以琳志愿者、注册行为分析师朱朱和以琳的老师们专门研制了一套图片,志愿者们将这套图片打印成彩色图卡书,让病床上的宝宝了解自己的处境,减少不必要的恐惧。

宝宝慢慢适应了"住院"。只要身体不难受,只要爸爸妈妈陪在身边,他就会露出大板牙笑,还会应大人的要求唱歌。骨髓穿刺手术不能打麻药,要用针直接从锁骨附近扎进去取骨髓。他没有大哭一声、大动一下,表现得出乎意料的淡定。"要是我都受不了,但我能感觉到他那种求生的欲望。"秋妈妈说。

突如其来的灾难还有一个意想不到的好处:让秋爸和秋妈的心贴得更紧了。以前经常嫌秋妈风风火火的秋爸现在看到妻子不停奔忙的身影,心中涌起更多的爱和歉意。

甚至连一向调皮捣蛋的贝贝也察觉到了家里有事,他变得比平常老实,也有些不安。父母和宝宝都不在家的晚上,他就在家里到处转悠,寻找从小陪伴他的哥哥。

12月7日,秋妈妈写信感谢所有帮助他们一家的人:"你们用真实的善意之举证明了这世间所有的可能。还有那么多素昧平生、来自各方的朋友,以及教导、帮助过宝宝的老师和志愿者,你们让我看到了人性的光辉和寒夜中温暖的希望,感受到这个群体浓浓的亲情和相濡以沫的气氛。我仿佛听到了善良诗句,看到了一个光明的世界。我想,你们每个人心中一定有一股坚定的信念,才让你们的内心变得如此强大、如此美好。这种信念,也一直在我的心中。"

2012年6月18日,秋爸爸在微博上向大家报告:"秋歌(宝宝)AML-M2的化疗从首轮诱导缓解到巩固共做了5轮,目前治疗初步完成,这已是很大的胜利了。最新检查:除 WBC 略低,其他血象在正常值范围内。医生说暂不考虑移植,继续休养,防感染仍为日常重点,定期返院检查。置入体内的输液港暂保留。"

如今,宝宝已经平安度过了三年复发期。

养大一对孤独症孩子的历程千辛万苦,每天都要和不可知的问题作战。秋爸爸累伤过老腰,秋妈妈被不知轻重的孩子撞断过鼻骨。他们的生活经常与疲倦和烦恼相伴,免不了争争吵吵。淘气包贝贝不止一次趁大人不备偷偷溜走,吓得大人灵魂出窍,甚至照顾他们的小姐姐也曾因为兄弟俩在地铁站上吵闹不休被人怀疑成拐骗儿童的嫌犯……但是,他们都坚持下来了。宝宝、贝贝现在是特殊教育学校的高年级学生。秋爸爸爱好摄影,经常在微博上晒一家人出游的照片。两个虎背熊腰的小伙子站在一块气势不凡,秋爸爸和秋妈妈的笑容则越来越多。

2017 年春节,秋爸爸一家千里迢迢开车回到秋妈妈的家乡重庆。两个儿子不适应南方的湿冷天气得了感冒,吃不惯麻辣菜肴只想吃肯德基。秋妈妈要走亲访友,忙里忙外;秋爸爸顾了这个顾那个,累得够呛。有亲戚看他们夫妇太辛苦,提议早点把两个孩子送到福利院去。脾气火爆的秋妈妈一听就炸了:"亏你们想得出来!我才不会弄个(这样)做,太自私喽!我就是要陪他们下去,10 年、20 年、50 年都不歇,够不够了,你们统统都不要管我了!"

2017 年 4 月 8 日,秋爸爸和秋妈妈联袂登上中央电视台《朗读者》的舞台,为亿万观众讲述他们一家的故事,最后朗读海桑的诗:

＊秋爸爸一家参加国际迷你马拉松

给我的孩子

你不是我的财富，不是的

如果你一定是财富

那你是时间的财富，是未来的财富

你如此宝贵，我怎能占为己有

一直以来，我都不愿意承认

其实在生命的意义上我们都是奇迹

就像未来不会比现在更重要

你我也只能是对方人生的某个部分

然而我爱你，我的孩子

我爱你，仅此而已

  这一期节目的主题是勇气。主持人董卿引用罗曼·罗兰的话说：世上只有一种英雄主义，就是在认清生活真相之后依然热爱生活。

穿越孤独拥抱你

南雁：陕北有棵"爱心树"

"红尘踏过几何天，装褛钵破痴有年；素颜且观清风月，裹襟勒马纵扬鞭。"这是南雁在 QQ 上的签名——你很难把这颇有感染力的诗句和一位历尽坎坷的孤独症孩子的母亲联系起来。

"有些人的苦，是说不出来的"

2011 年三四月间，我关注了一个名为"陕北爱心树"的新浪微博，她经常转发一些关于孤独症爱心活动的图文。一开始我以为这是一家机构的官方微博。

2011 年 4 月初，她在一条会讯下面的跟帖引起了我的注意："本来也可以去北京开会的，和大家在一起，倾诉一下多年的苦楚，但是，现在的情况使相依为命的母女的不幸和苦难不断升级。变卖家产（唯一的两孔窑洞）、放弃工作才可以去救女儿的命，隐忍、承受、坚持……"

到她的微博上访问，看到的情况使我震惊。她叫南雁，是一位单身母亲，住在陕西绥德——那是陕北地区的一个小县城。她自己是医生，有一个 12 岁大的患有严重孤独症的女儿禾禾（化名）。由于当地没有康复机构，孩子只好待在家里。去年冬天她去上班，孩子一个人在家，家中不慎失火，窑洞内部被烧毁。孩子呼吸道严重烧伤，住院抢救脱离危险后回家疗养。谁知喉部烧伤后的疤痕挛缩造成喉狭窄，致使孩子不能自主呼吸，出现了一天比一天严重的吸气性呼吸困难，再一次住进了医院，进行气管切开术才挽救了生命。现在，禾禾必须天天戴着一个金属的气管套管以维持正常呼吸，一旦套管脱落就会出现致命的呼吸困难。孤独症孩子本来就对异物的刺激敏感，孩子不断地去抓、去拽套管，情绪一来就会抓人、哭闹，气管套管就很容易脱落。

在她的微博上常常见到这样的记录："一整夜没有睡觉，孩子闹得厉害，也表达不出是伤口的疼痛还是其他地方的不适，我的眼皮在打架，孩子不断地揪我的头发。"（3月17日）

"昨天晚上3点孩子的气管套管又一次脱落出来，赶紧起来清洗、消毒折腾了一小时，又给孩子安好。幸好学的是这个专业，要不三更天还得去医院。"（3月21日）

3月初，孩子到市医院做的气管切开手术。手术后，呼吸暂时可以维持了，但是，后期需要做喉成型术，不可预知的情况还有很多，比如不住的呛咳、喉模的脱落而致手术失败等，而且再也发不出声音。看着可爱的女儿，南雁怎么也止不住心中的悲痛。

"只会看着别人盈盈地笑着，没有了任何的声音去表达自己的内心，看着很痛心。想起可怕的火灾、想着浓烟滚滚中哭喊着挣扎的孩子，想着每一次抢救中险象环生的情景，难过至极……肝肠寸断——没有说处，只好对着电脑诉说，记载着自己的心迹。"

这个少有人关注的微博里，一条条都是艰难生活的平实记录，和努力让孩子康复的强烈愿望。

她不会制造噱头吸引眼球，但她和女儿的遭遇没有引人注目的"新闻价值"。有一次，她在跟帖当中幽幽地说：有些人的苦，是说不出来的。

在一则"女白领溺死13岁双胞胎脑瘫儿后自尽"的新闻后面，她感叹:"孩子要存活,母亲要成长,特别是心理的成长。然而,有谁能够设身处地地让这些母亲轻松一分钟,让她的身心休息调整一下呢?没有,坚强和坚持不是说出来的,而是,一分一秒熬出来的啊!"

5月初,我给南雁打电话。

在电话里,南雁的声音爽朗,言语朴实,透着北方女子特有的好强。只有两次,她的声音哽咽不能自已。一次是提到可能就此失声的女儿:"我好不容易教会她喊妈妈,可以后可能永远听不到了……"

还有一次是说到弃家出走多年的丈夫:"他曾经两次把女儿送到乡下去,两次都被我抱回来。他一气就走了,再也没有回来。我本来想全心全意带好女儿,说不定有一天他会回心转意,还是一家人……"

"不可以自己制造悲剧"

如果不是生了一个残疾女儿,南雁一家在当地可算是小康人家。南雁20世纪80年代毕业于榆林市卫生学校,后在西安医学院继续深造,是位经验丰富的耳鼻喉科医生,院里的业务骨干。但是,近十年来,为生病的女儿求医问药已经成了她的主业。

2003年深秋,她打听到北京博爱医院有康复专科,就带着女儿去北京求医。当时黄河大桥未修通,她需要从一个叫河底的渡口漂渡到黄河对岸的山西境内再转车。11月,黄河上天寒风急,同车的人都下车了站在渡板上,从没出过远门的孩子怕得直哭,她只好陪着女儿待在车里漂渡过河。

当第一次到北京的南雁母女好不容易找到医院时,那个名教授的号早已满了。南雁急中生智高喊:"大夫,我是从黄河上漂过来找您看病的，给加个号吧！"教授给她加了号，尽其所能提供了指导意见。但是，北京太远了，看一次病就得花光一年的积蓄，南雁只好带着孩子回到家乡。

在家乡，人们不知道什么是"孤独症"，更没有一家相关的康复教育机构。少数有财力的家庭会把有孤独症的孩子送到外地训练，但多数孩子只有养在家中，甚至被变相遗弃。

幸好有互联网。南雁在网络上找到了很多资料，并建立了一个名为"陕北爱心树"的QQ群，以便让更多的家长相互联系、共享资源。在现实中，她联络了当地几位家长成立了互助组织，在助残日、世界孤独症日开展宣传和交流活动。她经常运用自己的专业知识给家长进行医学上的指导和心理解压。在QQ群里，她是负责的版主，热心的"禾禾妈妈"。除了少数当地家长，没有人知道她家里的困难，更没有人知道她是如何熬过窑洞失火、女儿受伤以后的日子的。

深夜，独对呼吸如拉风箱的女儿和烧得漆黑的窑洞，她自己给自己鼓劲："不可以自己制造悲剧，无论是什么样的境遇，虽然艰辛无法言语，再苦再难也要走下去！"

陕北是贫困地区，资源有限，残联等社会组织心有余而力不足。南雁只好在网上求助。经过几番私信讨论，南雁联系了救助机构，下定决心拉下脸来去开证明，把诊断书、家中照片、社区证明和亲笔求助信整理成资料发给慈善机构。终于，位于浙江金华的施乐会救助平台向南雁母女伸出了援助之手，他们在自己的网站上为南雁母女募捐了一万元。

香港安安国际自闭症基金会理事长由仲先生一直很关心南雁母女。

济南安安特殊教育康复中心于5月13日前在新浪微博发起了"爱心募捐活动",为南雁母女募捐。此活动在网上和网下同时进行,有253人次参与。

经过初步核实之后,我将这一消息在以琳自闭症论坛和自己的电子杂志官方博客上贴出。以琳自闭症论坛的部分网友在得知这一情况后,也积极参与到捐款活动当中。

消息在网络上迅速传播。5月16日,"陕北爱心树"QQ群里的一个家长转发了这一消息,家长们这才知道南雁原来独自承担着这么沉重的压力!

一位群友痛心地表示:"禾禾妈妈,你啊!老是逞强。医生也是人啊,不是神。你自己要多注意身体啊!现在我才明白你过的是这样的日子。难为你了!一切会好的,我相信好心人还是多。大家团结起来,就能战胜许多困难。别一个人硬撑着……"

5月中旬,志愿者刘先生受我们委托到南雁家看望了他们母女。

南雁起初并不太想接受家长的捐款。她说:"我的主要目的也不是家长能帮我出多少钱,因为每一个星儿家庭都不容易。当然,我目前相对困难点。千万不要给大家造成负面影响,更不希望由此引起什么误解和曲解。推动全社会来了解、关爱、接纳、帮助孤独症儿童是最最重要的,因为谁也无法预测自己将会面临什么样的境遇。"

虽然日子还是漫长艰辛,但来自天南地北的关爱和交流令南雁走出了一片新天地。历经沧桑磨难的南雁希望把社会给予自己的爱再回馈给社会。她有两个心愿:一是把家长互助组织"爱心树"培植起来;二是让贫困落后的陕北老区建立起孤独症儿童的康复教育机构。她一

*南雁母女与全国心智障碍家长联盟理事长戴榕

再表示:"假如陕北老区有个孤独症训练的机构,假如这里有个特教学校,我可怜的残障女儿就不用被锁在家里,就不会被火烧了。希望全社会都来关注孤独症孩子和他们的母亲,建一个庇护所,不要让禾禾的悲剧重演!"

后记

南雁用接受的捐款翻修了烧坏的窑洞,把这个重新建好的新家开辟成为当地孤独症儿童家庭和其他残障儿童家庭的活动场所。2011年8月,她和几位家长共同办起了陕北爱心树特殊孩子服务中心,这是陕北老区第一个也是唯一一个帮助特殊孩子的机构。"爱心树"与中华少年儿童慈善救助基金会、融合中国等多家公益组织建立了合作关系,南雁当选为"最美志愿者""陕西好人"。不再孤军奋战的南雁在工作中展现出过人的才干,成为一个活跃的组织者和公益人。

由于无人帮忙照料,她经常带着生病的女儿出差,走遍了半个中国。女儿曾经被航空公司拒绝登机,她就改坐高铁。喉管手术的失败使禾禾脖子上一直都要戴着一截人工气管,每天都要消毒、清洗、上药,禾禾也没有办法用语言表达需求,但因为有了更丰富的生活和更多人的陪伴,她的脸上经常露出灿烂的笑容。

第二章　生如嘉树，爱如春华

⭐ **故人安在 2**

馨馨妈妈王宁：日语翻译，曾任日本孤独症专家白崎研司先生的翻译，译有《发育障碍儿童诊断与训练指导》。在南京开办了孤独症培训机构，联合其他家长组织公益倡导活动。现为中国精神残疾人及亲友协会江苏工作站负责人。

海生爸爸：孤独症孩子家长，曾带孩子在以琳训练。移居珠海，后又养育了一个可爱的女儿。为珠海孤独症家长组织发起人之一。

山石爸爸：双胞胎男孩之父，曾创办孤独症康复机构，后因故关闭机构，退出家长社交圈。

小松一家：还记得爱画画的小松吗？其实他的亲友们叫他小满。小满在普通学校接受了义务教育，也曾经在专门为孤独症人开办的日间学校里学习。现在，父母联合其他家长在家乡全寨创办了"康纳洲星星小镇"，试图为孤独症家庭开拓一条家庭养老新模式。小满在那里过得很开心。

＊小满书法作品

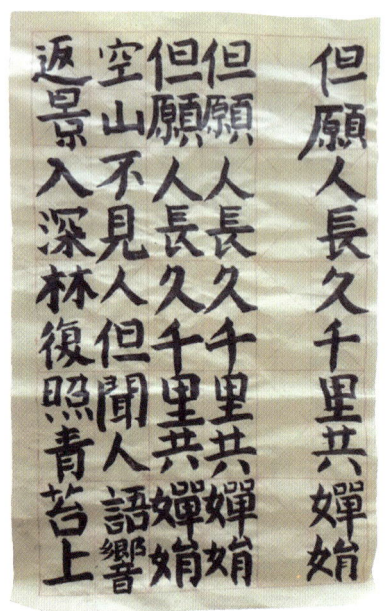

做生活的主人：给年轻妈妈的信

亲爱的娜娜：

看到你在朋友圈里的感叹，不由得心疼和心酸。我知道你是多么努力，也知道孩子的进步不如人意是多么令人挫败。作为一个孤独症孩子的年轻妈妈，你已经做得足够好。不过对于养育孤独症孩子的母亲来说，时间永远不够，精力永远不足，面对孩子，永远有很多个无法解答的"怎么办"。

有句成为流行话的格言说：没有深夜痛哭过的人，不足以谈人生。

我们都曾经哭过很多回了，那么，随便聊聊吧。

"无法治愈"又怎么啦

这是我们讨论过很多次的。孤独症的孩子，从根本上说是输在了天赋的起跑线上。不管他们多么优秀、多么努力，他们在普通人群当中生活都是非常困难的。即使是同为孤独症孩子，天赋的差异也决定了障碍的严重程度。在学龄前没有发展出语言的孩子，有很多终生无法用语言交流。智商在中等程度以下的孩子，大部分难以学会谋生的技能。

那又怎么样？他们不活了吗？

沉默的张戈一直是南京玄武区某社区图书馆的管理员。她每天早上上班，中午回家吃饭，晚上下班和父母一起吃晚餐，饭后到玄武湖散步。这样的生活和其他任何一个生活在父母身边的年轻人大同小异。

弹钢琴的秋实，同时在一家幼儿园、一家机构、两个乐团工作，弹琴，教小朋友学音乐，每天从早忙到晚，走到哪里都受到欢迎。

热爱昆曲的陆诚，每天追逐着自己喜欢的演员、热爱的戏剧，在网上打理江苏昆剧院的微信公众号，和所有认识的"昆虫"们打成一片……

还有我们熟悉的其他孩子，如康康、贝贝、幼儿、阿萌等,都有着他们自己的生活。

十几年来的事实证明,以前流传的很多说法是错误的,比如"只要孩子能说话,就能赶上普通孩子""只要他学习好,将来就能成才"等。生活里根本没有"只要……就"这样一劳永逸的诀窍,也没有"只有……才"这样的独木桥。多元化的社会给了我们多元化生活的可能,没必要一头钻进"和别人一样"的牛角尖里。

对于多数家庭而言,接受一个可能需要终生帮助的孩子并不容易,不是养不起,也不是做不到,最主要的是心理上没有准备好吧。没关系,这个心理建设可以一直做,一边改善,一边做。到现在我还需要时常提醒自己呢!

"带着走",不要"拖着走"

对于长期在家陪伴孩子的母亲来说,那种倦怠和无力的感觉是致命的。特别是当孩子进步不如预期,想起自己为了陪伴孩子付出的代价、舍弃的一切,怎么能不怨从心起、悲从中来?

孩子的进步离不开你的投入,但并不和你的投入成正比。这一点,务必想清楚。有时候,不是你不努力,而是你没有看到孩子的实际情况。

题目很难?环境给他太大压力?他很累?他注意力无法集中?他根本不想做?

要理解你的孩子,对你的孩子敏感,把他当作有生命、有感情、有灵性的人，而不要仅仅把他当作需要矫正的"客体"。

不要一个人冲得太猛，等等你的丈夫和家人，尽可能和他们沟通。与孤独症孩子同行，最好的是全家人步调、方向、目标一致。

在我见过的家庭当中，凡是夫妻协调一致干预孩子的，家庭破裂的可能性大大降低。反之，如果有一方从一开始就完全不介入孩子的康复疗育，不关心孩子成长，随着孩子长大，对孩子的不同态度会成为夫妻间的隔阂，使家庭生活陷入危机。这不是什么独特，而是本来可能避免的悲剧。

方静老师经常说要"大的小的（老公、孩子）一块训练"，我得说这大的可比小的难训多了。努力吧。

"我不能、不适合教孩子"怎么办

不是每一个母亲都会教育孩子，孤独症孩子需要更专业的干预。一是做资源支持，赚更多钱，组织更多的资源，尽可能给孩子最好的教育；二是在有限的时间里高质量地陪伴孩子。

确实有的妈妈因为要做生意、要照顾家人，不能与孤独症孩子在一起。怎么办？找合适的人代替你呗。

有了两个孩子以后，我愈发觉得，一个母亲并不仅仅是一个照料孩子的人，她还必须带领一个团队工作，她是总指挥、后勤、财务总管、营销、公关……她一手统领全家的精神生活和物质生活。而且最可怜的是，没有人给她加薪，因为她是老板！

母亲的陪伴对于孩子是很重要，但也不是无条件和无期限的。随着孩子长大成人，母子分离也是一个很正常的过程。放手是迟早的，不以你的意志为转移。

所以，不管怎么样，尽力而为，不要后悔，不要内疚。

"别人的孩子"是不存在的

比较永远令人痛苦。在孤独症群体当中，每当一个孩子取得了某项成就，你往往会想：为什么我的孩子做不到呢？是不是我不够努力？是不是我方法不对？

我也曾被这样的比较深深折磨，特别是看到当年与乐渔同班、同龄的同学，有的成了小画家，有的学会了打球、游泳，有的在福利工厂里当小工长的时候。

但是，这样的比较，除了自我折磨以外，毫无用处。

别的孩子能做到的，你的孩子可能做得到也可能做不到。这正如别的家长能做到的你未必能做到一样。一切的方法、路径必须从你的孩子、你的家庭的实际出发。所以，忘记那些完美的"别人的孩子"，别让这样的比较伤害你。

一生很长，珍惜自己

母亲节快到了，媒体上各种"母爱如山"的宣传又开始了。不过，这与我们无关。比起这个，我更关心的是：你和你的孩子、家人处得好吗？作为一个人，你是否健康、快乐？是否是自己生活的主人？

我一向不赞成赞颂母亲的牺牲，因为牺牲的另一面是伤害，没有人应该被牺牲。我宁可说这是一种选择，是基于责任、爱、现实的一种选择。

我们的选择决定了孩子的命运，也决定了我们自己的人生方向。

我们选择帮助孩子，但没有选择放弃自己。我们要一边带孩子，一边做自己爱做的事，交朋友、逛街、旅行、学习……

找到更多的帮手，尽可能把自己解放出来适时"充电"。

感觉不对的时候，选择"放手""隔离"，让自己缓口气。

慢慢学会享受闲暇和缓慢。

表达你的感受，而不是压抑和忽略。

陪伴特殊孩子的过程，也是我们自己生命成长的过程。有艰险痛苦，也有温馨美好。你是最重要、最宝贵的，要记得保护自己不受伤害。

还记得那个"欢迎来到荷兰"的老故事吗？一个养育了唐氏儿的母亲把养育特殊孩子的经历比作一次充满意外的旅行：

当你准备生个孩子时，就像是要策划一次激动人心的旅行——去意大利。经过几个小时的飞行，飞机降落了，空中小姐走进来说:"欢迎你来到荷兰。"

他们降落在荷兰,而且必须留在那儿。

荷兰有荷兰的美,但是,他们认识的每一个人都忙于往来于意大利……所以他们一直会怀念那个梦想中的地方。

我想康康妈妈一定记得,多年前,她在以琳网上的签名是"带着孩子,走在重返意大利的途中"。她一直走啊走,现在还没有停。

十年前,我生了一个普通的孩子,他和我的长子乐道一起长大。

十多年过去了,我们走到了哪里?荷兰?意大利?还是一个异次元空间?

谢谢关心,现在我们这里是"欧盟"。只要你是自己生活的主人,持有自由的护照,不管是荷兰还是意大利,都可以随时来去。

你的朋友 张雁
写于 2016 年母亲节

石爸爸、方妈妈秀恩爱

爱情神话是如何炼成的

方静夫妇在孤独症家长群体当中是出了名的模范夫妻。他们是同乡、同学、同事,他们一起把石头教育成一个优秀的人。石头爸爸现在是澳门某大学的经济学教授,方静则在教育石头的同时创办了国内最大的孤独症教育机构——青岛以琳。除此之外,他们还是一对相处了三十多年的平凡夫妇,有恩怨,有冲突,有爱恨纠结,也有渡尽劫波的从容与默契。

2017年父亲节前夕,他们一起接受了我的采访。

张雁：哪怕是最恩爱的夫妻也会有吵架闹离婚的时候,你们还记得提过几回离婚吗？为啥哪一次都没有离成？

石爸爸：具体次数我真记不清了,反正不少。每次都是老婆生我气说受不了了非要离婚,离不成的主要原因就是我不愿意离婚,使拖延计,拖到老婆气消了就不离了。

方妈妈：无数次吧。高峰期是石头上小学期间。感觉这三年没有提过了。没离成的原因首先还是有感情基础。第二是如果离婚石头怎么办。这是很重要的一条。第三,每次闹凶了,教会的牧师和弟兄姊妹会调解,会为我们祷告。

张雁：有人说婚姻里最重要的是爱,有人说是责任,你觉得是什么?

石爸爸: 我觉得爱和责任都重要。另外,从一个基督徒的角度来说,我觉得更重要的是:按照圣经的教训,除非一方有外遇,否则不可以离婚。

方妈妈: 我觉得婚姻首先是爱,在爱的基础上谈责任。如果仅仅是因为责任在一起,是很悲哀的,我不能接受。

张雁: 一般人家孩子是家庭的核心,在你们家里谁是核心?

石爸爸: 我们家的核心是妈妈,妈妈开心全家都开心。

方妈妈: 以前我也认为孩子是核心,但是这样的次序是错误的。所以我们现在努力协调,配偶是核心,这点大石头做得比我好,我要继续努力。

张雁: 两个人闹别扭,你想求和哄对方开心的话,你觉得做什么最有效?

方妈妈: 我不哄他,坚决不会哄他,我也坚决不求和。

石爸爸: 抱住老婆,不说话,呈痛苦状。

张雁: 很多男人不在乎什么纪念日,觉得很烦,但是女人通常都很在意,这种事听谁的?要是一方总是忘记应该怎么办?

方妈妈: 我们两人都不会太强调什么纪念日啊,什么节日啊,因为我们俩都是比较节俭的人。大石头怕得罪我,总是什么节都要给我买礼物,我担心他买贵的,而且买的不是我喜欢的,所以要么跟着,要么不要了。

石爸爸: 听老婆的。在日历上标明地雷,不小心会爆炸。

张雁: 你们俩谁说情话的技能更高?如何抓住机会毫不迟疑地说

*方老师一家

出最肉麻的情话?

方妈妈:我觉得是我的技能更高吧。我很会夸他啊。我觉得出其不意地表达对老公的爱很重要啊。有时我路过他的书房,他在专心看书,我会冲进去抱住他说:"老公,老公,我好爱你啊。"他很享受。

石爸爸:我们俩说情话的技能都不高,比较起来还是我说得多点。至今还不会说很肉麻的情话。

张雁:你们经常分居两地,担心过对方抛弃你跟别人跑了吗?怎么防范的?

方妈妈:当然担心啊,有一阶段我做梦都是他和一个人好了,我很生气,尤其现实中那个人离他很近。

我要经常过去宣示主权,秀恩爱。在他办公室放了我们甜蜜的大合影,还有全家照,钱包里也放了合影,家里一进门也是合影,时时提醒着我的存在。

还有就是放暗哨啊。

石爸爸:很自信,不担心,不防范。

张雁:人们常说做爱做爱,爱是做出来的,但是如果没有合适的时间和机会"做爱"呢?要禁欲吗?

方妈妈： 从2002年到现在我们两地分居15年了，做爱，哈哈，没有天时地利。

感谢老公，因为手术、常年的抑郁症，再加上更年期，我的身体一直不好，他从来没有抱怨和嫌弃过，总是安慰我，让我不自卑、不难过。

他说得最多的是：来，让老公抱抱。来，让老公亲亲。

石爸爸： 我的自制力比较好，可以收放自如。

张雁： 对方有哪些优点是当年你一见就喜欢、现在仍然喜欢的？有哪些缺点是自己也承认但坚决不改的？

方妈妈： 他的善良。他真的太太太善良了。还有他不记仇，没心没肺的。从当年到现在，我都喜欢他的善良。谈恋爱时，我妈妈不同意，处处找茬儿，说很难听的话。有一次当众说他，我哭得很伤心。住我隔壁的大妈妈过来安慰我，也安慰他。他说他没事的，就是看我那么伤心他觉得痛苦。现在我妈妈上年纪了，脾气更坏。我哥哥、弟弟都受不了她，我有时也被气得憋气，可是他从来都是笑脸相迎，不说一句重话，什么都想着我妈妈。我侄女说全家12口人，只有姑父是出自心底爱奶奶，关心奶奶。他是我们家族出了名的好女婿。真的好感动。

缺点嘛，他经常会忽略我，当我是空气，这让我很痛苦。他承认但是改不掉，理由是能力不足。

他最需要改的是对我说教，可是他不承认这是说教，美其名曰：提醒，为了我更加进步。哼！

石爸爸： 当年一见就喜欢、现在仍然喜欢的是她的漂亮、聪明、动作快、善良、会体贴人。

缺点是太敏感、小心眼。优缺点是配套的，改不了，欢喜全收。

张雁：如果时光可以倒流，你最想回到过去修正哪一项错误？

方妈妈：对石头的伤害。他小时候很多东西学不会，又惹我发火。我虽然不打他，但是我会发疯，我会大哭大叫，说他丢我脸，说他害了我。

石爸爸：如果时光倒流，最想回到过去修正"老婆是自己人，要先人后己"，忽视老婆的感受，让老婆受伤害的愚蠢想法（做法），坚决把老婆放在人际关系的第一位，一切以老婆为重，让老婆开心。

张雁：想一想过几年两个人都退休了，打算在哪里住？怎么过？

方妈妈：老公在哪里我就跟去哪里。

他不会离开澳门，所以我还是要来珠海，少一点的时间去青岛。

他要工作到75岁（一定要挣钱，不挣白不挣），我会好好做好内助，假期我们要去周游世界。如果以后石头结婚有孩子，那么我们俩会随时听候召唤，但是我们依然会有自己的生活。我学弹琴了，他在学唱歌。我又养多肉了，还打算去学摄影。老公要是能欣赏我养的多肉就完美了。

石爸爸：老婆愿住哪里就住哪里。退休后主要做教会工作。

张雁：一生中最大的不幸是什么？幸运是什么？

方妈妈：本来以为最大的不幸是爸爸英年早逝，后来石头被诊断有孤独症，我觉得这是最大的不幸。虽然我不再抱怨这件事，也接纳石头，但是我觉得这还是最大的不幸，石头太不容易了。

幸运的是太多太多的人爱我、保护我，尤其是以琳人。

石爸爸： 最大的不幸是母亲早逝。最大的福分是有信仰。

相思始觉海非深：许伟星与陈葵的故事

姻缘

22 年前，陈葵是海南大学二年级学生。夏天实习回来，世界杯开始了。学校宿舍里没有电视，同学在学校附近找了个朋友家，带她一块去蹭电视看比赛。住在房子里的是兄弟俩，其中年长的一个比她们大几岁，不太说话，每次见了她们一帮女生来就笑笑，打个招呼，接着忙自己的事。

"那时候你晒得好黑哟！"许伟星后来跟陈葵这样描述第一次见面时对她的印象。

学校里活动多，后来在一次舞会上他们又遇上了。谈起天来，她才发现这个叫许伟星的男生和自己有更多的联系。

"我的一个大学同学是他弟弟的中学同学，他是我姐夫的朋友。"

毕业前夕大家忙着找工作，陈葵却懵懵懂懂地陷入了初恋。

"他经常在傍晚的时候到宿舍来找我，约我出去。我们女生楼不让男客进，门房用喇叭在下面喊：404 陈葵有人找！满楼都能听到。"

开始他是带着同事一起来，她也叫上同宿舍的同学。一群年轻人逛街、喝茶、吃冷饮。慢慢地，变成他们两个的单独约会。

1992 年陈葵毕业，本来分配在家乡的县银行，但为了留在海口和许伟星在一起，她匆忙间找了一家外贸公司做业务员。

工作刚刚找定，许伟星就拉着她去见亲戚长辈喝早茶。许家是个大家族，在当地很有名望。许伟星的奶奶还专门从乡下来相看未来的孙媳。一圈看下来的结果是人人满意，于是他们就结婚了。

陈葵不会做饭，但许伟星会。他小时候父母工作特别忙，从小带弟弟，曾经为带弟弟晚上学一年。结婚后他把自己的本事慢慢教给陈葵。

当时他们俩的收入都比较高。陈葵刚工作时月薪六百多元，而许伟星已经拿到上千，在同学亲友当中是令人羡慕的一对儿。

1995年，他们的女儿元元出生了。

圆缺

元元长得很漂亮，就是不说话，手脚也没劲。许伟星和陈葵带着她在省内到处求医，但一无所获。2000年初，他们带着元元到广州中山大学附属第三医院儿童发育行为中心，确诊孩子患有孤独症。

"很难接受，太困难了。"陈葵一连说了好几遍。

然后是一段辛苦奔波的日子。找机构做感统，参加家长培训，到北京星星雨报名……有大半年的时间他们一直轮流带着孩子住在广州，因为海口太偏远，什么资源都找不到。

2000年8月，陈葵和婆婆带着孩子到北京参加星星雨的培训。万里辗转，艰辛备尝。经过专业训练，5岁8个月大的元元，说出了第一个有意识的字——要！然后，她又学会了说"妈妈""爸爸""吃饭""再见"等词语。

回到海南，他们购买了一些教具，与家教一起教孩子，认知、理解、生活自理、社会交往……

许伟星骑电动车送元元回家。每次去托管处取车时,他有意将存车牌交给女儿,让她交给看车人,再让她自己去找"爸爸的车"。多次训练后,元元每次都能准确无误地找到车。有时甚至许伟星停好车忘了取存车牌,元元也会找看车人要。女儿喜欢的零食和玩具,他每次带孩子到摊点前都不急着买,而是诱导孩子说出"我想要××"后才掏钱。

他们家是典型的慈父严母,每次女儿惹祸让妈妈生气都是爸爸来解围。

"他特别可怜女儿,为什么长这么好却摊上这种病?不管孩子闯了多大祸,他从没有冲女儿发过火。他竭尽所能教孩子,为她每一点小进步大声说'你真棒!'"

他最喜欢抱着女儿坐他大腿上说话,从4岁一直到17岁。

承担

元元在慢慢进步,但还是上不了幼儿园,也上不了小学。

怎么办?

"家里人有没有互相埋怨呢?"

"没有。我们俩私下里也念叨过到底是谁家的遗传,但只是说说而已。"

在女儿确诊的最初两年,许伟星的压力特别大,一度想要自杀。

"他的脾气看起来很好,但是固执,心理负担重,有事情不讲,放在心里。时间长了我觉得被隔得很远。"

心直口快的陈葵忍不住对老公发飙。他们大吵一架，把所有憋在心里的话翻江倒海讲了一通。心里痛快了，日子还要继续。

2002年开始，许伟星、陈葵和几位家长一起筹办海南省第一家孤独症康复中心——海口雨润特殊儿童教育培训中心，但事情进展得很不顺利。许伟星决定辞职，放弃在海口市移动公司的高级职位和丰厚收入，独立创办一个康复机构，让像元元这样的孩子有一个"家"。

"起初我是不太赞成的，但他这个人做了决定以后九头牛也拉不回。"陈葵说。

民办机构的草创千头万绪，许伟星事事亲力亲为。外联、教学组织、后勤保障……，各种脑力活、体力活，甚至木工活，他都做，人累得脱了相。

2002-2003年，他们打算要二胎。指标已经拿到，但顾虑太多：许伟星心疼女儿；陈葵担心他办学校太辛苦顾不过来；两人都怕第二个再有问题。一拖再拖，到后来，大家也不提了。

高收入没有了，令人尊敬的社会地位没有了，他被大家看成一个没工作、全靠妻子收入养活的人。这令许伟星十分郁闷和内疚。办机构的头几年一直亏损，夫妻俩投入了几乎全部积蓄。巨大的压力之下，他更加寡言少语。

"我是要靠老婆养活的人啦。"他经常自嘲地对妻子说。

"谁说的？你是校长嘛！"

陈葵所能做的，就是安慰他，一有空就到学校帮忙，尽全力支持他的事业。

在他们的不断努力下，机构慢慢稳定下来，孩子们不断进步。到

2011年，机构里已经有六七位老师，15个孩子。雨润在外界渐渐有了名气，许伟星的付出得到了人们的赞扬和认可，《海南日报》等媒体先后报道了他的事迹。

相依

2010年中秋节后的一天，许伟星突然腹部疼痛难忍。当年10月，许伟星被确诊患上肝癌。

"我如果走了，你和孩子怎么办？雨润怎么办？"这是查出癌症后他对妻子经常念叨的一句话。

2010年10月、12月，2011年3月，许伟星和妻子三次飞赴广州，接受了栓塞术、射频消融手术等治疗。从2011年6月直到2012年初去世，许伟星一直辗转山西、海口等地，积极寻求各种治疗方案。

在与死神赛跑的过程中，许伟星拼命推动机构的正规化、专业化发展，希望能早日把雨润中心带入健康发展的轨道。就在2011年12月，他还抱病和妻子参加了壹基金等机构在北京举办的"星星想说话"全国孤独症会议。

许伟星的病情很快恶化。2012年元旦，元元按农历过了17岁生日。陈葵特意给父女俩拍摄了切蛋糕的照片和视频。画面上，这个她深爱的男人已经形容枯槁，双目涣散无神。

妻子一直陪伴着他，希望可以帮助他解除痛苦。许伟星弥留之际，把手放在她的手心里，像以往无数次那样。

"然后他就再也说不出话，面容变得平静了。"

2012年1月15日，许伟星怀着无限的牵挂与不舍与世长辞，终年

45岁。

按家乡风俗,死者当葬入祖茔,但许伟星生前吩咐妻子不要将他的遗体送回乡下,因为"无后"会受人耻笑。于是,陈葵为他在城里选了一块墓地,举办了一个简单的葬礼。

元元不理解爸爸为什么不见了。她不会说"我想爸爸",但总是要求"给爸爸打电话"。陈葵对她说"爸爸出差了,不能打电话"。她很听话,不再要求。但只要听到楼梯口有脚步声,她一定跑出来"为爸爸开门"。所以陈葵一到家马上会把家门反锁,以防女儿冲出来。

陈葵很难适应没有他的日子。她总是梦到他,醒来家里又到处都是他的影子。"梦醒了,我哭过很多次,觉得他好可怜,担心他像从前一样受苦吃亏。"她说。

白天她要上班挣钱养家,同时独力支撑许伟星留下的机构。晚上,一位表姐过来陪伴她和元元。

她相信,在爱里他们还是在一起,永远。

(许伟星去世以后,他一手创办的雨润陷入困境,一度被迫关门。陈葵泪洒当场。谁来帮助他们走出困境?详见本书第四部分第一章的"帮助有需要的人"。)

第三章　兄弟姐妹一起长大

在我们周围，不少孤独症孩子的父母选择了再生一个孩子。

在 80 后和 90 后整整两代独生子女之后，兄弟姐妹一起长大变得不同寻常，何况其中一个还有孤独症。

他们之间的相处模式和普通的兄弟姐妹有什么不同？

与有孤独症障碍的兄弟姐妹生活在一起，对普通孩子会产生什么影响？

很难说清。在所有的研究当中都存在着矛盾，有些孩子的确受到了不利的影响，而有一些却成长得十分顺利甚至更加优秀。英国孤独症专家，同时也是一位孤独症家长的洛娜·温认为，这些结果跟一系列可确定的和不可确定的因素有关，包括障碍的严重程度、那个（孤独症）孩子是否有扰乱行为、兄弟姐妹的个性以及家长的态度等。

还是让我们来看几个故事吧。

相隔九年的两封信

在我生日那天,9岁的又又神秘兮兮地说要给我一个"意外惊喜"。到了晚上,他把一封写好的信送给我。

这是他平生发出的第一封信,写给他亲爱的妈妈。

读着小人儿的信,我想起了九年前他刚出生时我写给他的一封信。

那信太长也太复杂,我一直没有拿给他看。但是冥冥当中,他感知到我全部的信任与爱,并做出了真挚的回应。

你所播种的,就是你所收获的。

又又致妈妈——妈妈我想对你说。

亲爱的妈妈:

您好!我是您的儿子又又,最近工作很忙吧?可不是,一年四季都是这样。唯独寒暑假能开心地、自由地放松一下,其他节日都不算什么。

妈妈,您工作上的事我无能为力,我力所能及的不过是帮您倒一杯水、煮碗方便面、洗碗、拖地、擦桌子、洗衣服、晾衣服和收衣服,仅此而已。

妈妈,我知道您爱我,您喜欢我,这是一般人感受不到的。我知道您不忍心让我孝敬您,但是马鸦还知道反哺呢,羊羔还知道跪乳呢,我就不信小朋友不会对长辈尽孝心!妈妈呀，您就狠下心吧，以后您让我干什么事，放心吧，绝对说到做到！我们一家昨天出去唱卡拉OK，您那悦耳的歌声，一直在我耳边（回响）。

祝您身体健康！

又又

2015年11月xx日

妈妈致又又——又又欢迎你！

亲爱的又又：

你好！

你长得很像哥哥小时候，就是要小一号（你才六斤一两，哥哥当年可是八斤一两的大胖小子）。你的鼻子挺直，眉清目秀。我们情不自禁地把你和哥哥小时候的样子相比较，但这实在比不出个所以然，因为你才来到人间八天，而每个孩子都是如此的不同。

在以琳网上，我常常看到家长关于生第二个孩子的讨论。坦率地说，一是不得要领，一是从自己的感受甚至是想象出发。比如说让第二个孩子背包袱，生第二个等于放弃第一个等等。

到现在为止，我没有看到任何一个爸爸妈妈因为生第二个孩子放弃第一个孩子。放弃的方法有很多种，没必要选取这么复杂的方式。

在我们小时候，每个家庭都有很多孩子，孩子总有贤愚不肖之分，父母也会多少有些偏爱，但是却很少有人嫌弃自己的孩子和家人。更多的父母是像《孔雀》里的那样，对残疾的孩子有更多的呵护关爱——这是人的天性啊。而在这样的家庭中成长的孩子，也由于要照顾兄弟姐妹而比别人多了一份历练和爱心。

我的一个叔叔家的男孩子因为小时候吃错了药而智力低下，十几岁了还不会自己大小便。他的妈妈总是把他背在背上，让小几岁的妹妹跟在后面，直到她实在背不动了为止。

我的叔叔婶婶是小城里的普通市民，都没有什么文化，但他们拼尽全力养大了一双儿女。现在他们的残疾儿子在一家工厂扫地，我的堂妹顺顺利利地上了大学，去年她的孩子也出世了。

我为什么要说这些呢，又又？因为等你长大了，你会发现别的小朋友家中大多只有一个孩子，而你的哥哥有点与众不同。

或许有一天你会问：你们为什么要生我？或者你会问：难道就是要我来帮你们照顾哥哥吗？

不是这样的，宝贝。

我们要你是因为爱你，你的生命起于偶然，但自从知道你的存在，我们就舍不得让你离开。带你来到世间是唯一的选择。

但是，我们绝不会用任何一种人为的阻碍去剥夺你追求自己的人生。你是自由的，生而自由，我以母亲的名义保证。

在产科病房里，我看到很多和你前后出生的小朋友。他们有的头上被产道挤出了大大的产瘤，有的一直在呛奶、呛水。通往人世的路千难万险，可是一旦生命成熟，产程发动，所有的孩子都义无反顾地向前冲，不管前面有什么在挡着他们。只有这样，宇宙间的生命才能从无到有，孕育出一片多姿多彩的大千世界。

在家长们的抱怨中，我听到许多的"怕"，可是你和哥哥教给我的却是：不怕。

你生命的旅程已经开始，妈妈希望你能一直保持这种向前冲的勇气。

至于哥哥，他从第一眼看见你就很喜欢你，趴在一边看你睡觉，笑嘻嘻地摸你的头和手，还说："小娃娃。"

他会帮我们照顾你，我们一家会很快乐。等你长大些，你们可以一起玩。——爸爸或许可以参与男孩子之间的游戏，那时候妈妈就会有点孤单吧！

先写到这里，明天再写。

你来到人间已经快十天了，大部分时间你在睡觉。在吃饱了以后，你经常闭着眼睛微笑。医生说那是"内生性微笑"——仅仅因为生命内在的满足而笑。

昨天你打了几个小喷嚏，爸爸紧张得亲自查看半天，又加垫被又调整了你的睡姿。后来你果然睡得安稳了。

今天天气真好啊，陈叔叔把他家平哥哥的小床贡献了出来。爸爸和阿姨刚抬过来，就给你铺好睡上了，你真有福气。

昨天哥哥带回来一张纸条，他们学校周末组织秋游。我简直不敢相信：我的儿子可以和小同学们一起出去玩了？！还是让爸爸去学校落实一下，是不是需要我们陪伴？

小时候，我听过一个"小马过河"的故事，讲的是一匹小马要过河，小松鼠对他说不能过去，因为河水很深会淹死人，而老牛却说河水很浅只能没过脚面。小马去问妈妈，妈妈让他自己先试试。小马小心地下水试了试，发现河水既不像松鼠说的那样深，也不像老牛说的那样浅，刚好可以蹚过去。

赫拉克里特说，人不能两次踏进同一条河流，看起来两个人也不可能同时踏进同一条河流。你自己的河流只能自己去尝试。

如果我们已经听了太多别人的劝告，多到自己怯于做出任何决定，那么不妨按照生命的本能行事，亲自去试一试水的深浅。因为试了会有正数或是负数，而不试永远等于零。

如果你和哥哥一样是一个自闭儿，或是有别的问题怎么办？

当怀孕两个月时，这个问题折磨得我夜夜难眠。有知心的朋友打电话来，劝我们先去检验性别，如果是男孩子就做掉，因为按照概率，男孩子得孤独症的比率高于女孩。

爸爸反对，因为他喜欢男孩子，而且不相信我们会那么倒霉。

但我真的是担心啊！有一天夜里，我做了一个这样的梦，梦见一个年轻的、熟悉亲切但又叫不上名字来的男人对我说："把你最宝贵的都交给我，我会保证他们平安。"

然后是我家的小阿姨有一天晚上忽然问我："你信什么？"——她是一个热心的基督徒。

就这样，带着两个儿子，我平生第一次去了教堂。

从一个骄傲的怀疑论者的角度，我自认失败，但作为一个满怀忧虑的母亲，我的心灵得到了安慰和解脱。我会努力做我能做的，给你们幸福的童年和好的教育；把你们的命运交到主的手里，直到你们自己可以独自做出决定。

虽然哥哥是一个有残疾的孩子，但他给我带来的也是更多的鼓励、改变的机会。他是我们幸福生活的一部分。在我们一起度过了最困难的岁月之后，现在更是如此。想到这里，我不再忧虑你的健康，求主保佑我们吧，我们已经用爱给你做了最好的接引。

爱你的妈妈
写于 2006 年 x 月 x 日

兄弟行

贴上去，贴上去！

我记得兄弟俩第一次见面的情形：爸爸把我和弟弟从医院接回家，弟弟乖乖地躺在床上，脸上还粘着没有洗掉的大片胎脂。哥哥蹦蹦跳跳地围着小床转了一圈。我指着弟弟问："乐渔，这是什么？""小娃娃！"他快活地说，突然伸手去拉弟弟的小脚丫。

他对待弟弟就像是一个新奇的玩具，好奇，但是兴趣并不持久。

不过弟弟对他的哥哥可是热情多了。自从他能够分辨出家里人之后，就对哥哥充满了兴趣。只要哥哥出现在他的视野里，他的注意力就马上转向他，伸出双手向着他咿咿呀呀，眼睛像舞台上的聚光灯，追逐着最耀眼的明星。

稍大一点，会爬了，正赶上哥哥放暑假在家。只要一得到自由，弟弟就手脚并用地奔向哥哥，抓住他的手、脚或随便什么，流着口水，眉开眼笑，好像捡了宝。哥哥多半愣一下，然后甩开他的纠缠自顾自跑开。弟弟只要没有摔疼，就会接着追哥哥，从卧室到客厅，再从主卧到次卧，把这当作一个新的游戏。

这时候，他们之间的交流主要是肢体上的，哥哥可以在我们的要求下抱弟弟——抿着嘴巴、绷紧胳膊，看起来更像是抱一个粮食口袋；弟弟只要和哥哥待在一起就很开心，哪怕只是推扒拖拉等看上去无意义的肢体纠缠。虽然他们还不能彼此理解，但是简单的抛接球等互动游戏还是可以一起玩的。

怎么玩都可以

等弟弟长到 3 岁以上，他们在智识和体力上接轨，终于可以一起游戏了。弟弟学龄前上幼儿园这四年，哥哥在离他的幼儿园几百米远的特殊教育学校上学。有时候，我带着弟弟去接哥哥，有时候阿姨先接哥哥再去接弟弟。

他们在一起，什么都能玩。晚上在床上，弟弟总是在哥哥身上爬来爬去，把哥哥的被子当作城堡，把哥哥当作可以随意摆布的性格温和的巨人。我们仨在一起，有时轮流读绘本，有时我读故事给他们听，有时我们按照故事情节表演绘本剧。哥哥总是尽职尽责地扮演一棵树、一座房子或是几乎没有台词的一个配角，弟弟却抢着出一切的风头，而且渐渐学会了支配哥哥。有一次，他缠着我买一套钓鱼玩具，玩了一会儿厌烦了，就叫哥哥来玩。哥哥不会玩，他就神气活现、指手画脚地教他。我在书房里，听到他大喊哥哥的名字："乐渔，别放弃！"

有时候，我在书房里做事情，叫他们两个到卧室里去玩。等我做完事情后夜已深，回到卧室一看，两个兄弟纠缠着睡在一处。床灯光晕昏黄，照着他们天使般的睡颜。

这四个年头我们留下了很多美好的回忆。八字桥是著名的历史文化街区，我们一家人经常从以桥为名的直街走进去，经过哥哥的小学和桥边的天主教堂，在桥上吹风观景，看两边流水人家晒干菜、洗衣烧饭的日常；然后我们有两个选择：有时朝南走，经过东双桥中靠北的那个桥，从以"越绝书"为名的旧书店门口经过，由东街转回住处；有时朝北走，经过有一棵巨大樟树覆盖半个桥面的永宁桥，看一看桥头"奉天承运皇帝诏曰"的光绪御旨拓本，在南朝旧迹龙华寺的门前玩一会儿运动器材，然后顺着广宁桥直街回家。

春末夏初，香樟树旧叶落尽，新叶甫生，开着细细的小小黄花，满街都是木叶清香，在薄阴微雨中分外沁人心脾。

又又曾经有一首诗描写这个情景：

傍晚，我们在街上散步，
月亮跟着我们，
云跟着我们，
香樟树开花了，
香味也跟着我们。

弟弟的成长经常令我喜出望外。每次我给哥哥买的描红、点连线图书，他都兴致勃勃地抢着参与，然后三下五除二就弄完了。我买了点读笔自制录音绘本。他和哥哥一起参与，读着读着，原来不认识的字都认识了。给哥哥买的口腔按摩器材，他抢着玩、抢着用，不久就丢得七七八八。

哥哥按照他自己的节奏在长大。他插班进入了特殊教育学校的三年级，天天按时完成作业。他在公开课上到黑板前回答问题，虽然害怕得想跑回去但还是完成了。他参加运动会，努力地、慢腾腾地跑完"袋鼠跳"全程。他在元旦晚会上和全班一起上台，在台上神游到表演结束。

与我和弟弟一起游戏、玩耍时,是他精力最集中、心情最愉快的时候。我们一起读了很多绘本,把它们录制成有声读物。我们认识了小鸡卡梅拉和青蛙弗洛格。虽然不会拼音,但他也基本上脱盲了,遇到不认识的字就会胡乱读一个音,然后看着你,等你去纠正。

哥哥写作业的时候,弟弟总是十分羡慕地跟着掺和。有一回哥哥开学,我和弟弟送他到学校报到,弟弟对哥哥的老师说:"老师,我也到你们学校来读书吧!哥哥会的我现在都会了!"

为什么不是我的画被选上?

2011年秋天,弟弟上幼儿园在绘画课上遇到困难:他不肯画画。老师问他为什么,他说:"我不会。"

这个从小被人称赞聪明的小朋友,不知为什么在绘画课上望而却步了。我只能猜想:幼儿园一个班有四十来个孩子,老师强调纪律和课程的进度,对于安静自律的又又来说一直是一种无形的压力。他是个慢性子小孩,做什么事都喜欢做到最完美,但是画画没有一个"完美"的标准和模式,或是这个模式他一直达不到,他就干脆放弃了。

可是我不甘心,我想让他从这种挫败中解放出来。任何一种艺术形式对于孩子来说都是一个表达的渠道。我很希望他能有更多的途径表达和发泄自己的感受。

经老师推荐,我带又又去一个名叫"古月"的幼儿艺术中心学画。这个机构一个班只有二十来个孩子。中心在一幢三层楼里,楼道里花木葱茏。画室布置得丰富而随性,每一间都由教师和学生的作品进行个性化装饰，有钉子做的抽象画，有从天花板垂下来的亮闪闪的挂饰，有各种手工纸艺、布艺、泥塑、板画。中心的主人姓汪，每天晚上学校开课的时候，都会在办公室里招待客人，在大堂里转悠，或是在画室里创作版画。有老师缺课，他就顶上去上课。

又又一下子喜欢上这里，每天都早早催着我送他来上课。

弟弟学画画不知怎么也影响到哥哥。有几回在家空闲的时候，我让哥哥试着画一些眼前的器物，发现他似乎很感兴趣。但是，古月是教普通孩子的，能不能教乐渔这样的特殊孩子呢？

2012年春天的时候，我带着乐渔第一次见到了朱老师，一个圆脸大眼睛的姑娘。听我说明来意，朱老师让乐渔先坐下来跟她玩一会儿。乐渔对年轻漂亮的女教师天生有好感，很乖地跟着老师坐下来。他们对着窗户和墙壁上的装饰画了一会儿。朱老师说她觉得乐渔完全可以跟着她学画，不过她要先跟中心的负责人汪老师说一下。

汪老师仔细地向朱老师和我了解情况，随后决定，免费收乐渔跟朱老师学画。

无心插柳柳成荫，此后一年半，学画成为乐渔最喜欢的事。

后来朱老师又收了一个注意力有点问题的孩子，他们组成了一个小小的特殊绘画班。最开始几节课，老师怕搞不定孩子，让我们在旁边陪着。乐渔一进门就穿上自己的围裙，安静地走到长桌子旁边听从老师的指示。那个小朋友则见人就各种打招呼，屁股上像安了个弹簧一样坐不下来。他喊乐渔"哥哥"时，倒真有点像我家兄弟相处的样子。

每个周三的晚上，吃完晚饭，我用电动车一前一后带两个小朋友，穿过中兴路去古月上课，有时走鲁迅东路的沈园，有时从缪家桥河沿穿过。那是古城最幽雅、最有情调的部分，河畔旧家宅院黛瓦白墙，花木葱茏，庭院深深，屋顶上绿草丛生，小巷子曲曲折折，联通着小桥流水。又又在二楼兴致勃勃地拧螺钉"画"日记；乐渔在三楼做泥塑、涂水粉；我则在楼下的家长休息室里看书；好客的主人有时还会请我去喝茶聊天。

这是他们兴趣、能力最接近的时候，也是我最安逸的一段生活。

乐渔学画很努力。半年之后，乐渔的六幅画作参加了北京市孤独症儿童康复协会举办的"天真者绘画"展览，有一幅作品为爱心人士收藏。华夏出版社用他一幅画作的局部制作了《用图像思考》的封面，支付了他 100 元稿费。

收到样书和稿费，我们一家在小餐馆里为乐渔举杯庆祝。得知缘由的弟弟居然大哭："为什么不是我的画被选上？"

"哥哥和我不一样"

弟弟是怎么知道哥哥的问题的呢？

实在是记不清楚了。又又两三岁的时候，哥哥虽然不能用语言交流，但听得懂我们说的话，而且总是服从别人的要求，这让幼小的弟弟很满意。有一段时间总是能听到他对哥哥发出各种指令："哥哥陪我去阳台！哥哥给我拿这个！哥哥来跟我玩！"

但是，随着他成长为一个小"话痨"，他越来越不满足于和哥哥之间的交流。"妈妈，哥哥怎么不理我？""妈妈，哥哥怎么不会玩？"

随后"哥哥"的称呼从他的口中消失了，代之以哥哥的大名。

* 乐渔和又又

他的角色,也从小尾巴、小跟屁虫迅速上升为"小老师""小管事"。

2013年,又又上了小学以后,兄弟俩的差距变得越来越明显。

哥哥已经在特殊教育学校完成了义务教育,在残联办的阳光家园里接受职业培训。16岁的他个子高大,相貌堂堂,但是,他的眼中常有一种迷惘迟钝的神色,习惯性地斜睨着眼看人,和他交谈几句就会看出他的与众不同。

弟弟个子瘦小,即使晚上一年小学仍然是班上最矮小的同学之一,但他眼神灵活,面带笑容,聪明伶俐,是个人见人爱的小帅哥。

在学前阶段,他已经认识了大部分常用汉字,学会了吹葫芦丝,读过上百本绘本,经常出口成章,语惊四座。他喜爱恐龙和哈利·波特,但对魔法和圣诞老人持怀疑态度,热衷于研究远古时代、太空、海洋中的神秘事物。

除了习惯性的依恋和支配外,弟弟对哥哥增加了很多不满。比如:

"哥哥，你怎么不说话呀？你不说话别人怎么知道你干什么？""妈妈，哥哥太笨了，我教不会！""没法和哥哥玩，他根本不懂！"

我和他讲了孤独症的事，还给他看了相关的绘本，但对于他来说，这些都太抽象了。他觉得只是有一个比较特别、不爱说话、不太懂事的哥哥而已。

最让弟弟气愤的是哥哥"不听话"。每当哥哥因为吃饭、睡觉等琐事发脾气暴躁吵闹时，弟弟都坚决站在妈妈一边教训哥哥。我每每命令他走开，怕哥哥没轻没重打到他，但他开始一点都不听。在我和哥哥都控制不住发脾气时，他会用力拉扯哥哥不让他跳起来。哥哥力气大，他会被带得打一个趔趄，这时他就会瞪大眼睛，红了眼圈，不能相信一向对他百依百顺的哥哥会对他动手。还有一回，他带着哭腔气愤地大声对哥哥喊："你要和我打架吗？"

一次哥哥吵闹完毕，我对又又解释："哥哥发脾气的时候控制不住自己，就像你有时候一样。所以，我们不要在他气头上去和他争，要慢慢引导他。你是小孩，下次遇到这种事要走开，免得弄疼你。"他听了，但以后再发生这种事，只要他在家里，总是会隔一会儿进来看看能不能帮忙。

弟弟和哥哥睡在一个房间，他们的床紧挨着。哥哥有一天睡不着乱动，弟弟被弄醒了。我以为他会发脾气，谁知他在半梦半醒间一翻身跪坐起来，半搂着哥哥的头柔声哄道："乐渔呀，你乖一点儿，冷静，晚上睡觉不要这么吵，知道吗？"——就像他小时候我哄他的腔调一样。

哥哥愣了一下，居然就安静了。

弟弟于是翻了个身又睡下了。

有时候,他带同学来家里玩,同学问他:"你哥哥为什么不说话呀?"他很平淡地说:"他就是这样的。"

有一天在吃早饭时,他忽然郑重地对我说:"妈妈,你不说我也知道,哥哥和我不一样,他不懂事。"

我笑笑问他:"你是想说,他不懂事,你懂事。对吗?"

他点点头。

我伸手抚摸他有点紧绷的小脸:"又又最懂事了。"

他有点不好意思,又自豪地笑了。

我知道,弟弟终将走上自己独立的路,在他的路上,哥哥将渐行渐远,被留在过去的生活里。

父母也同样如此。

我曾经以母亲的名义保证他的自由,保证他的人生不为任何人所束缚,但是我也相信,不管他走多远,童年与哥哥相处的快乐的记忆,从哥哥那里得到的关照和经验,会一直是他记忆深处的珍宝,不必想起,也不会忘记。

有时候,我会反复做一个梦,梦见过去的一个场景:那时弟弟还不会走路,哥哥也只有9岁。我们住在城外的一处废弃厂房改建的公寓中。国道从门前经过,车声日夜不息,院中唯一的花坛中杂草丛生。我抱着弟弟,拖着哥哥,到楼下的院中散步,看野鸟从空中飞过,看大门外汽车飞驰。弟弟初学语,指天画地,咿咿呀呀,哥哥在我身边蹦蹦跳跳,无忧无虑。

这样的日子如白驹过隙,远去无踪。

但是，多年以后回首之时，我仍然能感到洋溢在我们身边的幸福气息。

那是孩子们带给我们的珍贵礼物。

又又的作文：

我的好哥哥

2017年5月

说起我的家庭，我就想提我家庭里"特殊"的人，除了我就是哥哥了。

我的哥哥在和我差不多年龄时，查出患有孤独症和轻度智力障碍，也就是从那时起，他开始不说话了。

但自从我出生，上了小学之后，就变得不一样了。我只要叫一声"乐渔"（我哥哥的名字），他马上就会走到我身边。而且，他任由我使唤，用一句现代口语来说，就是"说一就是一，说二就是二"。我叫他倒水，他就倒水。有时我怕黑，就叫哥哥给我开灯！有时我孤单了，就叫哥哥来陪我。现在，我和哥哥已经成了密不可分的朋友了！

有一次，我独自乘公交车去上击剑课。在去公交站的路上，爸爸突然打来电话，说哥哥不见了。当我心急如焚的时候，突然发现哥哥竟然跟过来了，我急忙通知爸爸。挂掉电话后，我让哥哥待在原地别动（等爸爸来）。

正当我要走时，哥哥突然用他的两条细长的手臂抱住了

> 我！我看着他的眼神，似乎悟出了他的意图：他不想让我走。
>
> 我轻轻地对他说："不要怕，我会回来的！"说罢，我便头也不回地走了。
>
> 现在，妈妈在平板电脑上下载了一个教说话的软件，教哥哥说话。哥哥，快点说话吧！

张戈一家：两个重心，二十年成长

按她的本来面目去接纳她

张戈和妈妈站在地铁口迎接我。她的个头比妈妈显得高一些，穿着深色的格子外套，短发，圆圆的脸上带着浅浅的笑意，但目光却显得有点失焦。

"阿姨好"，她在妈妈的提醒下向我打招呼，伸出手来。我握住她的手，她的手心是凉的。这是2016年3月底的下午2点钟，街道两旁樱花和桃花烂漫地开着，空气里弥漫着花香。

我们一起走进她们住的锁金小区。这是一个有30年以上历史的旧小区，都是没有电梯的低层楼房，没有门禁，没有保安，邻居们的车子散乱地停放在路旁。

单元门开着，电信局的工人为家里装完宽带刚走，地上还有零乱的线头。张戈讨厌家里变乱，皱着眉头不安地低语。

爸爸出来和我打招呼，十年不见，他们一家都没有多少变化，只是爸爸的头发变得斑白了。

家里的装修还是十年前的样子，只是因为妹妹吴川离家，他们把带阳台的一间主卧室改为了客厅。

我们坐在客厅里交谈，张戈听我们谈话。她想插话，想让我看她喜欢的东西。她拿着一只塑料珠子串成的花猫对我说："小脸猫。"我回答她："真好看！谁送你的？"她默然不答。——后来我才明白：小脸猫是她给妹妹吴川起的昵称，因为她自己是"大脸猫"。

过了一会儿，妈妈让她到阳台上去织围巾，她听话地离开了。

张戈在社区图书馆做义工已经十年了。这个工作最初是作为社区助残的典型项目做的。张戈每天的工作是早上 8 点开门，打扫卫生，整理报刊，下午 5 点下班。她已经做得非常熟练了。

最开始的时候，她会有些"见物不见人"的唐突之举，比如，只要闭馆时间一到就马上收拾报刊，甚至把报纸直接从读者手中抽回来，吓人一跳，但经妈妈教导之后就再也没有过了。工作中，她一丝不苟，十年间从没有因为自己的事情耽误过工作。现在，她成为社区服务中心工作时间最长、资格最老的员工之一，也是唯一没有固定报酬的员工。

对于父母而言，有没有钱不是很重要，重要的是她有一份工作，对别人有用，也可以消磨时间。她不会做饭，但是会打扫房间，总是把家里收拾得干净整齐，容不得一点凌乱。她算不上心灵手巧，织的围巾也会有跳针，但是总能慢慢完成。只要父母身体健康，她就和其他任何一个与父母住在一起的年轻人没有多大区别。

十年前，母亲的计划是让张戈学会做家务，将来和妹妹一起生活，帮助妹妹管家、带小孩,由妹妹监护,负责她的生活。

现在,妹妹吴川在美国学习艺术,毕业后留在那里工作,短期内不可能亲自照顾姐姐。妈妈也早就认识到让姐妹俩在一起生活的安排并不现实。他们爱自己的女儿,两个都爱,希望她们都能够生活幸福,所以,他们也在为张戈找其他的安置方式,比如成人庇护中心,或由其他的亲属照顾。但到目前为止,没有结果。

最令父母担心的是:虽然可以和父母、熟人进行一般的日常会话,但张戈不会正确地表达自己的感受和需求,难免会受这样那样的委屈。

有一次,他们一家三口绕着玄武湖散步。张戈不小心崴了脚,当时看起来脚没有异样,妈妈问她痛不痛,她先说不疼,后来又说有点疼。他们没有在意,继续沿着湖走了近一个小时回到家里。第二天一早,张戈的脚肿得老高,父母陪她到医院看病。医生责备家长为什么当时没有来看医生。"当时确实没在意,但想想她平时对疼痛不是很敏感,说有点痛时一定是很痛了。"妈妈心疼地说。

一个家庭的两个重心

1988 年,张戈在南京脑科医院被陶国泰教授诊断为患有儿童孤独症。她是南京最早被确诊的几个孩子之一,当时她才 2 岁。

在她和父母前面是一片可怕的空白,没有医药,没有教育机构,没有专业教师可以求助,甚至没有几个人知道这"孤独症"到底是个什么。

痛苦徘徊之后,他们下决心自己来教张戈,同时想办法把她送进特殊教育学校。就在这时,吴苏星怀孕了。这个未出生的孩子给父母

*张戈在社区图书馆工作

带来了新的希望。为了"转运",父母决定让孩子跟母亲姓,给她起名叫吴川。

最初,父母决定再生一个孩子是为了让张戈在将来能得到照顾。当时,有个好友责备妈妈这样做对妹妹不公平。这个责备像阴影一样一直埋藏在妈妈内心深处。她一直有一种担心,担心自己只是个普通的妈妈,没有钱,没有学历,没有办法给孩子提供孩子需要的教育;担心因为照顾大女儿,耽误了小女儿的成长。

吴川从小就聪明活泼,是全家的开心果。她渐渐长大,越来越有自己的主见。初中时,她自作主张选择了学习美术,把青春期叛逆的劲头都用在追求艺术和"反洗脑"上。

"不是我选择了艺术,而是艺术选择了我。"她自信地宣称,"有人觉得法学、医学这样的专业实用;有人觉得学习写作、开公交实用;我觉得艺术实用。艺术不是一个职业,不是一场梦,是一种生活态度。艺术是一面镜子,折射生活。我通过艺术观察世界,企图看懂它的一点一滴,然后创造出作品,向他人展示我的观点和理解。"

"我觉得父母在教育上做得最好的是给我自由。"

张戈有个同龄的表姐,品学兼优,一直是家族里面其他孩子的榜样。吴川从小聪明伶俐，父母也曾经希望她像表姐一样，走一条"上好学校，找好工作"的坦途，但她实在是太有主意了。"吴川是一个发展很全面的年轻女孩。她不仅在传统的学习科目上表现出她的聪明才智，同时还是一个能干的领导者、一个优秀的（绘画）艺术家以及一个开朗风趣的人。"作为张戈一家的老朋友，海伦是看着她们姐妹俩长大的，她很了解吴川。

当她宣布自己要学艺术的时候，父母经过反复考虑，决定支持她。妈妈对吴川的表态是：你想清楚，不要后悔。

等到吴川拿到赴美签证的那一天，吴苏星对吴川说："我终于不欠你什么了。"

吴川不明白，她说："我把你培养成人，让你去追求自己的生活。从此以后，你想做什么做什么，不用担心被姐姐或是我们拖累了。"

后来我问吴川，当时妈妈这样说，她心里有什么想法。

她回答："其实我不记得妈妈说过这样的话。"

因为张戈，他们一家都与孤独症结下了不解之缘。张戈父母是南京最老的一批孤独症家长，也是最资深的志愿者之一，二十多年来一直参加各种孤独症公益活动。自从海伦博士创办孤独症公益组织"五项目"以后，一家四口都成为"五项目"的志愿者。在南京，吴苏星负责组织孤独症家庭的互助活动，七八个家庭隔周在玄武湖聚会一次，大家散步、聊天、游湖、聚餐。

吴川为"五项目"做过翻译，现场口译和翻译文件都做。她本科毕业后举办作品展，卖画所得的一半捐给了"五项目"。"能帮一点是一点，积少成多。"她说。

作为张戈一家"家人一样的朋友",海伦博士一直有一个疑虑:在一个对孤独症缺乏认识、容忍和服务的社会里,拥有一个患有孤独症的姐姐是如此的特别,难道吴川从来没有为此而感到有压力吗?她为什么没有对要承担"额外的"责任而心怀怨恨呢?

吴川的解释很简单:"首先,张戈在某种程度上算是一个好姐姐,她对我很温柔。其次,爸爸妈妈总是很支持我,在学习和生活上给予我很多机会去发展。其他的家庭只有一个重心,而我们家有两个重心,那就是我和张戈。"

作为和她们一家人已经交往了17年的朋友,海伦的理解是:"因为吴川和张戈的父母给她们两个都提供了爱、支持和鼓励。虽然中国有些家庭担心一旦有了第二个孩子,患有孤独症的第一个孩子就会受到冷落,但是,他们一家从来都没有考虑过这样的问题。他们并不是想用第二个孩子来代替第一个孩子,而是让第二个孩子作为一名成员加入他们,完善他们这个家。长久以来,父母一直都把重心放在两个孩子身上。张戈15岁时从特殊教育学校毕业,张戈妈妈为了她辞掉了工作。为了能有更多时间和两个女儿相处,张戈爸爸放弃了升迁和拿高薪的机会。那么,结果如何呢?夫妻俩互相分担责任,两个孩子得到了父母的关爱并且知道她们确实是家里的重心。"

直到现在,还有人问张戈的父母:"你们到底更喜欢哪个女儿?"他们总是说:"你们是不会明白的,她们两个完全不一样,我们两个都喜欢,不偏心。但是,我们和她们之间的关系是不一样的,是不可以来作比较、来衡量的。"

2004年,张戈一家获得"感动2004——中国十大真情故事"评选活动的提名。后来,他们获评为南京"100个幸福家庭"之一。

"她是我的姐姐"

吴川 2015 年拿到艺术硕士学位,现住在美国首都华盛顿特区。她有两份工作,一个是艺术家助理,另一个是老年公寓活动协调员,负责各种与艺术相关的活动,提高老年人生活质量。这种自由的工作安排使她有很多时间搞艺术创作,参加各种展览。她很喜欢自己的生活。"我一直觉得最理想的生活并不是得到一份很好的工作,而是慢慢地、稳步提升的状态。"

每天打开邮箱,她都能收到姐姐张戈的邮件。由于姐姐的表达能力所限,邮件几乎没有任何内容。她很少回复,但每一封都会打开来看。

姐姐有时也在微信上和妹妹聊天。说是聊天,也就是打个招呼。

互相照顾,一起长大

吴川对姐姐最初的记忆是 3 岁到 6 岁的时候:"每天早晨上幼儿园,姐姐上小学,爸爸骑自行车带我们。我坐在爸爸前面,姐姐坐后面。"

因为"我一生下来就有姐姐",吴川不能接受"没有姐姐你会怎么样"这种假设。她说:"我很感激我不是独生子女,因为有了姐姐,我学会了分享。"

"占取父母时间和资源的百分比与孩子长大成为什么样的人，几乎没有直接关系。"她也不肯说"有这样一个"姐姐有什么不好。"没有什么不好，你忽悠我呢！"她调皮地说。

对于比张戈小 6 岁的妹妹来说，姐姐一度是令人仰慕和依赖的。小时候，在妈妈的指导下，姐姐照顾妹妹也管着妹妹。小学时，妹妹的作业一直是姐姐检查，妈妈只负责签字。

妹妹喜欢粘着姐姐玩。如果有别的玩伴，她就会把姐姐撇在一边。等小伙伴走了，她又会缠着姐姐。有不开心、闹别扭的时候，妹妹便只管哭。妹妹一哭，姐姐也跟着哭，于是别扭也就闹不下去了。

其实好多事也怪不得姐姐。比如，姐姐帮妹妹收拾书包，照着课表一丝不苟，但是有时老师临时通知换课，妹妹明明已经放好了书，姐姐却又把书按课表换回来。妹妹上课找不到课本，急得直哭。

姐姐刻板地爱整洁，不管什么东西都要马上收拾。妹妹写大字刚写完墨迹未干，姐姐一下把本子合上，结果字迹全模糊了，只好重写。

妹妹哭泣、告状的结果是，妈妈告诉姐姐："让妹妹自己收拾书包。""妹妹的写字本不要收。"

张戈收拾桌子时，再看到妹妹摊在桌子上的写字本，就会自我提醒："妹妹的写字本不要收。"

另一方面，吴川很早就意识到，姐姐在很多方面是特殊的，她必须照顾姐姐。

"爸爸妈妈总是对我说：'姐姐需要你的帮助。你是她聪明又能干的妹妹。'"

她喜欢和姐姐一起玩，做她的小帮手。在吴川 3 岁的时候，由于大人禁止进入公共游泳池的儿童泳池区，她就担任起了引导、照顾8岁姐姐的任务。她帮姐姐在更衣室换衣服、教姐姐游泳，很享受当一个"聪明的妹妹"、小领导、小老师。

这种经历对于她的学校生活很有帮助。她从小就表现得比大多数同龄人成熟、大方，能够帮助同伴、分享成果，协助老师做各种组织工作。从幼儿园到中学，吴川一直都是班干部。初中时，她是各种协会的负责人。高中时，她一直是班长和科学课的班级代表，在各种文体活动中崭露头角。

姐姐去上班，妹妹忙于求学，两人在一起的时间少了，但姐姐还是想方设法照顾妹妹。读高中时妹妹晚上补课、自习，回来已经快10点钟了。姐姐总是算好时间到车站去接妹妹，帮妹妹拎包。"有人接你放学回家总是一件很好的事，特别是当外面很黑、时间很晚的时候。"吴川回忆。

妹妹也习惯于保护姐姐。一家人一起出门，如果姐姐有一些不同寻常的举动，总是引来一些异样的目光。"我就会瞪眼反看着那个人直到那个人觉得不好意思而不再盯着张戈看了。"当姐姐因为一些说不出来的事情难受哭泣时，妹妹也总是去安慰她。

作为"张戈的妹妹"

因为姐姐，家里经常有媒体来采访。作为"张戈的妹妹"，吴川也经常被记者提问。吴川小时候很喜欢出镜，而且会在记者的提问下说出"我永远和姐姐在一起"的豪言壮语。

但是，随着年龄增长，她慢慢察觉到在这个社会当中，"有个患孤独症的姐姐"不是一件光彩的事。接受媒体采访、反复被问同样的问题也变得令人尴尬和厌烦。终于有一天,当有记者要求采访她时,她哭着拒绝了。

在中学里,她走读,时间被功课和业余活动填得满满的。她有很多亲近的同学、朋友,但他们彼此很少谈论家事。她学校里的同学和老师都知道她是个开朗活泼、成绩好、有美术专长的女孩,大家都不知道她有一个身份是"张戈的妹妹"。

"既然他们无法理解,我就觉得没有什么必要去告诉他们了。"

2008年,姐姐从特殊教育学校毕业了无处可去,他们全家接受中央电视台的采访,呼吁为姐姐和其他成年孤独症孩子提供就业机会。这是吴川在国内最后一次接受媒体采访。

节目播出以后,吴川的一些老师和同学在屏幕上认出了她,"张戈的妹妹"就这样曝光了。出乎意料的是,并没有人因此而歧视冷落她,相反,她的美术老师对她的品质和努力十分赞赏,祝福她有一个好的前程。

"我在学校取得的成绩和姐姐在生活上取得的进步都让我对于做'张戈妹妹'感到骄傲。"吴川说。

和姐姐一起浪迹天涯

一个是开朗活泼、成绩优异、有艺术天赋的学霸,一个是语言能力有限、智力缺损、兴趣刻板狭窄的孤独症患者,这样天差地别的姐妹俩在一起如何相处呢?

"找各种方式傻笑,逗她玩,有时候让她读故事给我听,搭乐高玩具，玩毛绒玩具……我不知道怎么表达我和'大脸猫'的交流方式。很多交流是不需要语言的。我跟她在一起就重复很多她喜欢的、别人觉得没有意义的话，只要她开心就好。"

"我们俩合得来。尽管她不能直接告诉我她的感受，但是我知道她和我在一起的时候很开心。我们就是了解各自的感觉。"她很笃定。

2010年，吴川离家赴美。

到了美国，在聊天的时候，她突然发现，几乎所有的美国同学都有一个有残障的亲友，兄弟姐妹、叔伯阿姨……大家很坦然地分享和他们相处的故事。吴川讲了姐姐的故事，同学们都很喜欢她，觉得她很可爱。"有一个孤独症的姐姐"不是一个耻辱和负担，而是被人理解接纳、融入主流社会的契机。

妹妹去了美国，张戈一开始很不习惯，总是到处找妹妹。但是当她习惯了家里没有妹妹以后，妹妹再回来，她又觉得妹妹太吵，把家里弄得乱糟糟。

关于以后要不要照顾姐姐，吴川的回答毫不含糊："我一定要照顾姐姐啊，因为我是她妹妹，我不来谁来。""我可以让她活得开心，活得有意义。"

"如果你今后的家人不愿意承担这种责任怎么办？"

"那我就和姐姐浪迹天涯咯！"26岁的女孩，满不在乎的口吻。

隔着整个太平洋，隔着成长的十年青春，多年以前那颗纯真的心，从未改变。

更多的付出，更多的爱

"对我而言，如果想再要一个孩子，那一定是出于简单而强烈的动机：希望再有一个孩子来倾注我们的爱、我们的耐心和经验，希望在养育孩子的过程中，像其他父母一样体验日新月异的回馈和幸福。"

——一位爸爸如是说。

老蔡要第二个孩子时，已经年过四十。他们的儿子刚刚上小学，太太经常要去陪读。两个人都要工作，而父母已经年迈，没有办法帮忙，再要个孩子，太辛苦了。

孩子生下来，是个特别漂亮可爱的女儿。他们请了一个全职保姆，时隔将近十年，重新过起了和奶瓶、尿布打交道的日子。

每年春节都是他们最紧张的时候。保姆走了，而且还不一定会回来。他们俩全天围着孩子团团转，做饭、洗衣、喂妹妹吃饭，辅导哥哥做功课、给孩子洗澡，等坐下来喘口气时已经是深夜了。

老蔡以前就很少应酬，现在更是每天下班都急着回来当奶爸。他和太太家里家外连轴转，把带孩子、做家务的时间仔细规划出来。他细心、认真，把搞技术项目的精益求精和钻研精神带到了养育女儿的过程中，一边带一边总结经验，指导旁人，在家长当中俨然已经成为育儿专家。

几年下来，老蔡的两鬓变得斑白。带着小女儿出门，经常有人问他:"你是爷爷还是外公?"蔡自豪地笑着回答:"我是爸爸!"

攸妈是那种精力充沛、热情四溢的女子,在人群当中就像小灯泡一样,自带光源,闪闪发亮。她怀着二宝,带着长子攸攸在以琳培训的英勇事迹一直为大家所称道。次子小雨滴出生之后,她一边带攸攸上学,一边创办了当地第一个孤独症康复机构、第一个家长组织。同时,她还是当地公益活动的积极分子。两个孩子一起游戏、做手工,长大的弟弟简直像个温柔的哥哥一样处处照顾攸攸。

2016年,弟弟被广东省团委评为"最美南粤少年"。评委颁奖词中说:来自河源市第三小学的"美德好少年"刘庭羽有一个患有"自闭症"的哥哥,他从小就和爸爸妈妈一起照顾和帮助哥哥,让哥哥一天天地走向康复。他所做的努力得到了很多治疗自闭症的医疗专家和老师的肯定。

攸妈付出的代价是"累",从早上6点一睁眼到晚上10点,基本上没有停歇的时间,保持健康成了她的头等大事。

孤独症的成因至今未明,因此,孤独症家长"生二胎"的另外一个风险是:再生一个孤独症孩子怎么办?不是所有敢于掷骰子的人都有好运。

小帅妈秀霞生了第二个孩子。一家人的喜庆劲儿没过多久,小帅妈就发现老二有些不对劲:不追视、叫名没有反应……种种表现跟小帅小时候很像。

全家人好像都掉进了深渊。

"比小帅确诊的时候更绝望。"小帅妈说。

消沉了半个月之后,小帅妈放下工作,带着两个孩子去了康复机构。

说实话，我不知道她是怎么熬过来的。自从确认她的小儿子也有孤独症倾向以后，我想不出可以怎么帮到她，甚至不知道应该对她说什么。她是那么热诚、乐观、努力的一个人，在残酷的命运面前，所有的劝慰和开导都是多余。

但她的确熬过来了。她和先生都调整了工作，尽量抽出时间带孩子。爸爸带小的，她来带小帅。经过一年半的康复训练，小儿子文文进了当地一家小型私立幼儿园。小帅妈在带孩子康复的过程中加入了当地孤独症家长组织——唐山蓝凤凰心智障碍家庭支援中心，努力推动当地孤独症孩子的融合教育和社区融合，现在担任中心的副理事长。

作为一位教师，她甚至还在坚持工作。在她的朋友圈里，最多的内容是公益活动和推荐她喜欢的书。一家人去参加"蓝凤凰"组织的快乐活动营活动时，每个人的脸上都是笑容。

真的，我没有看错。

一起面对未知

在小时候，家里有个孤独症孩子，父母最发愁的可能是时间和精力不够用，无法兼顾其他孩子的需求。如果有孤独症的孩子有暴力破坏行为，对幼小的弟弟、妹妹的安全会造成困扰——虽然真正的危险很少发生。在这一时期，安全是第一位的。父母必须采取一切必要的措施保护幼小的孩子不受伤害。

随着小孩子长大，他们面临的压力更多地来自社会与同伴的歧视和排斥。他们可能觉得有这样的一个哥哥、姐姐很丢人，不愿意带朋友来玩，甚至变得孤僻、自卑。很多孤独症孩子的同胞都有类似的苦恼。家长可创造条件让他们互相交流，结为伙伴，同时支持他们建立自己的社交圈子。

在成年或接近成年的弟弟妹妹当中，还会有更现实的忧虑：有一个有孤独症的亲人，恋爱会不会受到影响？会有人愿意和我结婚吗？如果父母要求我照顾哥哥、姐姐一辈子怎么办？如果我生病、失业、事业失败，父母和哥哥（姐姐）要依靠谁？每一个问题都没有确定的答案。这就是我们要面对的现实。

养育孩子是父母的责任，兄弟姐妹之间有扶助的义务，但是否承担以及如何承担，我们要尊重本人的选择。

许多孩子喜欢跟自己有孤独症的同胞一起玩，教他们学习，或者带他们参与各种各样的活动。在这方面，他们通常要比家长更加容易成功。这些孩子往往会显得懂事或"早熟"。有些人在成年以后会加入志愿者甚至专业人士的行列。但是，即使他们不愿意提供帮助，这仍然是他们的权利，应该得到尊重。

我们所能做到的就是支持他们，给他们爱和自由，尽可能地承担起为人父母的责任，让他们自己决定自己的人生。

参考资料：

《一个家庭两个重心》，孟蒻宁、吴川，作者本人授权，国内未发表。

《家有谱系和NT娃，你遇到过这样的困扰和挑战吗？》，马凌冬，来源：微信公众号"以琳自闭症家园"，2016年6月6日。

第三部分
穿越孤独拥抱你

我祈祷拥有一颗透明的心灵
和会流泪的眼睛
给我再去相信的勇气

——逃跑计划『夜空中最亮的星星』

*李佳洋绘画作品

第一章　用生命影响生命

你是我的朋友

初看《夏洛的网》,一直不太明白,小猪威尔伯没有特别的才智、胆量和美德,就会吃饱了在谷仓里睡觉,在烂泥里打滚,蜘蛛夏洛为什么要救他,还给他织出那么多神奇的字赞美他?

小猪自己也不知道。在他们相处的最后一夜,他问夏洛:"为什么你要为我做这一切?我不值得你帮我。我从来也没有为你做过任何事情。"

"你一直是我的朋友,"夏洛回答,"这本身就是你对我最大的帮助。我为你织网,是因为我喜欢你。然而,生命的价值是什么?我们出生,我们短暂地活着,我们死亡。一只蜘蛛在一生中只忙碌着捕捉、吞食小飞虫是毫无意义的。通过帮助你,我才可能试着在我的生命里找到一点价值。老天知道,每个人活着时总要做些有意义的事才好吧。"

你是我的朋友——这就是一切问题的答案。

如果说每一个生命都是有价值的,那么爱就是这种价值的核心。我们活着,接受和给予爱,在爱里面我们是平等的,分不清谁是施者和受者,谁更应该对谁感恩。

就像一个拥抱,不必分清是你拥抱了我,还是我拥抱了你。

在生命的关键节点上

我还记得第一次见到"天真者绘画"的创办人之一李华的情景。她背着一个沉重的大书包,风尘仆仆地出现在东方广场的咖啡馆里,高大丰满,长发飘逸,眼睛明亮,像所有为事业奔波的"北漂"一族一样,精神奕奕,又疲惫不堪。

我们在咖啡馆里从傍晚谈到天黑,又移师一家湘菜馆。她饿了,毫不客气地风卷残云,宰了我一顿。

我们谈了很多关于孤独症的事。她向我讲述如何教孩子们画画,教孩子们的父母欣赏孩子的画,放手让孩子创作而不是外行而专断地指手画脚;她向我描述孩子们因为醉心于绘画而发生的精神上的转变,讲述艺术对人们精神世界的再造功能;讲她自己投身孤独症儿童绘画的经历;讲令人耳目一新又一时难以接受的"孤独症文化"。

李华是个"移二代"。她的父母早年移民日本,获得了日本国籍,所以她有一个日本名字"石原李华"。但是成年以后,她还是回到国内生活。她一度酷爱养大型犬,在那个圈子里相当有名。一次偶然事件中,她的爱犬被人害死,伤心之下,她退圈了。

她说,每个人的一生都会遇到一个被孤独、沮丧、压力逼迫着"想做点什么"的时刻,这是人的感受力和创造力迸发的节点。在这个节点上，李华遇到了她的老师李木，遇到了北京市孤独症儿童康复协会的画展。孩子们绘画中的天真打动了她，让她一脚踏进了这个特殊的世界。

"孩子们都很可爱，但是家长太焦虑，压力太大。"她觉得这一方面是因为环境支持不足，另一方面是因为家长不理解绘画的意义和真谛，单纯把它当作一种"才艺"要求孩子学习。所以教孩子，要花更大的力气疏导和教育家长。

她为孩子们筹办画展，创办"天真者网站"和"天真者绘画工作室"。到今天，"天真者绘画"已经是一个著名的公益项目和艺术品牌，在国内外享有盛名。而李华自己，也从一个专业养犬的玩家，变成了一个沉稳干练的艺术活动家。

二十多年前，当年轻的薛晓路第一次走进孤独症孩子的幼儿园时，只是出于年轻人的热心和一点好奇想帮个忙；当交换生海伦第一次走进张戈的家，她只是想照顾一下这个女孩，顺便练习一下汉语口语。他们在不知道、不经意当中，已经成为"志愿者"，成为"用生命影响生命"的一员。

当2014年曲卓加入融爱融乐心智障碍者家庭支援中心的时候，孤独症公益已经成为整个公益领域中相当活跃的一部分，有专门的基金项目支持，有专业的公益组织，有来自各行各业的专业人士加盟。中心对于孤独症人士的支持，也从"给他们一个地方待""教他们学会上学所需的技能"发展成包含疗育、融合、就业、养老等的支持体系。专业机构、组织、人才带来新的理念和方法，不但支持孤独症人士，也为孤独症家庭、教师和学校提供从喘息服务到融合教育的服务。

这一切，都是从每一个人心中的一点点善良开始的。

孤独症群体的志愿者有几种：一是孤独症孩子的家长和本为孤独症人士的志愿者，比如张戈一家和康康母子；二是以年轻人为主体的短期志愿者，他们活跃在各种公益倡导活动和临时性喘息服务当中；三是以自身专长为孤独症群体服务的专业人士，他们经常会从短期志愿者转为长期的志愿者；四是孤独症专业的研究人员、医生、教师，他们利用业余时间投身公益；五是从事公益事业的专业人员。

对于大部分志愿者而言，接触孤独症孩子仅仅是他们生活当中的一段插曲，但是这样的"插曲"可能意外地影响到他们的人生。

单身妈妈维红的女儿悦悦[1]是一个重度孤独症女孩，同时患有癫痫和智力缺损，生活不能自理。北京大学爱心社的同学们排班来陪伴、照顾她，每天下午两组，每组两个人，按时交接，从未间断。高年级的同学毕业了，低年级的同学补充进来，他们是悦悦最喜欢的"哥哥姐姐"。2011年，一个比悦悦大15岁的数学系男生和一个国政系学妹在照顾悦悦的活动中相识、相爱，别人的约会是花前月下，他们的"约会"是一起陪着悦悦玩。毕业以后，他们结婚了。后来他们有了一个可爱的女儿，比悦悦整整小15岁。他们两家人至今仍然是好朋友。

---

1 维红和悦悦的故事见《蜗牛不放弃》第三章"打开橘子门"。

用生命影响生命

"用生命影响生命,这就是我们的孩子所做的事。"康康妈妈邹文说。

康康妈妈自己,也是一个"用生命影响生命"的人。她曾经在联想集团工作近二十年。康康被诊断为孤独症之后,她和丈夫倾注全部心血帮助康康康复。同时,康康妈妈积极投入孤独症群体的公益活动当中。

康康从青岛回到北京,进入普通小学读书。康康妈妈主动向学校的老师、校长介绍康康的情况,向他们普及孤独症的知识。由于老师们的热情帮助,在康康身边,形成了一个关爱康康、帮助他进步的小团体,让康康的小学生活过得十分快乐。

康康获得了海淀区"自强不息好少年"的光荣称号。他成为一个阳光、自信的大男孩,身边也聚集了几个同样阳光的普通人好友。康康积极参加各种孤独症公益活动。他热情开朗,见到每个人都热情地上前打招呼,问:"你叫什么名字?你从哪里来?"很多志愿者因此记住了他,和他成为朋友。

随着他长大,这些志愿者换了一拨又一拨,有的来了又去,有的仅仅是短暂的一两次接触,但是每个人都从他身上感受到单纯的善良和快乐。

有一个从小和他一起长大的邻居男孩,小的时候曾经在万圣节拉着他的手一起去讨糖果。现在他长大了,考取了清华附中,他一直没有忘记康康。2017年,他为孤独症孩子写了一个音乐剧,准备在校园里演出。

康康妈妈不断地向周围的人讲述康康与孤独症的故事。她的努力真诚感动了邻居、同事和素不相识的人。

她坚持在博客上记录自己和康康的生活,一直写了几十万字,并在2016年集结成《康康的世界》。

在参与孤独症公益活动当中,康康妈妈结识了很多志同道合的家长。康康妈妈在十年前就当选为北京市孤独症儿童康复协会理事。2011年,她加入北京市康纳洲孤独症家长资源支持中心,担任理事,负责烘焙项目和对外联络。

2012年11月,康纳洲公益项目"孤独症烘焙屋"在凤凰网举办的公益创新大赛中进入前六名。作为项目负责人,康康妈妈与其他公益项目同场竞技。她落落大方,娓娓而谈,在不知不觉中打动了评委和观众的心。

由于在联想集团长期做营销工作,她在面对媒体交流时从容不迫,赢得了很多人的好感。越来越多的媒体请她出面讲康康,讲孤独症。她凭借靓丽的容颜、得体的举止、收放自如的言谈,成为孤独症群体出色的代言人。

最开始,她讲得最多的是康康和自己的故事,讲到动情处,经常潸然泪下。私下里我们就打趣她:"啊,你真会哭。"

后来,她从公司离职,成为专职母亲和公益人,她讲得更多的是我们这个群体的故事,讲康纳洲的烘焙坊,讲孩子们的工作,母亲们的忧虑,以及我们想要寻求的梦想。

2016年初,中科院神经科学研究所仇子龙研究员的《孤独症猴子模型》[1]研究成果发表在《自然》(Nature)杂志上。凤凰卫视邀请她作为特邀嘉宾访问仇子龙,探讨孤独症的基因和康复问题。面对国内顶级的科学家和最权威的精神医生,她浅笑轻语,从容发问,俨然一个准专业人士。

整个访问她只有一次稍稍失控。那是在一家孤独症康复机构,看到一些六七岁的孩子在户外稀稀拉拉地做操,她忽然悲从中来:"我想起了康康小时候,就像他们一样……"

主持人轻轻地拥住她,给她一个温暖安慰的拥抱。

为你点亮每一座城市

北京星星雨教育研究所是国内最早的孤独症疗育机构,也是最早组织和利用志愿者服务的民间组织。其最主要、最基本的志愿服务方式是"陪孩子"。星星雨每周提供单独的家长培训课程,需要在家长听课时有人帮助照顾孤独症孩子。

"考虑到志愿者参与的主体活动是陪伴性工作,所以需要志愿者有爱心和责任心,并且是年满18周岁、有独立行为能力的成年人。我们

---

[1] "孤独症猴子模型"一文在2016年初发表于《自然》。科学家在食蟹猴中转入了人源基因MeCP2(全称是methyl-CpG binding protein 2,即第二个与甲基化DNA结合的蛋白质),针对的是一种复杂的神经系统疾病——孤独症谱系障碍。这项工作第一次构建出了一种非人灵长类动物模型,将为孤独症提供一个与人类更为接近的平台,将人们对孤独症的认识和干预能力大大推进了一步。(来源:《中国科学报》,亦云,2016年1月26日。)

本着开放接纳的态度,欢迎各个领域的志愿者参与其中。我们会在活动前对志愿者进行 45 分钟的岗前培训,让志愿者对孤独症的相关知识、活动中相关问题的处理等注意事项进行了解。在活动过程中,我们会进行督导并对服务质量进行评估。"星星雨现任负责人孙忠凯介绍。

据估算,星星雨创办至今,约有 32500 人次参与过星星雨的志愿服务活动,近几年平均每年都会有 2000 余人次。在这些来自国内外的志愿者当中,专业志愿者、明星志愿者和普通人的比例大致为 25∶3∶1000。二十多年来,星星雨的志愿者随时在更换,但有约 100 人坚持长期来机构提供志愿服务。很多星星雨的志愿者也因此成为孤独症孩子一生的朋友和权益的支持者。他们不但在每年的"世界孤独症日"积极参与各种公益宣传活动,平日也会在各种场合普及孤独症的科学常识。打开知乎、豆瓣、微博等社交媒体上关于孤独症的议题,在回帖中经常看到这样的开头"我在某某机构做过志愿者……"。

在青岛,来自山东航空公司的志愿者们开创了国内第一个面向孤独症孩子的服务项目:带青岛以琳康教中心的孤独症孩子体验"如何坐飞机"。当国内有些航空公司以安全为由拒绝有父母陪伴的未成年孤独症孩子登机时,这些志愿者却主动把孩子们领进模拟客舱,向他们展示救生设备、服务设施,为孩子们适应空中飞行创造条件。

上海爱好儿童康复中心成立于 2005 年,是上海成立较早、规模较大的孤独症疗养机构。它的创办者杨晓燕也是一位孤独症孩子的母亲。上海爱好儿童康复中心每年约有 1000 名志愿者参与服务,长期坚持的有 200 人左右。除了日常陪伴服务以外，志愿者们还经常举行义卖活动，参与摄影、摄像、文字编辑、活动组织管理、物资整理、设施清理等活动。围绕这些活动，志愿者们形成了一个个活跃的社交小团体，青年男女"擦出火花"的大有人在。除个人志愿者外，还有 50 多家企业单位、20 多个公益团体共同参与到志愿者服务当中。

2013 年，上海爱好儿童康复中心在上海发起了"爱让星空蓝起来"系列公益宣传活动，包括：在东方明珠点亮蓝灯，举办孤独症儿童画展、海外专家公益讲座，开展蓝丝带行动等。在那一天，成千上万的人在手腕上、衣裙上、爱车上扎起蓝色丝带，成为孤独症公益宣传活动志愿者。

当年，杨晓燕因为在公益领域的杰出表现荣获 2013 年"上海市十大杰出青年"称号。

2013 年以前，安徽卫视的记者在采访中问我："你觉得对于你来说，你的孩子有什么价值？"我用一句歌词来回答她："你的笑对我一生很重要。"

如果我是你的亲人，你的笑对我一生很重要。

如果我是你的朋友，你的笑对我一生很重要。

如果我们的社会是一个有共同价值观和凝聚力的社会，那么，这几百万孤独症人的笑，对我们所有的人，都很重要。

信念是种子。我们小心翼翼，满怀希望，四处撒播。

如今，种子在人群中慢慢开出花来。

"少年侠客"小秋实

2012年9月18日,《新快报》刊发《家长联名拒绝自闭症儿童入学》一文,报道了深圳宝安区孤独症儿童李孟被家长联名拒绝入学一事,引发全国轰动,百余家媒体纷纷跟进报道。在跟进报道当中,媒体发现各地发生过多起类似事件,孤独症儿童的融合教育一直举步维艰。壹基金与深圳自闭症研究会为此召开专题研讨会,邀请各方代表共同探讨孤独症儿童的融合教育。经过多方不懈努力,深圳市宝安区教育局、宝城小学、壹基金正式启动李孟融合教育执行方案的可行性研究。10月29日李孟终于重返校园。

听到李孟的遭遇,13岁的小秋实忍不住拍案而起:"他们怎么能这样?为什么要这样?"

小秋实姓胡,当时是北京朝阳区呼家楼中心小学六年级的学生。他高大健壮,开朗乐观,喜欢看哈利·波特的故事和骑单车,新浪微博上的ID是"少年骑行侠"。

"他是个很平常的孩子,在班上不是特别引人注目。"他的妈妈说。

2012年4月,小秋实和妈妈偶然参观了一次孤独症人士的画展,他对孤独症人士的世界产生了兴趣,非常想要帮助这些人。妈妈帮助他联系了相关机构。2016年的暑假,小秋实一直在北京某艺术中心做志愿者,帮助老师照顾来画画的孤独症学生。在他看来,这些与他年龄相近的孩子只是"说话的能力比较差,做事没什么耐心",有时画着画着会在屋里跑来跑去，除此之外，与他的同学们并无太大的不同，学校没有理由把他们拒之门外。

在小秋实的学校里，也有一个孤独症孩子在上二年级。"他的情况比较严重，有智力障碍，而且家庭情况不好，家长在陪读，但常常因为孩子的异常行为打骂他。老师觉得压力太大，有点受不了了。"

恰好学校要求学生做一个社会调查的课外作业，小秋实在妈妈的帮助下设计了"关于自闭症（孤独症）儿童上学问题"的调查问卷。他先在一个网站上做网络调查，然后印了几十份问卷，拿到街上和学校里散发。

第一次做这种事，难免有点紧张。小秋实还记得第一个接受调查问卷的是自家附近一间小鞋店的女老板。那是一个周三，小秋实放学后到那几家小店挨家发问卷。她的店里正好没什么人，她问了问情况就爽快地填写了问卷。"第一个成了，就有一种特别顺的感觉。"

后来，小秋实把目光盯上了麦当劳，因为那里人多又有桌子，等餐的人正好有空闲可以搭话。他发现，带孩子的父母很容易接受他的调查，单身就餐的年轻人也容易被打动，但老年人警惕性特别高，拒绝的多。

在学校里，小秋实发动了五六个好友一起帮他做调查。这些孩子大多是平时和他一起骑车玩的伙伴，他们帮助他把问卷发到了每一个老师手中。

在收回的问卷中，他发现同学对孤独症学生接纳和认同的比例比较高，但老师当中反对的声音比较多。

"大人跟我们想的不一样。"

关注这些孩子给小秋实自己带来了什么呢？他表示没想太多，"培养了爱心吧，学会不去歧视"。

2013年3月底，小秋实和他的同学们组建了蒲公英公益社团，学校为这个学生社团郑重其事地举行了授旗仪式。3月30日，世界孤独症日前夕，小秋实着急地四处联系北京的公益组织，想加入关爱孤独症群体的公益宣传活动，但时间太迟了，一时难以联系上。我给他们提供了一些简单的知识性资料。

3月31日，小秋实和同学们举着自制的横幅、旗子走进了团结湖公园，向游客发送宣传孤独症知识的材料——这是刚刚成立的蒲公英公益社团的第一次活动，也是我们已知的独立举办世界孤独症日宣传活动的最年轻的志愿者团队。

活动刚开始，一个管理员模样的人走过去，很凶地训斥他们，要他们把横幅取下来。小秋实这才知道公园里所有的宣传活动都要事先向公园管理处申请。这些十二三岁的孩子有点蒙了，不知所措。幸亏一个常来晨练的老大爷站出来帮他们说了话，管理员才教育了他们几句就走了，活动得以继续进行。

4月2日，秋实和蒲公英公益社团的同学们把周日活动的宣传资料发送到学校各个班级，在每个班的文化墙上贴了一份。中午，他们在"红领巾广播站"的节目当中介绍了孤独症的相关知识。

秋实的妈妈一直为小秋实的"小升初"而焦虑，但看到儿子每天这么快乐、充实地生活着，她感到了由衷的欣慰。

四年以后

2016年8月20日,水立方,我在六号门入口的售票处徘徊,身后传来一个温和的男声:"请问是张雁阿姨吗?"

这是我和小秋实的第一次见面。本来约的是母子俩,妈妈临时抽不出时间,他就一个人来了。

他已经长大了。秋实大约一米七,身材结实,皮肤微黑,温和有礼中稍稍有一点拘谨,和照片中无拘无束的大男孩不太一样。

小秋实一家是南京人,没有北京正式户口,虽然他们已经在北京生活了六年。2016年夏天,他在初中毕业后考取了北京大学附属中学的国际部。

他觉得这个学校有点像霍格沃茨魔法学校。一大群风华正茂、聪明绝顶的学生在校园里走来走去,选书院(就像哈利·波特和同学们选学院一样,不过不是用魔法帽子)、选课、上课、写论文、刷题、做运动、办社团、开议事会管理学校、谈恋爱……

他喜欢这个学校还有一个原因:暑假里老师布置同学们看的第一本书是《深夜小狗神秘事件》——"虽然作者没有明说,但我一眼看出这个孩子(男主人公)是有孤独症的。"他微笑着说。

四年前,他因为一个偶然的原因与孤独症孩子结缘,从此一直关注他们的处境。他在小学里组建了蒲公英公益社团,在每年的4月2日都为孤独症做公益宣传。

后来,他被小学保送到朝阳区一所重点中学,他把蒲公英公益社团也带进了中学,坚持每年都和同伴们做孤独症的公益倡导。

＊小秋实和同学们的公益宣传活动

现在，他上高中了。他想继续做下去。

和一般热心于公益倡导的年轻人不同的是，他也愿意陪伴孤独症孩子。"每周三下午是社团活动时间，而周五下午我没有选课。此外还有周六日……"他仔细地排出自己的业余时间。

"你觉得你的陪伴对他们有什么作用吗？"

他仔细地回想着："应该是有的。我有一次陪一个孤独症孩子画画。他平时一个人时就沉浸在自己的世界里自言自语，但那天我坐在他旁边画画，他就一会儿瞥一眼我或是我画的画，自言自语明显就少了。"

"你为什么会一直关注他们？"

他有点难为情地笑了："其实我也不知道，就是觉得这件事有意义吧。"

慢慢地，他也回忆起自己小时候："我三年级转学来北京，过去的朋友都没有了，觉得很孤独。"或许是这样的孤独使得他对于孤独症孩子的处境心有所感。

我忍不住问："秋实你今天多大？17岁？"

"16岁。其实我是15岁多。"他说的是周岁。

我心中叹息，没有告诉他，当他的故事在杂志上发表之后，有的读者曾经表示怀疑：一个小孩子怎么可能有这样的能力和耐心？可能是父母为了小升初策划的作秀。但是，几年过去了，秋实一直坚持做自己认为有意义的事，他的行动、他的阳光、他的成长瓦解了一切的怀疑和流言。

那天我们聊了很多，关于《深夜小狗神秘事件》，关于孤独症人士带给我们什么，关于简单和复杂、表相和本真、前途和明天……

我们在地铁口告别。这个少年正站在一个新世界的入口处安详微笑，满怀期待，满怀梦想，他身后是8月灿烂的骄阳。

 如果想要帮助孤独症群体，普通人可以做什么

作为学生、同事，不歧视、不欺凌，而是发现他的长处，尽量容忍他给我们带来的某些麻烦。

作为路人，在发现他们的异常之后不惊慌、不歧视，坦然处之。

作为服务人员，耐心了解他们的特殊需求，提供有针对性的服务。

在此之外，还有几个建议：

1. 在公共场所遇到孤独症人士和陪同他们出行的家长，尽可能给他们多一点空间和时间处理琐事。因为带这样的孩子出来很麻烦，过关、安检等可能要耽误一些时间，有时孩子会吵闹。在指责和投诉之前，请耐心等一等，或者问问他们有什么可以帮忙的。

2. 发现无人陪伴、疑似走失的孤独症人士，请上前询问、帮忙报警或联系有关工作人员。

3. 遇到孤独症人士和家长参与的公益项目，请为他们点赞、鼓掌、加油！欢迎加入我们哟！

4. 在微信群、朋友圈、微博上转发有关孤独症的科普文章、公益项目资料等。

"昆虫"陆诚和他的世界

现在，假如你到南京，碰巧乘上一辆名叫"银河号"的地铁列车，你会看到一些关于昆曲人物的水墨画。它的作者是陆诚，一位 20 岁的孤独症青年。

假如你参观著名的南京博物院，正赶上每年的"昆曲宣传月"，在"老茶馆"小坐听一段昆曲时，可能会遇见一群年轻的昆曲爱好者（他们自称"昆虫"），陆诚或许就在他们中间。

当然，听最正宗的、水平最高的昆曲一定要去江苏省昆剧院（简称省昆）兰苑剧场。如果你是一位资深昆曲迷，你一定在那里见过陆诚，那是他和昆曲圈交往的基地，他的"精神道场"。

2016 年 3 月的一个下午，南京"伦敦茶馆"，男生陆诚和妈妈在等我和馨馨妈妈王宁。见了面才发现，陆诚妈妈王晓映女士是我为《星日》杂志约过稿的一位作者。当时我们在 QQ 上交流过好多次，故友重逢，真是喜出望外。

朋友资格审查通过

陆诚今年20岁。他2014年职业高中毕业，现在在省昆做临时工，负责微博、微信的新媒体发布。他是个昆曲迷，擅长绘画。他以昆曲人物为主题的绘画受到专业人士的称赞，在艺术品市场上有相对固定的追捧者。

陆诚白皮肤，长脸，斜坐在火车座的里侧，带点慵懒的样子，不热络，可也不怯场。

一开始，陆诚不看我，总是偏过脸跟他妈妈说话，偶尔看看坐在他对面的王宁，或是看着无人处笑。但是，他非常关注地听我们讲话，特别是谈到他的内容。如果我问他问题，他停顿一会儿，眼睛看着他妈妈回答，然后让他妈妈转述给我。

他们母子和王宁都很熟悉。陆诚问起馨馨妹妹，问为什么妹妹不去看昆曲，王宁说妹妹要中考了特别忙，他就作罢了。妈妈说他一度狂热地向所有的亲友推荐昆曲，让他们一定要去看戏，如果人家没去他就生气，发脾气。好在妈妈用"工作忙"这个理由让他平静下来，理解了别人和自己的不同立场。

绘画和昆曲，是陆诚最喜欢的事物，也是他和世界沟通的方式。比较而言，他更痴迷昆曲。最近，妈妈问他去不去香港的画展，他说不去，要看省昆的巡回演出。省昆在南京兰苑剧场中的演出他每场必到，听到高兴处就带头鼓掌，把气氛带动得十分热烈。

"我不是所有的戏都鼓掌。"他对我解释，"武打戏比如《三岔口》，一开场就是很响的锣鼓声，这就不用鼓掌，因为听不见。"

在家里的时候,他看昆曲视频,经常一个人把整折戏重排出来,十几个人物、大段的道白和唱段都记得一丝不差,自称"文武昆乱不挡"。

看到我在笔记本上写字,他先是觉得惊讶和不安,但又感到新奇,隔一会儿就看向那个本子。

我拿出手机和陆诚妈妈加微信,然后对他说要加他,他没作声也没动作,只是一直注意着我。终于,他忍不住,干脆把本子要过去看我写的什么。看了半天后,他跟王宁说了几句话,但声音太含混我一时没听清。王宁为我翻译:"他说他想检查你写得对不对,但是你写得太乱了,他看不懂。"

把本子交还给我之后,他听我们聊天,如果有一阵没有聊到他和昆曲,他就不高兴地说我们"sháo"(啰嗦的意思)。

隔了一会儿,他半面对着我,半面对着他妈妈说:"我除了昆曲,还喜欢别的。"

我们让他列出来,于是他举出了几个演出古装帝王戏和现代主旋律影视剧的老牌男星:唐国强、陈建斌、王刚……接下来是女明星,包括 2014 年《鹿鼎记》里演韦小宝的七个老婆的所有女星的名字……

我们笑出声来,终于和他有了共同语言。

要结束的时候,他转向我问:"你今天学到了什么?"

看着他一本正经的样子,我笑着说:"我今天知道了陆诚是个昆曲迷。他每天下午都去南博'老茶馆'听昆曲。他有很多朋友,认识不少昆曲明星和演员。他最喜欢的男明星是……"

* 《牡丹亭》/ 陆诚绘

他笑了笑，拿起手机说"加一下"。后来，我们真的成了微信上的朋友。我为他发的剧照点赞，他评论我发的越剧小演员照片。在我交往的成年孤独症人士当中，他是将新媒体运用得最出色的一个。

"我们大家的小朋友"

小时候的陆诚记忆力很好，但是胆小、刻板、不爱与人交往。他在小学五年级时被诊断为孤独症。

2008年，时任省昆院长的柯军邀请一些文艺、新闻界的朋友到省昆的兰苑剧场观看他的专场。陆诚妈妈带着儿子去看了，这是陆诚第一次接触昆曲。

2010年11月5日，妈妈带着陆诚去紫金大剧院观看省昆副院长、"名丑"李鸿良的昆丑专场。当天晚上一共五出折子戏。李鸿良的精彩表演让陆诚激动不已，从此迷上了昆曲。

从 2011 年上半年开始，每个月陆诚都会到兰苑剧场看两次戏。去得多了，他甚至成了剧场后台的常客，和很多演员成了朋友。

久而久之，省昆人已经把他当作"自己人"了。

在 2011 年初的李鸿良专场上，陆诚迷上了省昆另外一位"名丑"计韶清。"因为计老师的脸圆圆的，演得又很搞笑，所以我对计老师特别喜欢。"陆诚说。

2012 年初，他求妈妈带他去见计韶清。

在陆诚的不断"纠缠"之下，妈妈只好打电话给省昆院长柯军，把情况如实相告。了解陆诚情况的柯军听后一口答应。

4 月 13 日下午，陆诚如愿以偿见到了自己的偶像。因为太紧张，陆诚说话时都不敢看着自己的偶像。他说话很快，所以他说的话要由妈妈翻译。

陆诚说出他看过的计韶清的每一出戏，然后不断提问——"为什么这场戏的一个动作和另外一次不一样？""这个人物的个性是什么？""计老师举办专场时，最后谢幕时，是谁给了一个棒棒糖，为什么给你？"

计韶清则一一耐心回答。

由于兴奋加紧张，和计韶清老师分开的时候，陆诚浑身都是烫的，到家很久体温才降下来。"这是陆诚第一次和一个陌生人说这么长时间的话。"在陆诚妈妈看来，这是一个重大进步。

陆诚的微信朋友大部分是昆曲演员和戏迷朋友。他记性特别好，对省昆每一个演员的履历都很熟悉，见到演员都会上前打招呼。但是一线的名演员粉丝很多，通常不会特别关注这个说话含糊的年轻人，而一些不太著名的演员反而为他的热情打动，经常和他交流，所以他就会转而喜欢他们。

有一位演武旦的中年演员，名不见经传，几乎没有遇到过什么粉丝，但是陆诚一见她就一口气说出她哪年进入省昆，哪年排演过什么节目，担纲过什么角色，在哪里、演出了多少场……这把她感动坏了，从此两人成为莫逆之交，经常在微信中交流。

现在，陆诚是一个有300多人的大微信群的群主，这个群里有他崇拜和喜欢的昆曲名家，有很多昆曲爱好者，还有喜欢他绘画的网友。陆诚是一个特别严格的群主，他一直坚持不许在群里发和昆曲、绘画无关的内容，连红包都不行。

在昆曲的世界里，他就像一只百花园里的小虫，如饥似渴又自由自在。

南京博物院是国家级博物馆，定期做非物质文化遗产的保护和推广活动。每年单月是昆曲宣传月，每周二到周日下午都要在博物院的"老茶馆"演出昆曲。陆诚经常去听戏，和长年活跃在这里的众多"昆虫"混得很熟，经常带回来一些巧克力之类的小礼物。

"昆虫"当中有很多是大、中学生和受过高等教育的年轻人，他们亲切友善，很包容陆诚。这些人在交往中教会了他很多东西：为别人占座付茶钱，和朋友吃饭轮流请客或是AA制……在"昆虫"传统的聚集地"老茶馆"，陆诚经常一待就是半天，就像回到自己家一样熟稔自在。

心灵自由的画家

陆诚上初中的一个暑假,跟姐姐一起在某艺考培训班学画。妈妈特意关照老师:"陆诚不用参加考试,你就让他随便画好了。"

果然,老师除了教给他颜料的用法,给他一个画板、一支笔、一堆颜料之外,其他一律任他自己发挥。几天下来,他的习作令老师大为震惊。

陆诚痴迷昆曲之后,他的画作内容几乎全是昆曲的人物、场景。"他一般是先看昆曲视频,截屏,然后再对照相关剧照,心里有数了,再动笔。"陆诚妈妈介绍,陆诚画油画从来不起草稿,不勾边,而是直接就把"搁在心里的形象"画出来。

他画画时全神贯注,就像他看昆曲时一样。

2013年1月,陆诚在北京798艺术区圣歌画廊举办个人画展"昆曲课"。

2013年10月,他参加在南京博物院举行的"非理性之美——中国原生艺术十人展"。

2014年5月,他在南京艺术学院美术馆举办个展"游园"。

2017年,陆诚个人画展"画介"在南京可一画廊举办……

国内原生艺术倡导者郭海平认为陆诚的画体现出了一种特殊的价值,他的作品引导我们进入了一个特殊群体的精神世界。"昆曲是一种超现实的艺术。陆诚的内心很多时候都不为人所知,他们两者可以说是一拍即合、心心相印。"

陆诚会画一辈子昆曲吗?

不一定。现在，他笔下偶尔也会出现其他的人物，未来他或许会迷上其他的事物。但是，凭借着昆曲和绘画，这个 20 岁的孤独症青年汲取着艺术的营养，表达着自己的感受，为自己创建了一个美好、自由的精神世界，而且和现实中的其他人建立了温暖和谐的人际关系。

这是很多人求之不得的生活。

第二章　与"天真者"同行

海伦和中国孤独症群体同行 24 年

海伦和张戈

1992 年，20 岁的美国女孩海伦[1]在南京做交换生。她到爱德基金会申请做义工，基金会介绍她认识了南京脑科医院的陆医生，陆医生又介绍她认识了当时 8 岁的孤独症女孩张戈和她的家人。

她当时见到的张戈是个可爱的、胖乎乎的女孩，很喜欢对她说很多她听不懂的话。等她能够听懂更多的汉语之后，发现那些几乎都是女孩在自言自语。

听不懂也可以交流。她借了个篮球，跟张戈玩抛接球，后来又想办法弄来一种名为 "Memory" 的桌游，教张戈玩，学习图片配对。

她很喜欢张戈和张戈的一家。此后，每次她来中国都要想办法到

---

[1] Helen McCabe（孟蔼宁），特殊教育学博士，"五项目"国际孤独症和其他障碍支持机构的执行主任，Hussman 孤独症研究所研究员，TobiiDyanvox（拓比电子技术有限公司）中国项目顾问。自 1992 年起，她在中国多个城市开展了志愿者服务，进行学术研究和针对家长与老师的培训工作。她目前的工作重点是基于应用行为分析 (ABA) 的教学方法，以及提高所有沟通障碍者的辅助沟通机会。

南京见他们。她帮助张戈的父母教育张戈，给他们出主意，参加家长组织的活动，给家长讲课……对于张戈一家，海伦从一开始的朋友慢慢变成了不是亲人的亲人。

再往后，她通过张戈和张戈一家，了解到更多的孤独症孩子的真实处境。她难过、着急，很想为他们做些什么。

她做了很多。她改专业学习特殊教育和国际教育，创办公益组织，用自己的专业知识培训教师和家长……她把一生最美好的时光和最真诚的努力献给了这些素不相识的人。

2004年，她获得博士学位后又来到中国，还带来了自己的新婚丈夫艾瑞克。海伦一路拜访孤独症家庭，应邀做讲座。从北京到南京，艾瑞克一直陪着她，还帮她做助教，扮演"无语言"的孤独症儿童。

他们的蜜月旅行就这样变成了海伦对孤独症群体的探访和帮助之旅。在从徐州到南京的长途客车上，艾瑞克生病昏倒，昏头昏脑到了南京。一下车，张戈热情地拉着他的手问："艾瑞克叔叔，恺玲（海伦的妹妹）的Peter怎么没有来？"

海伦笑着翻译给他听。艾瑞克一下子精神了：这是第一个对他本人感兴趣的中国女孩，还是个孤独症人士！

在海伦的影响下，张戈一家都成为孤独症志愿者。

2008年1月，"五项目"开始每个月组织南京的家长在一起交流、活动、出去玩。一直到现在，有二十几个固定的家庭参与。刚开始五个月，海伦和张戈妈妈一起办，后面都是张戈妈妈吴苏星做。张戈一直和她的父母一起为孤独症群体做宣传倡导工作。张戈的妹妹吴川长大以后，也为"五项目"做翻译工作，甚至把卖画得来的钱捐给"五

＊海伦与张戈

项目"。

　　海伦现在 45 岁，张戈也已经 32 岁，她们依旧每年能见上一两次面。成年的张戈依然像小时候一样甜甜地笑着叫她"海伦阿姨"，喜欢抚摸她的头发，喜欢对着她无休无止地说一些诸如"海伦阿姨的头发是咖啡色的"之类对别人来说没有什么意义的话。

　　"她希望我回答她，有时我也会说别的。"

　　6 月份在南京，海伦走的时候张戈哭了。海伦非常激动："这是她第一次哭。以前都是我哭她不哭。我会争取更多的机会来看她。"

海伦和我

　　我和海伦已经认识 14 年了。

　　2002 年的时候，海伦在星星雨做研究工作。那时她是印第安纳大学特殊教育和国际教育专业的博士生。为了帮助像张戈一样的孤独症孩子，她改变了自己的专业方向。

　　那年夏天，她在访谈中认识了我们一家。那是个炎热的中午，吃过午饭我们没有回家，留在小小的教室里，4 岁半的儿子就在桌子上睡着了。一会儿，我的先生也进来了。

　　海伦走进来和我打招呼。她身材瘦小，淡褐色的短发柔顺地披散着，文静友好，普普通通。

　　访谈进行了大约四十分钟，最后她郑重地说："以后有什么需要帮助的事可以联系我。"

大约一个月以后,我真的联系了她,请她为儿子的幼儿园老师讲讲什么是孤独症。她说:"好。"

到了约定的那天中午,刚下过一场雨,海伦带着她的妹妹恺玲一起来了。我带着她们穿过朝阳路北的一条马路,走近一条肮脏的污水河。沿着河走了不到一百米,敲开一扇紧闭的铁门,铁门后边是乐渔就读的那家专门招收打工子弟的私立学校。

学校的负责人是当地的一位农民,他们学校从来没有接待过外国人,不免有些忙乱局促。老师们都在上课,没有时间听讲,只有年近六旬的老校长和他的儿子一起陪我们。幸好校长和他的儿子都认识乐渔,结果约定中的讲课变成了恳谈。

谈了十几分钟,我们提出要去看看孩子们上课,就一起到了乐渔的班级。

年轻的女老师更是一时手足无措,但她镇定了一下,说:"我们给客人们表演一个节目吧!"二三十个小朋友一起唱起了《我们的祖国是花园》,歌声响亮。大部分小孩又唱又扭,十分起劲。只有我儿子表情漠然,机械地跟着其他小孩转身。

海伦和她妹妹看得十分开心,笑容满面,连声夸奖,并对老师说"谢谢"。

走出教室,海伦和她的妹妹起劲地说着什么。

"我妹妹有个好主意。"她兴奋地转过脸来,"她总是能想出好主意!"

这个"好主意",后来变成了一个为帮助中国孤独症孩子而设立的小型非政府组织,名字叫"五项目"。因为张戈最喜欢的数字是"五",

所以海伦用它作了名字。

海伦和"五项目"

2006 年，海伦和恺玲姐妹成立了"五项目"。这是一个小到不能再小的公益组织，没有专职工作人员，恺玲负责行政事务，海伦负责专业方面的联络、组织。

海伦的先生艾瑞克和恺玲的先生皮特，成了海伦姐妹创办的为中国孤独症人士服务的公益组织"五项目"的理事。艾瑞克虽然是孤独症领域的外行，但他是哲学系副教授，可以帮助大家组织思维和计划。皮特有心理学和社工背景，帮助海伦做家长交流座谈，开展有关接纳残疾和家庭心理健康方面的谈话。

"五项目"做的第一个公益项目是录制有关孤独症教育的讲座影像，制作成光盘，在其他志愿者的帮助下通过网络免费散发给中国的孤独症群体。后来，他们又转录成影像资料，上传到各大网站，供人们免费观看、下载。

打开视频，第一个出场的是恺玲。三年过去，她已经从当年那个胖乎乎的姑娘变成一位苗条精干的女郎。她大学和姐姐一样学的是中文，后来改学对外英语和国际教育，毕业后在哈佛大学工作，并在一个帮助外来移民的非营利组织任职。

"五项目"现在主要的工作是做老师的培训。海伦利用自己的专业资源，请美国的孤独症专家到中国的机构讲课、指导。这种指导通常持续一周，专家和机构里的老师们一起上课，当场指导，提供反馈。

自 2010 年起，"五项目"组织的专家先后为大连、东港、南京、沈阳、西安、广州、绥德、鞍山、杭州、郑州等地的机构提供了专业的培训和指导。他们不收报酬,甚至自付旅费,只要有机构或者组织发出邀请,提供简单的食宿,而他们的时间又可以排开,他们就会不远万里送教上门,提供服务。

"但这还是不够,时间总是不够用!"海伦充满遗憾地说。

陕北爱心树特殊孩子服务中心的负责人、孤独症孩子家长南雁这样回忆海伦姐妹应邀来绥德县讲课的情形:"本来她们去年就要来的,但是因为没有筹到钱不能成行。今年,海伦一行终于来到我们面前。她人很随和友善,脸上总是带着笑容,口里总是'谢谢'不断。

"她们的生活很简朴,食素,从不计较味道的咸淡。第一天来,吃剩的饭菜打包回客房,当第二天的早餐、午餐,这让我难过了好几天。很多家长想请她们吃饭,她们都婉拒了。有几顿饭和我们在一起,都是她们掏的腰包。一同进餐的时候,她们总是照顾着我们的孩子是否吃饱、吃好。出去的时候她们从来不坐车,和我们一起徒步,一起谈笑风生。碰到好奇走近她们的人,她们会很主动地介绍自己此次来绥德的目的,无形中宣传了孤独症,让更多的人了解、关爱孤独症孩子,把爱默默地传递到这块黄土地上。

"孩子们不懂事地打闹嬉戏,吃的零食渣渣掉了一地。恺玲跟在后面,几乎是跪在地上一点点地捡起来,再扔进垃圾桶……"

"五项目"面临的另外一个问题是合适的专家难找。"因为全是志愿(服务),也因为文化的差别,我在发愁找不到合适的专家。我一个人的力量肯定不够,但找到合适的志愿者专家也不容易。"

"'五项目'会一直办下去吗?"

"这是我最近在思考的问题。学术研究和公益都是我工作的一部分。我现在的工作有两个部分：一是在孤独症研究中心做研究，Hussman 孤独症研究所的，老板非常支持我去中国做培训，所以我去中国做公益可以不请假，算是我还在工作。还有一个工作是扩大和替代沟通 (AAC) 中国项目的顾问，为美国一个很大的公司做顾问。这和'五项目'的目标很相配。

"但是，和家人相处……我的压力就在这里。我爸爸中风后有一个月在家中，此后就一直在一个疗养机构。我的心一直在他那里，所以我的工作效率不高。我还想继续做'五项目'，但下面怎么走不是百分百清楚。"

一世情缘

四年前，海伦的父亲中风卧病在床，照料老人的责任就落在了海伦姐妹身上。她们花了大量的时间照料父亲，"五项目"的一些工作自然就耽搁了下来。

陪伴父亲的经历使得她更真切地体会到孤独症家长的焦虑心情。因为与有沟通障碍和肢体残疾（中风带来的失语和瘫痪）的老人相伴，和照料一个孤独症孩子颇为相似。

"因为父亲生病，我和妹妹每个月都见面，每周都会通电话。我们不谈我父亲的话，就谈'五项目'。"

2015 年开始，海伦父亲的病情逐渐稳定，她开始恢复到中国的研究和公益活动。

2016 年 11 月初，海伦的父亲去世了。当时她正在上海做培训，接到消息的海伦在悲痛中仍然坚持完成了最后的培训工作,才启程回国。

一边是家人亲情,一边是孤独症的学术研究和公益活动,这就是海伦的生活。

人到中年的海伦是一个丁克主义者,与先生在结婚之初就决定不要孩子。她对孩子的爱都给了像张戈、乐渔一样的中国孤独症孩子。

中国的孤独症人士及其家庭对于海伦来说意味着什么呢?

"我和好几个中国家庭一直保持联系。我是一个能很快交朋友的人。如果与一个人有共同语言,就会很快成为朋友,也会保持联系。因为工作和距离的原因可能平时联系不多,但一联系就会非常开心。我也会想念他们,希望他们一切都好。"

白崎爷爷的来信

看过《蜗牛不放弃》的读者,都不会忘记那位慈祥可爱又严厉的日本专家白崎研司先生。白崎先生从 1995 年起每年自费来中国,帮助中国的孤独症群体,直到 2005 年中风后行动不便才中止。十几年来,中国的家长和教师们常常怀念他对孩子们的爱和对家长、教师的严格要求、殷切希望。

白崎先生也一直没有忘记中国的朋友们。最近,他给以琳的教师们写来一封信,祝贺以琳成立 17 周年。贺信由王宁翻译,经先生本人同意,披露如下。

以琳已经成立17周年了,我不禁思绪万千。以琳成立至今,跨越了很多困难,才迎来了今天的好时光。我和大家一样感到高兴。为了表达这个共同的感受,请允许我送上祝词,祝愿以琳发展壮大。

我在2003年1月5日访问以琳的时候,有幸认识了许多孩子和热心又苦恼的家长。那时以琳的创办者方静老师对我说的话,至今都印象深刻。

"我以前总觉得为什么我会遭受到这种事情,在躲不开的悲伤面前伤心得几乎要大叫出来。我的精神在这样的喊叫中疲惫不堪。现在,我没有'为什么'这个疑问了,我平静了。相比我自己的烦恼、我更在意眼前的'我的孩子的痛苦和悲惨',以及和我一样品尝着苦恼,悲叹着生活的人。我想要有一个地方,让这些苦恼的孩子和家长能被理解、被爱,能感到幸福,所以我创办了以琳。以琳的意思就是'跨越悲苦,得到幸福'。"(2003年白崎记录。)

通过这些话语,我感受到了方静老师强烈的使命感,并且与之共鸣。从那以后,我也决心要用微薄之力为"使命"作出贡献。我数次访问以琳,得到了大家的照顾,在此深表谢意。

希望大家不忘以琳设立之初"跨越悲苦,得到幸福"这个使命,努力向前。

我想,现在大家对有关障碍儿童、孤独症儿童的科学知识已经了解了很多,特别是以琳,正用先进的方法回应孩子和家长的需求。现在有很多专业的心理治疗专家,他们需要被更科学、更有创造性地整合在一起。祝愿以琳能在这样更科学、更有创造性的整合之上成为一个"帮助孩子和家长人才辈出的以琳"。

我想要大家谨记一件事：关注孩子的苦恼。我们对孩子，不能仅仅把他当作"障碍儿童"，更重要的是把他看作一个人。我们是否应该在科学的视点面前，停下来想一想"我选择的方向是否适合孩子，是否阻碍了他的成长"。有时，这也许和"希望孩子变好"的立场相反。但是，我们一定要相信自己的孩子；积极地和孩子相处，就能看见他的进步。我的孩子的幸福一方面来自各方的支援，但更重要的是来自于我绝对守护的决心。那些时常的反复、停止不前，都和孩子一起面对。要告诉孩子在前方的道路上什么是最重要的。我希望大家不绝望，不焦虑，牢记家长的责任。

我已经是一个 72 岁的老爷爷了。脑卒中发病过了 12 年，虽然手脚不便，但是仍然健康快乐地生活着，请大家放心。

薛晓路：你的善念里有天堂

那是 20 年前的旧事了。

她是地道的北京女孩，东北三环边上长大，西北三环边上上大学，上完本科接着在本校（北京电影学院）读硕士研究生。

有学问的女孩自有一股书卷气，不需要刻意打扮，走在校园里、街道上都是风景。那年月硕士研究生还很稀罕，她一边读书一边发表作品，和朋友帮忙拍片子、攥项目，三年里没花过家里的钱交学费。

有一天，她在一本杂志上看见有个叫田惠平的女人办了一个孤独症儿童的幼儿园。幼儿园在樱花西街。她以前住过那边，特熟，离现在的学校也不太远。那段时间她正好有空,就打电话从杂志社要了联系方式和具体地址,跑去想帮帮忙。

其实帮不上什么忙。她读的是文学硕士,又是个没结婚的年轻姑娘,根本不知道怎么带孩子,对这帮又叫又跳、油盐不进的孩子束手无策。她干得最多的是跑腿打杂。有时老师带孩子们去北土城公园玩,她就帮他们拉住孩子。

她和田惠平聊天。这个优雅、成熟、美丽的单亲妈妈从不像祥林嫂那样絮叨自己的苦处,而是像学校的老师一样和她谈天说地,给她出主意,帮她矫正她那"很烂的英语"。而田的儿子弢弢,一个几乎从不说话的大眼睛男孩常常在一边自己玩。

她们成了朋友,田惠平直呼她的名字"晓路",她则称田惠平为"田儿"。她陪着田惠平和田惠平的机构经历很多困难,跟着田惠平去见各色人等,进行千奇百怪的交涉。

缺钱,总是缺钱。她曾经陪着田惠平到德国大使馆搞义卖。深更半夜,两个女人抱着一包现金坐三环上的小公共汽车回机构,又累又兴奋,全忘了害怕。

1996年前后,正是校园民谣最火的时候,她召集一帮哥们儿准备在北大办一场校园民谣义演,为星星雨筹款。所有的人都帮忙,最红的歌手也没提钱的事,说给准备盒饭就行。

6月16日的演出日近了。他们在北大三角地贴了海报,并开始售票。忽然北大团委的负责人把她和哥们儿找去,劈头就说:"你们这是非法活动!"然后负责人说:"校园民谣流行音乐算什么?进我们北大的得是殷秀梅、蒋大为这样的艺术家!"

此前和他们联系的学生会干部吓得一句话也不敢说。

那一天,她和朋友在北大校园里到处奔走,找关系、找人,试图让他们的义演起死回生。到晚上9点多,她怀着最后的希望敲开了北大党委书记的家门。老头穿着大背心来开门,满脸惊讶地问:"你是怎么找到我家的?"

结果还是不行。

回到家,她大病一场。

病后回校,她发现人人都用惊异的眼光看她,还有人悄悄地问:"你去干什么了?"

原来,学校里纷纷传说她在外边搞"非法活动",院党委书记还在一次会上点名批评了她。

临近毕业分配时,她被告之要写一份当年"那事"的情况说明。

她怀着一腔愤懑写得"跟檄文似的",难为导师帮她一字一句改。

随后,专业成绩优异的她被告之不能留校。

当她离校办手续时,研究生办一位不熟悉的老师悄声对她说:"晓路,你是个好人。"

她毕业后到了中央电视台的科教中心,度过了一段比较平淡的日子。1998年前后,她去了澳洲,然后又回来。1999—2000年,她重新做起了编剧,因电视剧《不要和陌生人说话》和电影《和你在一起》迅速走红。

她结婚,生了女儿,回到了母校任教。

她成了大学教授和知名编剧,成了人们眼中的"成功人士",一位优雅能干的成熟女性,不再是那个天真的、梳着大辫子的女大学生。

*薛晓路：一起走啊

但她还是星星雨和田家的常客，经常帮助星星雨借音像设备、转录带子，做所有力所能及的事。

2003年，"非典"来了。

一时间，交通几乎中断，行人稀少，偌大的北京忽然变得安静了。很多人都被困在家中，而电视新闻里天天传播着令人恐惧的消息：疫情、隔离、急救、ICU、重度感染、不断攀升的死亡人数……星星雨所在的小区也暴发了严重疫情，田惠平和其他老师都被隔离起来，而田惠平的儿子住在城里的托养机构里不能回家，在生死关头母子却不能相顾。

她天天发短信鼓励被隔离的田惠平，田惠平在短信中也表现得乐观坚强。但过后田惠平对她说："真不敢想，如果自己被传染或是儿子被传染会怎么样？"

"要是我死了孩子怎么办？"坚强的田惠平无法面对这个问题，所有的家长都无法面对。在任何一个场合向家长提出这个问题，回答她的准是流不尽的泪水，甚至是失控的号啕。她渐渐发现这是国内孤独症家长最大的忧患。他们的孩子在成年以后都和父母同住，如果父母去世，孩子马上面临失去生活来源和监护保障的灭顶之灾，而国内对于成年孤独症人士的社会化养护、救助和保障还是空白。对日渐苍老的他们来说，孩子如果死在自己前面，倒是一种痛苦的解脱。

她能为这些家庭做些什么呢？

恰在此时，"孤独症"作为一种新奇的戏剧性的元素开始进入国内文艺界的视野。她读到一些与此有关的国内文艺作品，实在看不下去。有些作者连孤独症和智障都分不清楚，还有些编造出用爱心加偏方"治愈"孤独症的离奇情节。她决定自己动笔写一部反映孤独症人士家庭生活的电影剧本。

2005年，她写好了剧本，却没有人愿意投资拍摄。此后漫长的四年里，她把主要的精力放在了"找钱"上。愿意投钱的人是有的，但她想要的那种投资方却难找。她拒绝把大福一家写成一见就催人泪下的穷苦人，拒绝给男主角加上红颜知己、爱情艳遇，拒绝把人物的悲剧命运归因为"坏人"作恶，因为这不是她要表达的东西。

终于有一天，香港安乐电影公司老板江志强，"一个特别好的老头"告诉她：李连杰看了这个名叫《海洋天堂》[1]的剧本，很感动，答应出演男主角——"爸爸"王心诚，要求的片酬是零。

后来的事情我们都知道了。

2010年6月18日，《海洋天堂》在中国内地上映，距离当年那个夭折的民谣演出恰好整整14年。

---

[1] 故事片《海洋天堂》由薛晓路执导，主演李连杰、文章、桂纶镁、高圆圆、董勇、朱媛媛。该片讲述了一个父亲倾尽所有，守护孤独症儿子的感人故事。该片于2010年6月18日在中国内地上映，引起广泛关注。2010年，该片在第13届上海国际电影节上获得"电影频道传媒大奖最佳影片"奖，主演文章获得"最佳男主角"奖，导演薛晓路获得"最佳新人导演奖"。2011年，该片在第14届中国电影华表奖上获得"优秀新人男演员奖"（文章）、"优秀合拍片奖"。2010年，深圳壹基金以"海洋天堂"为名成立孤独症儿童救助项目。

和薛晓路的对话

张雁：是什么力量使你多年坚持做志愿者？

薛晓路：其实我当初一点也不高尚，根本没想过能怎么样，就是有时间去了，跟玩似的，能干什么就干点什么。如果说力量，那是田儿给我的。如果不是遇到她而是换个别的人我可能坚持不了这么久。我觉得作为志愿者，千万不能把自己看得太高，以为做了志愿者就能怎么样。也别限定自己必须定时、定量、定点地做（善事），那样肯定无法持久。

张雁：当时对（孤独症）孩子有什么感觉？和你想象的一样吗？

薛晓路：其实我对他们没有任何想象。我那时年轻，不太了解"正常的孩子"应该是什么样，只是觉得他们就是淘气些，不太听话。杨弢当时算是大的，他在上培智学校，我只是偶尔见到他，觉得他那么漂亮、那么乖。即使是现在，他也不喜欢说话，几乎没和我说过什么话。

张雁：你对孤独症家长的总体印象如何？

薛晓路：其实我觉得家长当中不同的地方更多。我认识的恰巧是三个不同的类型。田儿不觉得自己的孩子丢人，总是公开站出来为孩子们说话。而另一位北京爸爸是完全不管，交给妈妈，他的孩子是我当年第一次去见到的孩子之一，后来死于意外。重庆爸爸自己是高智商的成功人士，他给孩子营造了一个很舒适的小环境，天天带他游泳，但对外不讲这事。所有关于孤独症的公共话题似乎都与他没有关系。

张雁：在国外有各种年龄和职业的志愿者，但在国内为什么一般都是年轻人?

薛晓路：因为缺乏激励机制。每个人的行为都需要一个环境，让大家觉得做这件事很正常，接受的人坦然，做的人自然。

张雁：作为志愿者应如何帮助孤独症人士和他的家庭?

薛晓路：这次在深圳的一个研讨会上我主持的讨论是"作为普通人，我们能为他们做什么"。很多年轻的志愿者和我当年一样是大学生，不知道怎么帮助家长和孩子。我认为，太年轻的志愿者进入家庭给孩子直接提供的帮助是很有限的，因为他们没有经验，不懂专业，只能做最简单的辅助性工作，比如，接送孩子上下学，让家长们暂时稍微减轻一下负担。

但是，志愿者们可以根据自己的专长提供其他帮助。比如，在校园里、在同学当中宣讲关于孤独症的常识，这是非常适合他们做的事。因为今后社会的主体是他们，传播开来之后有助于营造更宽松的社会氛围。

我觉得不管做什么具体的事，只要是为孤独症家庭提供帮助，而且没有从中收取费用，都算是志愿者的行为。

张雁：你对接受志愿者服务的家长有什么希望?

薛晓路：作为接受志愿者服务的家庭，我希望不要给志愿者太多压力。田儿从不给我压力，不管任何事，无论做成做不成。

张雁：你觉得国内家长的压力主要在什么方面，如何解决?

薛晓路：我觉得孤独症人士家长的压力一是看不到"头"。我是一个母亲，从怀孕到孩子出生，需要时时关照，但在女儿上小学二年级以后，我可以渐渐放手，可是这种孩子却不知道怎样才能松开手。二是教育孩子过程中要付出太多的时间、精力和耐心。我自认是个负责的妈妈,我的女儿是普通的孩子,但我在教她小学低年级功课时经常会"起急",我也做不到坚持每天陪她练琴。如果需要我天天跟着她,千百遍地教她同样的东西,我真是无法想象,但对于孤独症孩子的家长来说这是很平常的事。

从另外一方面说,如果政府能够提供必要的帮助,让大龄成年孤独症人士老有所托,那么,孤独症家长的负担就会大大减轻。或许他们不需要像普通孩子家长那样为孩子操一辈子心,因为孤独症人士可以过一种非常简单平稳、一成不变的生活。

张雁:有人认为解决这一问题一定离不开政府?你的看法是?

薛晓路:当然,这是政府需要解决的问题。

张雁:如何看待家长们为推动社会养护的努力?

薛晓路:这些具体的改进很有希望成功。因为社会财富是有的,机会也是有的,毕竟我们在进步。

张雁:为了孩子的进步,是不是最好有一个家长不工作?

薛晓路:我觉得从孩子的角度,这个选择可能是好的,特别是低年龄的孩子,但从家长的角度来讲,这不是一个好的选择。作为一个社会人,一定要有个社会角色才能生活得舒畅。一个爸爸或妈妈完全在家面对这样一个孩子,心理会有很大的压力。中国和外国不同,在国外很多妈妈就是不工作,这是一个正常的社会分工;现在国内只有最有钱的人家或是父母一方没有工作能力的才不工作,其他的家庭都得两个人工作。这种社会氛围下,不工作的家长的心理压力更大。

张雁:你的戏里都没有让人一见就恨之入骨的坏人,为什么?

薛晓路：写坏人的戏是简单的戏。早期我的作品里也有那种"坏人"，但近年我觉得写个坏人对写作进步不大，写没有坏人的戏才是难的事。即使是坏人，我也特别希望给坏人一个做坏事的理由、逻辑。"因为是坏人所以做坏事"那种完全没有背景的坏是太讨巧的事。

张雁：追求干净似乎是你一向的风格，即使是很纠结的情节里也是希望干净，为什么？

薛晓路：是的。我看过一本书，写一个男人因为家人老生病去问一位高僧。那位师父问你是不是小说家，男人说是。师父说你是不是经常写血腥、丑恶的东西，男人说是。师父说这就是你的恶业，因为你输出的不是善的意念。所以，这也造成了我的自我约束。

我有自己的信仰，虽然做志愿者这个行为本身与信仰没有因果关系，但我对很多东西都有敬畏之心，这是我所受教育、教养里面的一个东西。

窦干爹："我也是一个天真者"

原来他说的都是真的

老窦和陈萌，是孤独症圈子里比较有名的一对搭档。他们曾经携手走过两次漫长的旅程，建立了不是父子胜似父子的感情。

我在2011年第一次接触老窦。那时，我听说北京一家康复训练中心发生经济困难，可能会关闭，然后在网上看到时任校长的老窦一个人外出旅行宣传孤独症的消息。

我打通了老窦的电话。他正一个人行走在河北乡间的国道上,背着一个和自己身子差不多大的旅行包,包上涂着宣传口号。他一路徒步,晚了就找小旅舍或是乡村农舍住下。没有同伴,没有跟拍,没有记者和围观群众,也没有沿途接应者,自然也没有多少人理睬他。这与其说是一场宣传活动,不如说是一场自我放逐。

恐怕也的确是一场自我放逐。他呕心沥血开办的学校面临倒闭,作为老板他没有办法向大家交代。他面对我的提问没有掩饰自己的走投无路,坦言没有解决问题的办法,也不知道自己将来会怎么样。他所做的只是选一条路走到底,至少他对自己走路的能力很有信心。

我无法想象他曾经是一个成功的商人,也无法理解他为什么要继续这个吃力不讨好的旅程,难道他不应该优先解决机构的困境吗?

老窦不是一个特别善于沟通的人。他说他喜欢和孤独症孩子在一起,因为他们很简单、心静。在这个语境里,这话听着如此老套而空泛,像是失败者的自我逃避。他在孤独症孩子身上到底看到了什么?为什么这么一个大老爷们儿像孩子一样天真执拗?

我想过帮他,但我不知道怎么帮,因为我不能理解他。于是我把这件事搁下,只在自己主持的孤独症电子杂志上发了他的博客日记,没有写文章。

到了第二年(2012 年)夏天,我听说老窦又要走了,而且还带了 21 岁的孤独症青年陈萌一起走,给自己的行程起了个名字叫"孤独的行走"。这一次,他有了赞助人、摄影师和组织者的援助,不再那么孤独了。

还是有很多人不理解他。学校已经倒闭,他是个创业失败者。我见过很多这样与孤独症本无任何渊源的老板,怀着爱心或是野心或是贪心而来,办机构收孩子轰轰烈烈,但不久之后就因资金、场地、技术能力种种问题铩羽而归,销声匿迹。可他不走,即使什么都赔光了也不走,他还要做一件在很多人看来莫明其妙的不急之务。他到底想要什么?

真正为他挽回人心、消除疑虑的是陈萌。高大英挺的大男孩人前一站,生气勃勃、青春无邪,任谁都眼前一亮,觉得他是当之无愧的主角。哪怕只有一个孩子参加,这也是一次值得支持的活动。也正是在这一点上,我理解了老窦的一片苦心。宣传孤独症可以用各种方式,但让孩子成长最好的方式是带他一起接触社会。他们两个站在一起,就化解了所有的怀疑和不解:人们只需要知道,有这样两个人要做这样一件事,就成了。

"没有了解,爱是空洞的,没有任何意义。"老窦说。他好像是能猜透我们的心事:"孩子要融入社会,需要人们敞开心门接纳孩子,也需要家长敞开心门接纳社会。开一扇门是没有用的。每个人都有自己爱孩子、帮孩子的方式,也许别人和家长爱孩子、帮孩子的方式不一样,也请家长接纳不同方式的爱和帮助。"

看到这里的时候我的眼睛湿了:原来,他说的都是真的。

这个看起来执拗、古怪的中年男人,原来真是一个天真地爱着孤独症孩子、努力和他们交朋友、为他们做事的善良大叔。

携手奇迹与发现之旅

一个大老爷们儿，带一个有孤独症的青年穿越荒山野岭、徒步千里，听着都觉得不靠谱。

老窦并不是专业教师。他自己说过，他对付孤独症孩子的办法主要是"跟他们玩"。看着旅程中阿萌发火撞墙，为琐事唠叨纠结，打游戏不肯关小声音，我从心里为老窦着急，为阿萌难受。作为一个在孤独症圈子里混了十多年的资深人士和一个成年孤独症人士的母亲，我带自己的孩子出门时仍然会觉得紧张。因为他们是如此与众不同，一点小小的意外都可能成为他们情绪的爆发点。我想去保护他，消除一切可能引发不安的事物，但又深知一味保护隔离不是解决之道。像这样的孩子，他们需要的是在不断的实践中了解社会、了解自己。

老窦正是给了阿萌这样一个机会。他在和阿萌交往的过程中，从教训到保护，到受挫，再到反思自己，作出妥协和改变，放弃无所不在的控制欲，不再以成人的思维和规训为中心，而是让阿萌自己理解和体会旅行当中的种种变化、规则。后来他甚至把阿萌封为"师父"，让他带领其他几位成年人前进，成为"取经"团队的领袖，而自己则从教练、保姆的身份转换为平等伙伴。正是这样的改变使阿萌的心理和行为发生了明显的变化。他变得积极和成熟，变得更愿意承担责任、自己拿主意。

"和阿萌在一起生活两个月了，我们都在改变。阿萌开始适应各种不同的、变化的环境、事件；我则从刚开始对他行为模式的手足无措，到现在的理解、熟练应对。现在很多时候，一个发音、一句话、一个

*窦校长和他的梦想之屋

表情都可以让我们理解双方的意思。"

这是两个了不起的人。一个大人和一个孩子,在漫长的、孤独的旅程中,他们彼此了解、支持,同甘共苦,互相调侃、争斗,让有时吃了上顿愁下顿的苦行充满了意外、笑声不断,如同一出公路题材的喜剧长片。

"今天,我们从瓦拉干出发。上了国道,很快出城。前面一点点上坡,一点点下坡……今天路程36千米。还有个大上坡,一直上到顶,完了开始下坡。窦总滑到铁道口,还那么快,这下可遭殃了。"

陈萌是个小有名气的"天真者"画家,他的画中娇艳的黄、浩渺的蓝、沉厚的赭石,让人想起他们一起走过的千山万水。他的日记平板如流水,即使天大的事情也不见一个感叹号,即使你笑到肚子疼他还是若无其事;而老窦配发的微博体短文则声情并茂,补齐那些平板记叙的前因后果。一个逗一个捧,好像两个人在说相声。

与孤独症人士同行的路,是名符其实的"爱与孤独"的旅程。身为家长,走在这条路上多少是天命如此,不得不然,但是,老窦和他的伙伴们却插了进来,带着我们不熟悉、不理解的热情,执着地和我们走到一起。有时候他们带领我们,有时候我们提携他们,但是走着走着,同路的人越来越多,已经分不清是他们还是我们,我们只是微笑着相互召唤。个人的善意经由社会的扶持、发扬、扩散,终将成为整个社会的价值共识。

或许我们应该感谢我们的孩子,是他们把我们从平凡的人当中检选出来,唤醒我们的天真,教会我们勇敢,让我们的生命旅程充满奇迹和发现。

后记

2015年夏天,我终于见到了神交已久的窦老爹。现在,他在孤独症家长中有很多称号,有人叫他窦校长,有人叫他老窦,有人叫他窦干爹。

这年3月,他创办两年的大龄孤独症人士托养机构"静语者家园"因缺乏资金被迫关闭。几个月来,他一直在寻找机会重建机构,也在反思自己几年来创业失败的教训,为再次创业做准备。

这次,他向我展示了一间上下两层的玻璃房子,是为成年孤独症人士养护机构准备的公寓样板房。这是近年最流行的"可移动公寓",像他以前给我描述的其他梦想一样,既光彩夺目又看着不那么靠谱。

两个孩子都很喜欢这个玩具似的房子和这个世外桃源般的营地,又又钻进吊床荡秋千,乐渔找个树荫安静地坐下乘凉。我听窦老爹讲他的故事,包括早年从商的经历,身心修炼的追求,以及几度创业几度失败的点点滴滴。

我不再轻易去怀疑他的梦想和努力。在窦老爹身上,我已经学会了一件事:那些看上去不靠谱的理想,是有实现的可能的。

第二年4月,这个玻璃屋因为场地纠纷被扣押,窦老爹和他的团队的心血投入付诸东流。

一年半之后,屡败屡战的窦老爹找到新的场地重建"静语者家园",继续为成年孤独症人士提供养护服务,同时坚持举办"孤独的行走"公益宣传活动。

> ⭐ **故人安在 3**
>
> **吴良生和王秀卿夫妇**:在星星雨服务二十多年,现均为主任教师。吴老师现为星星雨成人养护部主任,王秀卿是学前部主任。
>
> **栾雅名**:金一色雅太泽康复机构创办人,后因病关闭机构,淡出孤独症家长社交圈。
>
> **陶菁菁**:南京明心孤独症儿童乐园创办人,现仍在机构工作。

附录:关于孤独症,普通人想知道什么[1]

⭐ **如果身边有孤独症孩子及其家长,我们在日常交往中需要注意什么?**

孤独症孩子的身体是健康的(有共病的例外),但是会有一些特别的刻板动作,有些孩子还会自言自语。有行为问题的孩子,会有些不适当的行为。

如果我们在生活中遇到这样的孩子,最好不要过多关注

---

[1] 内容选自 2017 年 9 月 20 日,微信公众号"真读"举办的《蜗牛不放弃》在线分享会。

他们。只要泰然处之，给他们一点空间就好。

如果孩子主动找你说话，你可以听，也可以简单地回应和鼓励他。

如果他说的是无意义、无法回应的话，可以问他的父母或陪伴人："我怎么回答他才好？"

如果他有疑似抓、拉的动作，你可以躲开，也可以抓住他的手，但不要显出很激动或害怕的样子，及时要求陪伴人处理就好。

如果家长对你道歉，你可以借机征求家长的意见："我怎样做才好？"

总之，我觉得宗旨是：

- 平静友好，泰然处之；
- 在需要的时候提供帮助；
- 提供帮助要先征求陪伴人的意见。

⭐ 如何在日常生活、工作中与成年孤独症人士相处？

在生活中，对孤独症人士而言，简单的封闭式问题比漫无边际的聊天要容易应付得多。他们的世界简明扼要，没有太多的废话。

要用他们听得懂的语言跟他说话，围绕一个具体的、现实的问题去交流。比如，"去哪里吃饭"，而不是"上周那个马拉松怎么样？"比如，他点菜，你直接拿菜单给他，比用一大串问题把他弄晕更好。

有话则说无话则默，他不会尴尬的。

如果没有话可说，可以玩游戏，这个他们大多喜欢。有些人很喜欢和陌生人聊天，但是很容易陷在自己的思维里出不来，只说自己感兴趣的内容。这时你会觉得超级无聊。你可以试着打断他，也可以直接说："我不想聊这个了。"他们通常不会为此生气的，有些人还可以顺着你开始新的话题。

你想做什么就对他直接提建议，不要解释，不用委婉，以防他听不懂。

⭐ **如果孤独症人士主动要求你帮忙，你又不明白他需要什么，怎么办？**

孤独症人士有时并不能表达他真正要什么，这时辅助沟通就特别重要，比如，说（写）几个选项提示他。在公众场合，他们的需求通常很简单、直观，比如，找卫生间、吃喝、迷路或丢失东西等，可以半听半猜。

如果发现他可能需要帮助，但又问不出具体情况，最好的办法是找到监护者。可以用口头或书面的方式问他监护人的名字、电话。如果他带有辅助沟通设备，可以提醒他用书写板或是沟通软件。再不行，只能找工作人员和警察了。

如果是在一个社区里，大家可以天天见到一些孤独症孩子，就会很熟悉他们的习惯和需求，无须紧张害怕，也不会觉得与其相处难。这也是我们提倡社区化融合的意义。

第四部分 我们一起创造了多少美好

我们为彼此创造了多么美好的中间,在身体与身体中间。

眼睛的中间,在醒与眠中间。

——[以色列]耶胡达·阿米亥

＊小杰绘画作品

第一章　发声改变世界

从制造工具开始，人类就成了世界上最善于创造的动物。千万年来，这种无中生有的创造基因流淌在血液里，成为我们的生存本能。

孤独症孩子的家长，也是一群敢于创造和善于创造的人。

我们养育了有特殊需求的孩子。小时候，他不会说话，不理人，我们创办教育机构，培训老师，引进教学方法，甚至亲自上阵，变身特殊教育专家；当他进入学龄却无法上幼儿园和小学时，我们去做公益倡导，去做陪读的教师助理，去推动融合教育和社会融合；等他们长大了，离开学校无处可去时，我们去开拓支持性就业和庇护性就业，办农场、托养机构、公益组织……

讲述我们自己的故事

"记者们总是想让我哭出来"

从20世纪90年代初开始，媒体开始关注孤独症。起初是从真实的个体故事开始的。

当时，愿意接受采访的人很少。一方面，当时被确诊的孤独症孩子还小，家长总觉得孩子长大会变好，不愿意让他们抛头露面，以免影响将来的学习和生活。另一方面，社会对残障和残障人士的认识不足，普遍存在的歧视和误解，让他们觉得这是一件令人羞耻的事，是对自己做错事的报应，害怕曝光。

在这种情况下，张戈的父母和田惠平等第一代家长站出来，接受媒体采访，用亲身经历提醒世人关注孤独症人士的困境。他们勇敢的举动为后人找到了出路。

田惠平和她的儿子，大概是最早出现在国内公众视野当中的一对母子。

"他们（记者）总是想让我哭出来。"田惠平略带不满地说。

最开始注意到孤独症的大多是女性节目和家庭生活类杂志、专栏，记者们习惯于把孤独症作为一个奇特而悲剧的戏剧性元素，以此来衬托女主角的悲剧命运和坚强不屈。这给了孤独症群体一个道义上的优势，但个案的煽情描述很容易令人忽略他们面临的、无法以个人力量克服的困境。

随着被诊断为孤独症的孩子越来越多，孩子在入托、上学、日常生活中遇到的困难越来越大，更多的家长主动找到新闻媒体，希望把这一群体的真实处境报道出来，引起社会的关注。这促成了新闻媒体对孤独症群体的广泛关注，也使得孤独症从一个陌生、冰冷的医学名词成为一个引起人们关注的社会问题。

新闻热点与人生故事

1994年7月5日,《光明日报》刊登了一篇题为《走近孤独》的长篇报道,报道了孤独症人士及其家庭的艰难处境,轰动一时。这篇报道的作者是时任《中国化工报》记者的温洪,她是北京市孤独症儿童康复协会的理事,也是一位孤独症孩子的母亲。

在孤独症家长当中有不少媒体从业者,他们经常利用自己的资源和渠道为孤独症人士的权益而呼吁。独特的个人感受加上职业敏感使得他们撰写的报道经常具有与众不同的精确度和感染力。

2013年4月1日,一篇《中国自闭症患儿已达164万人 20年间上升百余倍》的报道出现在新华网上,引起广泛关注。这篇报道的作者之一邓敏,也是一位孤独症人士的父亲。

与此同时,邓敏还与新华社上海分社的一位记者合作,就同一问题写了一份内参上报中央领导。内参引用国内知名神经专科医院的门诊数据,指出孤独症的发病率在20年间上升了100倍。由于早期筛查和诊断的缺失,国内的大多数孤独症儿童要到3岁以后才能得到诊断,丧失了早期干预的最佳时机。内参上报后,迅速引起相关部门重视,中残联主要领导做了批示,要求下属部门积极研究对策。

在平面媒体占据优势的时代,"中央级媒体"的报道经常在短时间内引起各地的热烈反应,从"我们身边也有这样的人"到"我们的孩子也会遇到这样的事",经常有家长拿着报道孤独症孩子处境的报刊找到有关部门,要求解决入学、入托当中遇到的拒绝和歧视,有时候也真的得到了解决。

与传统纸媒相比,电视媒体对孤独症的报道和关注的感染力更强,影响更为广泛,关注的角度也更为多元。从 20 世纪 90 年代早期的《东方之子》到 21 世纪初的《新闻调查》《健康之路》,中央电视台有关社会生活的名牌栏目都报道过与孤独症有关的新闻人物和新闻事件。

作为群体的发声

遇到困难找记者,让新闻媒体报道自己的困境,引起政府有关部门的重视和社会公众的同情,至今仍是弱势群体维权的一项常用手段。但要促进社会公众对孤独症的理解,在社会舆论场中形成成熟的意见表达,这还远远不够。

家长公益组织的出现,让孤独症群体从此有了自己的声音。

2012 年,深圳发生"李孟事件"。深圳自闭症研究会率先介入,在媒体上呼吁尊重孤独症人士的受教育权利,协同壹基金等公益组织建立融合教育支援小组,帮助李孟重返校园。

2014 年,媒体报道重庆某训练机构发生虐待儿童事件,中国精神残疾人及亲友协会(中国精协)发表声明,要求涉事机构作出解释并进行整改。

2016 年,5 岁的孤独症儿童灵灵(化名)被他的父亲在湖北老家杀死……

2016 年,4 岁的孤独症儿童嘉嘉(化名)在广州一家孤独症康复机构接受康复的过程中不幸身亡……

每当有事关孤独症群体利益的突发事件发生时,家长组织已经习惯于站出来发出自己的声音。中国精神残疾人及亲友协会、中国智力残疾人及亲友协会、全国心智障碍者家长组织联盟都是最先站出来发声的家长组织。

办一份自己的杂志

2003年，中央电视台的一位编导邀请几位北京家长参与一个关于孤独症的健康类节目的拍摄。在节目现场，我见到了好几位家长，后来我们成了朋友。其中一位在节目录制结束后向我提出写一本书的建议，我们不谋而合。最初的计划是两人合写，但她后来退出了。

经过两年的采访和写作，我在2006年出版了纪实作品《蜗牛不放弃——中国孤独症群落生活故事》。这是国内第一本比较全面地描写孤独症孩子、家庭、教育机构和志愿者生活和相关关系的非虚构作品。在短短几年中它成为很多家长首选的礼物，被赠送给那些需要了解我们这个群体生活的人。聪明的石头、憨厚的康康、钢琴王子秋实的故事打动了很多读者，破除了人们心目当中孤独症人士沉默、低能、缺乏感情的刻板形象。有的年轻读者甚至因为读了此书受到感染而改学特殊教育专业，毕业后成为一名专业工作者。

作为记者，写作是我的职业本能。自从进入"孤独症家长"这个角色，"记录我们的生活"也成为一种自发的习惯。

北京市孤独症儿童康复协会的会刊《孤独症康复动态》（后更名为《沟通·共享》）是业内最先创办的家长同人刊物。2003年，我在上面发表过一篇散文《亲爱的三文鱼》。这篇文章流传甚广，在很多网站上以"佚名"的署名出现，在孤独症家长心目中成为与《欢迎来到荷兰》《牵一只蜗牛去散步》齐名的励志之作。

2008年以后，我应邀为一家新创办的孤独症杂志写专栏。在与编辑沟通的过程中，我觉得这些采编人员对孤独症群体不够了解，提出的选题不切实际。但是提出意见后，对方却显得不太耐烦，大有"我们是来帮助你们的，不要不识抬举"之意。这份杂志出了两三期之后就夭折了。

办一份我们自己的杂志，讲出我们自己的故事，这个念头一直萦绕我心。

2010年开始，我和何子、刘娲、刘颖等几位志愿者策划、创办了电子杂志《2, April·星日》。杂志在2010年4月2日"世界提高孤独症意识日"出版，杂志的主题词是：和特殊的孩子过丰盛的生活。每一期封面上都印有一句话：对于我们来说，每一天都是4月2日。

这是一份办给孤独症人士家长以及其他关心孤独症群体的读者看的杂志。它力图把专业技术、资讯动态和情感辅导融为一体，突破当时孤独症媒体报道当中过度追求煽情、信息不充分、不准确，专业性不足的缺陷，给孤独症人士家长和同道者提供长期、可靠的信息服务和精神支持。

自2010年4月2日至2014年4月2日，《2, April·星日》电子杂志出版4年，出刊18期，发表作品约70万字，为3000位订户和更多的读者带来了孤独症领域的资讯、知识与孤独症群体的故事，传递了价值、信念和希望，在业内形成独特的影响力。

不仅如此，我们还通过官方微博"四月二日"直接参与家长维权、知识普及、公益倡导等线上活动，可以说是大小之役无役不与。

2011年，在北京师范大学中国公益研究院和壹基金海洋天堂项目召开的研讨会上，我做了题为《说出我们的故事》的讲演，分享了创办电子杂志、为孤独症群体记录和发声的经历。

我们有一个四个人的核心团队，还有七位资深家长组成的、提供决策咨询的理事会；杨晓玲教授和孙敦科教授应邀作为我们的专业技术顾问；有一批专业治疗师和资深机构教师为我们提供专业文章；有孤独症人士家长和其他志愿者为我们提供英文翻译、资讯采集和撰文摄影。我们与业内唯一纸质专业媒体——北京市孤独症儿童康复协会的会刊《沟通·共享》杂志建立了稿件共享关系。

到2014年末，随着智能手机和微信的普及应用，按照平面媒体模式制作、以电子邮件形式发送的电子杂志已经不能适应新媒体形态的急剧变化。经理事会讨论，决定不再制作邮件版的《2，April·星日》电子杂志，改以同名微信公众号发布相关内容。

自媒体万花筒

互联网给了孤独症群体更多聚合与表达的机会。2002年前后，以琳自闭症论坛、中国孤独症网相继创立，这是新媒体的"论坛时代"，家长们把专业论坛当作获取资讯、交流信息、倾诉烦恼的园地。以琳自闭症论坛注册人数有六万余人，在高峰时有几千人同时在线，每一个热帖都能引来上百个回复。

稍后兴起的另外一个产生网络影响力的方式是个人博客。康康妈妈邹文在新浪博客上坚持记载康康和自己一家的生活，吸引了众多读者，她的个人博客读者达到十几万人。

2010年以后，网络媒体的发展变化日新月异。从博客到微博、再到微信、视频网站……自媒体逐步打破传统媒体一统天下的格局，开创了一片新的天地。

依托网站上传或发送邮件的电子杂志的出现打破了纸质媒体的垄断，但这还只是传播形式上的突破。到了微博时代，每个人都可以拥有自己的自媒体，信息碎片化、即时传送、病毒式传播，打破了传统的媒体报道、信息整合和表述方式。相比微博的互动方式，微信公众号的发布形式更像是对传统媒体发布形态的模仿和回归，只是再无印刷、出版周期的限制，而增加了互动和反馈的功能。网络视频、音频、播音软件更是完全刷新了资讯的传播方式。

微博时代，有关孤独症的自媒体相对较少，个人媒体的影响力远远超过康复机构、公益组织，但到了微信时代，机构凭借组织力量、经济实力很快占领了媒体传播的制高点。特别是有了新闻媒体运作和传播经验的专业力量的加盟，孤独症领域的自媒体在短时间内有了一波爆发式增长。前《南方都市报》记者姜英爽以个人名义创办的"大米和小米"、青岛的"以琳自闭症家园"、北京的"星星雨"等微信公众号都在业内外拥有大量的读者和广泛的影响力。

在信息大潮的反复冲刷下，个性化的、有影响力的自媒体终会彰显自己的价值和地位。

帮助有需要的人

陈葵担心已久的事终于发生了。

2012 年 8 月 6 日，海口雨润接到通知，所租借的城中村楼房要在三天后拆除，要求他们限期搬家。

拆迁的消息陈葵早就听说了，但是雨润能搬到哪里去？当初租这里的房子是图便宜加上交通便利，现在旧城要改造，附近的房租一直在涨，已经超过了机构所能承受的限度。

海口雨润自开业以来一直处于亏损或持平状态。为了维持机构运转，他们夫妇已经投入三十多万元。2012年初，丈夫许伟星的去世给了她致命的打击，也使机构失去了主心骨。自从丈夫去世以后，陈葵把全部的精力都用在维持机构运转和带女儿上，整个人已经精疲力竭、憔悴不堪。

来帮她带女儿的姊妹是位虔诚的基督徒，她经常为陈葵祷告，祈求上帝不要再让陈葵做机构，因为"已经搭进去一个"，不能再把陈葵也赔进去。

8月8日，当地公益组织"海口爱心社"的志愿者"我是L兔"走上雨润楼梯的时候，发现边上的铁护栏已经被拆了。大门开着，在中心就读的一个大孩子许许（化名）拿着钥匙开门，看见了她便大声喊着："姐姐！姐姐！"

"走进熟悉的教室，已经一片狼藉，到处堆着乱七八糟的杂物，老师们都在收拾东西。看着那一片的混乱，眼睛突然有些湿润。当初活动的时候贴上的大海报，组织了一群志愿者贴上的卡通图，仍然色彩鲜艳地贴在墙上。红十字会捐赠的蓝色的桌子，依然整齐地摆在教室里。窗户上的防盗网已经拆了，宿舍里的床架也已经拆掉了。我拿着手机在教室里到处拍着，留作纪念。本来打算叫上各个还在收拾的老师一起合张影，却发现自己在当下的场景里，无法微笑。"当天"我是

L兔"在日志中忧伤地写道。

陈葵默默地在一片狼藉中收拾能用的器物。头顶上的灯还是丈夫去年亲手装上的,那些箱子隔断上还有他留下的钉痕。她忍不住用手摸了又摸,心如刀绞。

难道丈夫的半生心血就这么半途而废?难道孩子和老师们就这样流离失所?

陈葵不甘心!她不是一个容易认输的女人。她给所有认识的人打电话求助,特别是曾经报道过雨润中心、了解他们夫妇遭遇的媒体记者。

志愿者也不甘心!"我是L兔"认识这个学校的每一个孩子、每一个老师,特别喜欢许伟星和陈葵的女儿元元——如果这个学校没了,他们怎么办?"这个学校是许校长多半生的心血,即使他离去的时候,仍然念念不忘,让我们如何能够放弃?"

她从雨润中心回来就发了一条微博,附上了刚拍的照片。作为一个只有几百粉丝的小号,消息最早是由她的熟人朋友帮着转发,当地电视台的记者发来私信了解情况,海南电视台夜线栏目随即于8日做了报道。

《2, April·星日》杂志自创刊以来一直关注海口雨润的情况,我与陈葵有过多次交流。9日,我在微博上注意到志愿者发出的消息,立刻发帖询问,在证实相关情况后,于下午3点通过杂志官方微博发出第一条微博报道此事。

晚上,我与陈葵通话,除证实了媒体上的消息外,还询问了她的打算。她告诉我,海南电视台的相关节目播出以后,当地有不少志愿者和爱心人士在关注雨润;有一位企业家当天夜里打电话要提供帮助；多家当地媒体相约共同采访陈葵，帮助她呼吁更多的社会关注。但雨润的问题不仅是缺钱还缺人，她要上班要照顾女儿，没有办法承担机构日常的管理工作，所以她一直有放弃的念头。我设身处地地帮她分析了现实和出路，提出了"做最坏的打算，往最好处努力"的原则。

当晚10点，我发出第二条微博，并呼吁孤独症群体中人予以关注。

经由圈内人士的转发，消息迅速扩散。一个多小时后，消息引起了时任壹基金秘书长杨鹏的注意，他要求壹基金海洋天堂计划负责人陈宏乐和刘会峰尽快研究此事。

10日上午，刘会峰和我通电话，告诉我壹基金已经决定要援助雨润，他马上订机票飞往海南。

同日，刘会峰和陈葵取得联系。11日，刘会峰飞抵海南，前往雨润展开调研。

经过几天的调研和紧急磋商，刘会峰代表壹基金海洋天堂计划和陈葵达成合作意向：壹基金帮助雨润解决场地租金问题；不仅如此，壹基金还会帮助雨润完善管理架构，提升机构的专业化水平。雨润需要根据新的需要重建机构，并成为壹基金在当地的公益合作伙伴。

与此同时，刘会峰了解到当地其他机构也面临着类似的问题，于是去了另外一家机构调研，并邀请其他几家机构负责人座谈，共同探讨当地孤独症康复事业的发展问题。

"海口雨润的情况在民办机构当中是比较常见的，即面临从技术型到专业化管理的转变。雨润原来租的是一个城中村的楼房，面临旧城改造，拆迁势在必行。但由于许校长的突然去世，陈校长没有精力筹划搬迁事宜。这种风险在民办机构当中是经常会遇到的。

"海南的经济近年快速发展，政府的政策更多地偏重经济，对孤独症的关注从政府的意识层面来说还不充分。他们也在调研、摸底，这都需要时间慢慢改变。虽然当地政府和社会的关注度不高，志愿者活动也处于初始阶段，但此次事件有不少志愿者热心帮忙，贵刊也为我们提供了很多有用的信息，非常感谢。另外，当地新闻媒体的报道也非常给力，这与陈校长的个人努力分不开。"刘会峰在接受《2，April·星日》杂志的采访时说。

"真是上帝的安排。"陈葵告诉我，壹基金联系了其合作伙伴海航集团，后者愿意提供机构的场地费用，雨润因而很快找到了合适的新场地。雨润停课后，15个孩子没有地方去。有家长找到从雨润离职的一位资深老师，希望她能接着教孩子。但她家里容不下太多孩子。家长纷纷鼓动她回来接手雨润的教学管理工作，于是她打电话给陈葵表示愿意回来。这样，机构的管理者也有了人选。未来学校将进一步完善治理结构，成立董事会，陈葵担任董事长。雨润不但平安度过了危机，而且面临着新的发展机遇，会有更多的人参与进来，为孤独症康复事业共同努力。

雨润等民办机构以自身的努力赢得了越来越多的关注和认可。据了解，海南省残联面向贫困残障儿童的教育补助也将向在民办机构训练的孩子们开放。

9月，海口雨润的15个孩子像全国所有的中小学生一样回到学校，迎接他们的是宽敞美丽的新校舍和老师们的笑脸。

"雨润事件"圆满解决,被改变的不只是学校和师生们的命运,还有志愿者自己。"我是L兔"受到这一事件的鼓舞,从此成为孤独症公益的热心参与者。用她自己的话说,她是一位"具有传销式热情的孤独症公益宣传者"。2017年10月,她代表海南的公益组织参加了全国家长联盟"融合中国"的项目培训。

论战,为了揭示真相

2012年"世界提高孤独症意识日"过去仅一周,4月7日,畅销书作者尹女士在自己的微博上发出两条评论,对孤独症日表示"反感"。她说:"清明节和自闭症日刚过去。普通日子被赋予某种内涵,就变得不一般。我喜欢前一个日子,反感后一个。孤独症到现在仍是空口无凭的一种猜测,即使真有该病,也是万分之一的概率,可现在却成为公共疾病。西方的科学鸦片被拿来当圭臬,给小朋友乱贴标签,弄得煞有介事,有多少健康孩子就此成了精神残疾人!"

在另一条微博当中,她说:"我见识过一位孤独症患儿的妈妈,听说她和丈夫一直感情不和,后离异。她性格强势,是那种我们经常见到的可以把孩子控制得胆小而内向的类型。她孩子后来被诊断是孤独症,于是她有了一项新事业,成了一位与孤独症抗争的勇士,得到很多赞誉和赞助,现活得非常风光。她的孩子我也见过,忍不住一声叹息……"

这两条微博发出后立刻引起轩然大波。第一条微博到当天晚上9点已经转发上千次。很多孤独症人士的家长批评她的言论,提出有力的证据证明孤独症的严重性和多发性，以孩子融入社会所遇到的困难说明向社会普及孤独症知识的重要性，并要求她向受到伤害的孤独症人士的家长道歉。

一些从事教育、医疗和科普工作的专业人士也向尹女士提出了批评。著名儿科专家张思莱医师说："目前我国自闭症的患儿发病率有所增加。一旦孩子患了自闭症，带给家庭的是一辈子的痛苦。每当我看到这些家长带着自闭症患儿，我心中就感到十分难过。我心痛这些孩子生活在自己的世界里不能自拔，同情这些家长为自己的孩子付出的一切。我虽然不是这个专业的医生，但浅显的相关医学知识告诉我不能伤害他们。"

由于尹女士的第二条微博说得非常直接，很多人都认为她所说的那位妈妈可能是在这一群体当中备受尊敬的一位前辈。畅销书作家蔡春猪说："你说的这位妈妈，我可能也认识，我还见过她儿子两次。你看到她儿子的现在叹息，那是因为你不懂自闭症。我正是因为看到她儿子的现在，由衷尊敬她、佩服她。她儿子现在的程度在你看来很糟糕，但对于了解自闭症的人、了解她儿子的人，她儿子能有今天的表现，我们太知道她付出了多少，她多么不容易。"

在声明不会再说什么之后，4月12日晚尹女士发出长篇博文《关于孤独症这件事》，继续"凭直觉"质疑孤独症的诊断方法和发病率，质疑孤独症康复机构存在的必要性，声称"孤独症可以用教育来治疗"，向孤独症人士的家长推荐一批必读的教育书目，排在第一位的就是她自己写的那本"畅销书"。

尹女士的博文引发了更强烈的批评浪潮。我于13日早上发表了博文《请尊重你没有看见的事实——关于孤独症这件事致尹女士》。《我心看世界——天宝解析孤独症谱系障碍》的译者燕原发表了《自闭症发病率1:88是诊断过度造成的吗?》,同时转译了一位国外家长(Jean Winegardner)的博文《为什么自闭症日如此重要?》。一位已经移居海外的孤独症孩子家长(xing-chen)写了长篇文字回应尹女士提出的观点,系统介绍了孤独症的病因、分类,现代医学和教育学在孤独症研究方面的成果。更多的批评者转到天涯、摇篮网开专帖批评尹女士的言论。

4月13日,尹女士在压力之下删除了自己最初的两条微博。

4月14日,在一再声明不会再说什么之后,尹女士发表《关于"孤独症"再说点话》,继续为自己辩护,同时否认删除批评者的帖子。

4月16日,尹女士重新修改、转发了在12日发过的博文《关于孤独症这件事》,在不改变原有观点的同时做了少量修饰和补充。

在持续一周的网络论战之后,越来越多的人了解到:孤独症(自闭症)不是性格孤僻,不是胆小不敢说话,而是一种严重的发育障碍。一位名叫詹荣仙的博友在利用午休时间看完了其他博友提供的资料之后说:"其实我小时候身边也出现过几个这样的小伙伴,大家都以为他们是先天的傻子而置之不理,甚至有人欺负他们,父母也放弃他们(在农村)。现在想想真的很可惜,甚至心痛。科普必须进行下去。"

越来越多的批评来自旁观者。博友"赵小姐失眠中"说:"癌症也会误诊,不能就说世上没癌了。爱的教育再完美也不能包治百病啊!"

《风流一代》杂志编辑郑晶心发表了博文《教育不是万能的,不能对生命做所有事情》。她提醒:"永远不要忘了自己拥有一颗母亲的心;还有,生命是辽阔的,自然是深沉的,永远不要忘了我们需要对它们保持永远的敬畏。"

本次论战激发了公众了解孤独症的兴趣,著名网站天涯社区公益论坛为此组织了孤独症知识普及系列讲座。2014年,尹女士在新出版的书中仍然重复了对于孤独症的错误观点,并将文章发表在微信公众号上。广州中山三院孤独症专家邹小兵教授立即撰文予以驳斥。这场论争持续到现在,它的意义并不在于说服对手,而在于向公众普及常识、提示真相,让更多的人理解孤独症,让孤独症人士更容易与其他人和谐相处。

 "冰箱妈妈"假说是如何破灭的

利奥·凯纳(Leo Kanner)医生于1943年发表了题为《情感交流的孤独性障碍》的论文,在论文中首次提出了"孤独症"的概念。但是,对于孤独症的成因医学界一直众说纷纭。

一位来自维也纳大学的布鲁诺·贝特海姆(Bruno Bettelheim)博士,根据自己在纳粹集中营的生活经历,运用弗洛伊德的心理分析方法,提出了"父母虐待使儿童患上孤独症"的观点,因此名噪一时。他一跃成为畅销书作家和孤独症权威,还开办了专门的孤独症康复机构。

1949年,本来倾向于孤独症"遗传成因说"的凯纳医生发表了一篇关于孤独症的文章,首次使用了"冰箱妈妈"这个词。受这些理论影响,孤独症被当作一种因受虐待产生的心理疾病,很多孤独症孩子的父母受到指控,有的被剥夺监护权，他们的孤独症孩子则被送往封闭的机构进行康复。

首先站出来反驳这些观点的是两位身为孤独症孩子家长的专家。

洛娜·温（Lorna Wing）教授是国际知名精神病学专家，她唯一的女儿在3岁时被确诊为孤独症。身为精神病学专家，她清楚地认识到女儿先天的与众不同。20世纪70年代她和朱迪丝·葛德（Judith Gould）合作，在坎伯威尔区（原伦敦之一区）进行的首次孤独症流行病学研究中发现，有许许多多儿童具有与孤独症群体相似类型的行为以及相似模式的障碍。这种疾病的流行程度、分布范围完全不能用"受父母虐待"来解释。她提出了孤独症谱系障碍（autism spectrum disorders, ASD）的概念。这是一次权威性的变革。

美国心理学博士伯纳德·瑞慕兰（Bernard Rimland）的孩子2岁时被诊断患有孤独症。当他发现人们将孤独症的病因归结于"冰箱妈妈"时，十分愤怒，因为他清楚地知道妻子是多么细心地呵护自己的宝宝。

于是，瑞慕兰博士利用各种机会，收集孤独症患者的生物学证据。在凯纳医生的鼓励下，他于1964年发表了《婴儿孤独症：其症状和对行为神经理论的影响》一书。书中颠覆了当时流行的理论，提出了孤独症的症状具有生物学基础。

与此同时，凯纳在不同的场合多次强调"冰箱妈妈"的假设不是他的本意，也否定他自己提出了"冰箱妈妈"这个理论。他为瑞慕兰博士的书作序支持,还主动将自己有关"冰箱妈妈"的文章从杂志上撤了下来。

很快,一群孤独症孩子家长发现了瑞慕兰博士的书。他们如获至宝,将瑞慕兰博士迎接到了新泽西,酝酿成立美国孤独症协会。

首任美国孤独症协会会长露丝·苏利文(Ruth C. Sullivan)女士有7个孩子,其中老四有孤独症。她针对"冰箱妈妈"假说提出一个既简单又难以回答的问题:如果自己是"冰箱妈妈",为什么单单"冻住"了其中的一个孩子,而其他的孩子都不是孤独症?

到了20世纪70年代,主流医学界已经倾向于承认孤独症的"遗传成因"假说。1977年,英国科学家发现:同卵的双生子,他们的基因一模一样,一个孩子患孤独症,另外一个孩子患孤独症的概率非常之大,是60%~100%;如果是异卵双生子,他们的基因有一半相同,那么概率也高达5%到10%,远远高于随机的概率。这些科学发现告诉我们,孤独症与基因是明显相关的。

同时,"冰箱妈妈"假说的提出者露出了更多的破绽。首创孤独症和相关障碍儿童治疗与教育方案(TEACCH)的埃里克·邵普勒(Eric Schopler)教授,参观了布鲁诺·贝特海姆博士主持的培训学校。他发现该机构采用的干预方法,不但没有使孤独症孩子进步,反倒产生了许多问题行为,机构宣称的"43%的康复率"也是空谈。

作家和编辑理查德·波洛克（Richard Pollak）是一位孤独症儿童的哥哥，他的弟弟在布鲁诺·贝特海姆博士的机构里接受训练。目睹弟弟和妈妈遭受的痛苦折磨，他决定调查一下这位教授。

经过几年的努力，波洛克终于证实：布鲁诺·贝特海姆博士的心理学博士学历、学位是伪造的，而他机构里孩子的康复率数据都是造假而来。1997年，波洛克发表了他的传记作品《B博士的来历》。这时，由于遗传学、神经病学研究的进步，主流的医学界已经普遍认定孤独症是一种先天性神经发育异常，与父母的管教方式无关。

"冰箱妈妈"的污名虽然已经被证伪，但有时仍然会被少数别有用心的人利用以达到个人目的，攻击、诋毁孤独症人士的家长。

参考资料：

《自闭症的"冰箱妈妈"理论，一个荒唐的假说》，美国小丫丫，来源：微信公众号"小丫丫自闭症"，2016年1月16日。

《洛娜·温：仁者大爱 高风亮节 功在千秋》，孙敦科，来源：《2, April·星日》电子杂志，第15-16期，2013年12月。

《每出生68个孩子就有一个是自闭症，社会该如何接纳他们？》，作者：仇子龙，来源：微信公众号"选就"，2018年2月5日。

秋爸"拦轿"记

2010年4月2日,中国残疾人联合会主席张海迪应邀参观了"天真者绘画"孤独症儿童画展。在参观过程中,有一位男士拦住她的轮椅,向她反映自己有孤独症的双胞胎儿子的困境。

这位男士就是秋爸爸,他的两个儿子宝宝、贝贝被诊断为重度孤独症,康复费用一个月就要七千多元。当时北京市出台政策对孤独症儿童学前康复训练给予补贴,但是他儿子却因为"不是独生子女"而得不到补助。在将近一年的时间里,秋爸爸奔波于居委会、街道、区、市各有关部门之间,反映问题,寻求解决,但始终没有好的结果。"随着孤独症日的临近,我积压的冲动渐渐抬头,很想在这个特殊的日子里采取点行动。"

以下是秋爸爸本人的自述[1]:

4月2日一早,我带上打印好的情况反映材料来到"2010中国孤独症人士社会服务保障研讨会"现场。因为要准备材料,对事态发展和自我感受也毫无把握,导致了前一晚的睡眠不好,情绪不佳,心里惴惴不安。到了会场,事先了解我的想法并劝导过我的S妈见到我,就立刻先把我引见给中国精神残疾人及亲友协会的温洪主席。年过六旬的温洪也是位孤独症人士的家长,一直在全力操办这次活动。她很

---

[1] 来自秋爸爸为电子杂志《2, April·星日》2010年6月第2期投稿的内容。

了解我的情况，亲切地和我交流，认真地接下了我的情况反映。我得到了来自一家人的温暖，把最早做"人弹"的想法抛了个干净。接着我还遇到了北医六院的杨晓玲大夫、贾美香大夫和郭延庆大夫，他们都亲切地和我交流，不断地勉励我。我请贾大夫帮我找机会引见海淀区培智中心学校的于文校长，贾大夫欣然答应。杨大夫还邀请我晚上参加与港澳台专家的讨论。见我没在报名名单里，他马上给我要了几张中午的餐券。这样，中午和晚上的饭局，我算是蹭上了。会议开始后，我专门去听了海淀区培智中心学校于文校长关于学校的介绍，用数码摄像机把内容全录了下来。随后在贾大夫的介绍下，与于校长谈论了希望宝宝、贝贝去海培上学的想法。于校长说，因为我们是海淀区户口，基本上没有大的问题。她建议我们可以带孩子去学校，请老师观察一下，是否可能先上学前班来适应一下。我还与几个在学校就读的孩子的家长交流、了解情况，为宝宝、贝贝几个月后的未来做筹划。在开心的气氛中，我干掉了两份肯德基套餐。

下午，全国人大常委会原副委员长顾秀莲和中残联主席张海迪等领导到场，掀起了一个高潮。我是第一次近距离见到海迪主席，她神采奕奕，精神饱满，腰板笔直。她的发言很好、很实在。坐在我身边的郭大夫惊呼："首长讲话竟然是脱稿讲的！"海迪主席诚恳地说，她走上这个职位，就在一直学习业务。作为一个肢体残疾人，她与普通人一样，在努力了解孤独症是怎样的一种残疾，了解这样的残疾需要哪些帮助。

接下来，我和众多参会者一起从北医六院移师到四季青桥附近的中间艺术馆，那里正在举办一场隆重的孤独症儿童画展兼义卖活动。

在"老家长"李木教授的操劳和鼓动之下,很多艺术家和文体名人赶到那里助阵。小陶虹、郑海霞等明星人物,成了大家争相合影的模特。这个活动举办得特别生动精彩,现场五彩斑斓,闪光灯和摄影灯一直闪个不停。

海迪主席参观了画展。李木老师一边推着海迪主席的轮椅一边做专业的艺术讲解,他们在展厅里走到哪里都簇拥着众多记者。我在稍远处关注着领导的行踪和周围的情况,寻思何时行动。

终于,我看到海迪主席即将结束参观,向门口方向移动。这时周围人较少,我迎面走上前去,先把宝宝、贝贝的残疾证递上前,说:"海迪主席好,我是一个双胞胎孤独症残疾儿的父亲。"我看到她脸上明显露出了惊讶和同情的神情。她接过残疾证,仔细翻看着上面宝宝、贝贝的照片。我接着说:"这对孩子六年来一直未能得到来自政府的帮扶。我这儿有一份情况反映,请您关注。"她马上接过去说:"好的,好的。国家在进步,但肯定还有很多疏漏的地方。"我说:"我这对双胞胎的情况,有过报道。"我边说边递上CCTV4《中华医药》节目的光盘。她先是"哦"了一声,然后说:"啊!我看过!我知道你们!你们一定要坚持!"我说:"是,我们一天都未曾放弃!我在寻求他们俩未来的保障!"她说:"我会关注,我一定会去看望你孩子的!"

海迪主席的态度和蔼真诚,话语简洁实在,真的让我感到温暖。

当我迎面上前时,海迪主席的随从人员似乎不希望有这样突兀的打扰,试图继续行进,但我很明确地感觉到,轮椅旁的李木老师有意地停了下来,帮我争取机会。一直陪同的杨晓玲大夫也在一旁频频点头,向我微笑地鼓励着。周围的参观人群和媒体再一次围拢上来,闪光灯不停闪烁。可我当时还是有些紧张，没有想到应该俯下身来和海迪主席讲话，而且我的几位朋友当时不在周围，旁边几位认识的家长也全神贯注于我们的对话，没有人专门抓拍住这个场面。我随后问当时身边的媒体记者是否拍下了照片，可否寄给我，他也遗憾地说，他在那个角度只能拍到海迪主席，拍不到你的正脸。

随后挤到我身边的朋友连连问我："海迪真说要去看宝宝、贝贝？"一时间，我也怀疑是不是自己因太感动而幻听了，无法确认，就连忙去找当时一直在旁的家长，并得到了肯定的回答。

当然，我不敢指望日后海迪主席在百忙之中真的会来，也不确定我所反映的情况是否真的会通过这样一场"拦轿"行动得到解决，但是，我已经很知足了，心里平静下来了。我已经做了我该做的了。

十年播种，今日花开

2017年3月2日，全国心智障碍者家长组织联盟在北京主办"2017全纳教育全国两会代表委员座谈会"，回忆十年来中国孤独症人士的家长在政策倡导上付出的努力、走过的历程。十年来，在孤独症人士的家长的努力下，从个人的、个别弱势群体的诉求，到特殊人群共同的诉求，到得到整个社会的接纳，成为共识的一部分，真正实现了"以私人的动机追求公义"。俗话说，"前人栽树，后人乘凉"，幸运的是，我们都还在这条路上同行，前面的人只是做了自己应该做的，更多的人并没有坐享其成，而是各展其能，在这条好不容易踩出来的羊肠小路继续前进，踩成人人可行、通往社会公平正义的大道。

让我们一起创造奇迹，见证历史。

※

中国孤独症人士的家长的政策倡导之路从 20 世纪 90 年代就开始了。作为全国第一个由医生和家长共同创办的孤独症公益组织，北京市孤独症儿童康复协会在政策倡导方面起到了先驱作用。第一任会长杨晓玲教授亲自参与了北京市孤独症儿童康复协会的创建，支持协会的家长抓住一切机会向政府建言献议。

2003 年，中科院院士、全国政协常委郑守仪受青岛孤独症人士的家长方静等人的委托，向全国政协提出关注孤独症群体的提案。2005 年，浙江籍全国政协委员邓福村牧师向全国两会提交了关注孤独症群体和康复机构的提案。这些提案（建议）促进了政府对孤独症群体的重视，也使全国孤独症人士家长得到鼓励和启示。

2007 年初春的一天，以琳自闭症论坛上一位网名"柳茵"的家长发帖，说她联系到学校中的一位全国人大代表，该代表很同情孤独症人士家长的困难处境，愿意通过两会议案的方式帮助反映问题，但是资料缺乏，希望有家长帮助提供相关的案例、数据、资料。时间紧迫，我和"柳茵"在线上分工合作，连夜准备，把数万字的资料整理、总结出 4000 字的意见书，通过邮箱寄给即将赴京的人大代表王宁。（后来才知道，"柳茵"真名盛红，是青岛海洋大学经济学教授。）

过了几天，我与全国人大代表王宁在北京代表驻地会面。王宁代表是青岛海洋大学的一位教授，儒雅和蔼。他向我介绍了人大代表提出议案和建议的程序，表示他的意见引起了本省人大代表团的重视，也得到了十几位与会代表的赞同；但是，由于种种原因，这个意见不适合以议案的方式提出，只能作为"建议"提出。

无论如何，这也是一个令人鼓舞的突破。

同年，中央电视台编导杜晓静采访了北京和上海等地的部分孤独症家庭。2008年4月2日，中央电视台《新闻调查》栏目播出了调查报道《孤独症儿童》，引起社会各界关注。2008年，央视著名主持人、全国人大代表敬一丹在两会上提出，建议政府及有关部门高度重视孤独症儿童康复工作，形成以政府为主导、全社会共同参与的工作机制。

2007年底和2008年初，我们在以琳自闭症论坛上公开了所搜集到的资料和意见书，希望能在各个级别的"两会"上有更多突破。不久，北京市的一位网名"梧桐树"的家长在自家小区的论坛上发现一位名为铁伟的市人大代表，家长们迅速与他取得联系。当时，北京的新闻媒体刚好报道了一起成年孤独症人士被锁家中的事件，家长们邀请他一同前往调研。当年，铁伟律师即向北京市人大提交了"为未成年孤独症患儿提供康复训练补助"的建议。北京市随即出台了《北京市残疾儿童少年康复补助暂行办法实施细则》。这在全国尚属首例，带动了各地政府陆续出台类似政策。

从此以后，每年各地"两会"期间，"向人大代表和政协委员提建议"成为各地家长、机构、公益组织进行政策倡导的重要途径。

✦

这里要特别提两位孤独症人士的母亲——肖扬和温洪，她们都是中国"第一代"孤独症人士的家长。

肖扬,北京市孤独症儿童康复协会副会长,同时也是一位资深的家庭教育、妇女问题专家,中国家庭教育学会常务理事,全国妇联下属全国妇女研究所副所长。

自2010年以来,肖扬积极争取学术界、民主党派和妇联界"两会"代表的支持,连续4年利用业余时间撰写人大议案和政协提案,内容包括推动大龄孤独症人士的庇护性就业和托养服务,加强孤独症儿童的社区康复,以及加大对孤独症康复训练机构的支持力度等。这些提案不仅是作为"两会"代表的个人提案,而且是作为妇联界的提案在"两会"上发表,通过新华社、报刊和网络等媒体宣传,促进了政府和社会对孤独症群体的关注。

在主持全国家庭教育"十一五"课题的过程中,肖扬利用业余时间开展调研,撰写研究报告,最大限度地反映孤独症儿童家长面临的困难和需求,并针对发现的问题,提出解决之策,从学理上弥补孤独症儿童家庭教育研究的空白。研究报告很快引起全国妇联领导的重视。全国妇联儿童工作部召集家长、老师、专家召开座谈会,倾听他们的呼声与建议,并决定设立孤独症儿童家庭教育研究基地,将孤独症儿童家庭教育纳入全国家庭教育指导大纲,在网站开辟相关的栏目。

2011年9月,肖扬抓住全国妇联向国务院妇儿工委反馈调研结果之机,将数万字的孤独症儿童研究报告浓缩成5000字的状况分析和对策建议,从孤独症儿童的诊断治疗、特殊教育、康复训练、社会融合、大龄养护、家庭支持、社会救助与保障7个方面全面反映孤独症儿童家庭面临的困境,并针对上述问题,提出了8项政策建议。调研报告"浓缩版"经全国妇联上报后，立即引起有关中央领导同志的高度重视，并将批示和调研报告下发至民政部、财政部、卫生部、教育部、人力资源社会保障部等7个部委。在中央、国务院领导的直接关怀和过问下，各部委依据本部门的职责拟定落实方案，于2011年11月1日，在卫生部召开了包括教育部、人力资源社会保障部、卫生部、全国妇联、中国残联以及医学专家在内的孤独症儿童康复教育专题工作会。各部委从各自的工作职能出发，提出在"十二五"期间加强孤独症儿童的特殊教育，扩大社会保障和救助范围，逐步解决城乡孤独症患者医药报销和康复训练补助经费，加强对孤独症的流行病学研究和统计等工作意见，由卫生部汇总，经国务院办公厅上报时任国务院副总理李克强。

以专家的身份，充分发挥专业优势，肖扬一直在各类涉及孤独症群体切身利益的问题上为孤独症群体代言。

※

2008年，中国精协孤独症委员会成立，北京的资深家长、北京市孤独症儿童康复协会理事温洪当选为中国精协副主席，其后担任孤独症委员会主任。她是一位资深报人，曾任《中国化工报》副社长、副总编辑。她的当选意味着孤独症家长第一次在中国残疾人联合会这个维护残障人士权益的官方组织里有了一定话语权。

自2008年至2013年，仅在第一个任期的5年中，温洪领导下的中国精协孤独症委员会向中国残联报送了《关于精神残疾者之孤独症群体的特殊需求和特殊服务情况调查》；通过中国残联的渠道，提交了4

份"两会"提案，包括《关于加快推进孤独症早期筛查和早期诊断的建议》《关于加强孤独症人士社会服务和权益保障的相关建议》《关于建立孤独症人士托养和支持性就业设施的建议》《关于加强孤独症儿童特殊教育的提案》；起草了《〈中国残疾人事业"十二五"发展纲要与配套实施方案〉的修改建议》；为民政部起草了《关于孤独症儿童社会福利和服务状况的相关问题》；代中国残联办公厅起草了报教育部的《关于开展孤独症儿童康复教育的建议函》；参加国家发展改革委和中国残联康复部召开的相关会议，提出有关孤独症方面的政策建议。

※

2011年，肖扬、谢慧红起草了《关于建立成年自闭症人群养护性就业机构的建议》，通过代表和委员分别提交给北京市人大和政协，同时，通过全国妇联将议案提交到全国人大。

自2011年以后，经政策倡导加社会倡导，孤独症群体长期的坚持和努力终于使形势发生了根本转变。此后每年都有关于孤独症（自闭症）的议案、建议上交到全国"两会"。全国人大代表、中国农工民主党中央委员、妇委会主任、全国妇联九届执委孙晓梅更因多次提出有关孤独症人士权益的议案和建议俨然成为孤独症群体的"代言人"。

在地方上，有不同级别的代表和委员主动关怀孤独症群体，到孤独症康复机构进行调研，与家长和专业人士座谈，倾听他们的要求，把这些意见形成提案和议案带到"两会"上。

2016年，全国"两会"收到多项关于孤独症（自闭症）群体的提案和议案，其中，九三学社中央委员会以团体名义在全国政协会议上呼吁，建立健全孤独症群体社会支持体系。他们的建议涵盖了孤独症（自闭症）群体在疾病筛查、师资培养、融合教育、成年养护、康复补贴等方面的需求，给出了系统、具体、务实的建议。

作为孤独症人士家长和康复专家，青岛市北区自闭症研究会理事长方静在2012年当选为青岛市政协委员以后，当年就提交了三个有关孤独症群体的议案，分别是：大龄孤独症人群的生活、看护补贴，0～15岁孤独症人群的相应补贴以及孤独症从业人员的待遇。此后，青岛市出台了针对不同年龄段孤独症人士的补贴政策。

✦

2008年，广州的孤独症孩子家长戴榕和卢莹，依托广州扬爱特殊孩子家长俱乐部发起了"融爱行助学项目"，这项计划为进入普通学校的孤独症学童提供特教助理，帮助他们适应学校生活，融入集体。这项由家长发起、公益组织管理、专业人士实施的助学计划实施到第三年，已经有二十多个孩子受益，仍然有更多的孩子等待加入，但受限于人力、财力和政策障碍无法推广。戴榕等人带着详细的调查数据和项目报告到市信访办见有关领导，并得到了政府的正面回应。2013年，广州市教育局正式下达文件，要求在公立学校推广这一助学项目，特教师资由特殊教育学校委派。三年后，"融爱行助学项目"成果斐然，广州家长又力推在中等职业教育中开设特殊教育班，而广州特殊教育"9+3模式"给全国"十三五"规划提供了借鉴。

依托家长组织创办公益项目，然后要求、引导政府提供政策和资源支持，成为政策倡导的新模式。2015—2017年，戴榕作为全国心智障碍者家长组织联盟理事长，主持推动全纳教育政策倡导项目，在一年内就完成了一个全国融合教育建议案、五个地方性有关融合教育建议案。

路在脚下延伸，我们继续向前，会创造出更多的美好、更美好的世界。

⭐ "议员先生，请看看我们的孩子！"

20世纪六七十年代的美国，孤独症儿童在学校教育和社区生活中处于孤立无援的地位。没有人、没有办法能够帮助他们走出困境。

20世纪70年代，埃里克·邵普勒教授创建了孤独症和相关沟通障碍儿童治疗与教育方案（简称TEACCH），其中的教学方法——结构化教学，给家长和孩子带来帮助和希望，但是这个项目却得不到政府的认可和资助。美国北卡罗来纳州的孤独症家长们决心联合起来向州议会请愿。

他们准备了一个午餐会，午餐会议的主题起得比较含糊，说是为了帮助那些"生病的孩子"。午餐会邀请的对象是北卡州的州议员们。议员们一看是个简单的午餐会，主题又是如此的冠冕堂皇，不便推辞，欣欣然而至。

他们一到会议的酒店，立即被人引入了大厅，大厅里摆了巨大的圆桌，周围环绕着一圈座位。每隔一个座位，就有一位到会议员的姓名牌。议员们依次入席。

等来宾们坐定，突然大门洞开，进来了一群孩子和一群大人。孩子们是那些典型孤独症儿童，大人们是他们的家长。孩子们一个个被安排坐在了议员们的中间，而家长们就坐在后排。

会议其实什么议题也没有，就是开始上菜吃饭。可那是一场什么样的饭局啊！我们都能在头脑里想象出来现场的局面。

那些家长冷静地坐着，什么都没说。

那些从来没有见过孤独症孩子的议员个个脸上都是震撼和同情的表情。

接下来的事情很像电影了。

1972年，美国北卡罗来纳州议会通过立法，建立了孤独症和相关沟通障碍儿童治疗与教育部门，该部门设在美国北卡罗来纳大学医学院精神科。议会还责成政府成立了孤独症的专家委员会，由埃里克·邵普勒教授领导。他们甚至还批了一架小飞机的预算，帮助医疗人员进行巡回治疗。

经过几十年的研究，TEACCH已成为一项对孤独症儿童治疗和教育非常有效的综合性干预方案。据统计，经过TEACCH训练的孤独症儿童中有47%可回归社会。

通过几十年的应用和研究，TEACCH也得到了世界的认可，被认为建立和推动了儿童发育疾病的研究，为临床提供了有效的支持。

而这一切起源于当初那些和我们一样走投无路、焦虑困惑的家长。

作者：冯斌（作者授权，未公开发表）

参考书目：

Edward Ritvo, Tony Attwood, *Understanding the Nature of Autism and Asperger's Disorder*, Jessica Kingsley Publishers, 2005.

第二章　从一无所有到蔚然成林

因爱结盟

贾美香教授今年59岁,她在北京大学第六医院开设孤独症专家门诊已经有二十多年,诊断过的患者不计其数。在孤独症家长和专业人士心目当中,"北大六院的贾大夫"是一个令人尊敬和信赖的名字,而对于经常来复诊的老患者的家长来说,她是他们的救星和依靠。

如果没有亲眼看见,你无法想象医生们的工作状态。在北大六院,贾美香教授的门诊号总是挂得满满的。在出门诊的日子,贾大夫白天几乎完全没有空闲时间。有些远道而来的患者家长挂不上号,直接找到诊室要求加号,贾大夫也尽可能地满足他们的要求。这样一天下来要看几十个病人。"我们一天的门诊量相当于国外医生一个月的量,"贾大夫说,"但还是有更多的患者等在外面。"

近来,经常有来就诊的家长焦虑不安地问她:"您要是退休了我们找谁去啊?"

"放心,我还在。"贾大夫一再向他们保证。

贾大夫说的"在",不仅是指她还会坚持每周的门诊,还包括她接替杨晓玲教授担任了北京市孤独症儿童康复协会(以下简称"协会")

的会长。这是一个由医生和家长在 1993 年成立的国内第一家帮助孤独症人士及其家庭的专业公益组织。它"既是家长的自助、自救性团体,又集中了医生、教育等领域的专业人士参与其中,形成了一个集医疗诊断、教育干预、维权呼吁、咨询辅导等一系列综合服务为一体的在当时极负影响力和感召力的非营利组织"(郭延庆语)。贾大夫一直是其中的骨干,此前长期担任副会长。2013 年 10 月,贾美香教授继杨晓玲教授之后当选为协会第二任会长。

作为一名医生,多年以来,她的工作就分为三部分:临床门诊、科研、与孤独症有关的公益活动。她和很多家长的关系已经超越了普通的医患关系,他们是朋友、工作伙伴、支持者。她在担任协会副会长期间,负责协会的日常工作。早在"志愿者""公益"这些名词流行以前,她就身体力行地践行公益的理念。而这一切,最初仅仅是源自医生的责任感和母亲的同理心。

二十多年过去了,最初来就诊的那些天真可爱的孩子都已经长大,他们的父母却已经步入老年。由于孤独症无法以医学手段治愈,帮助孩子适应社会成为他们始终要面对的难题。这些孤军奋战的父母越来越力不从心,需要更多的外界支持。

2003 年 8 月至 2004 年 7 月,受北京市孤独症儿童康复协会委托,国际应用行为分析协会"行为分析学术领袖"项目支持,北京大学第六医院郭延庆医生被选派到美国内华达大学进修应用行为分析近一年时间,师从琳达·海耶斯(Linda J. Hayes)教授。

2004年，郭延庆从美国回来，责无旁贷地担负起推广普及应用行为分析的重任。从2004年到2011年，北京市孤独症儿童康复协会每年举办家长和专业人员相关技术培训班，共15期，每期持续2到5天，累计培训家长和相关专业人士近1000人次。

2004年，郭延庆获得国际应用行为分析协会颁发的"国际发展贡献奖"。2005年，国际应用行为分析协会年会在北京嘉里中心举办，这是中国首次举办如此大型的国际行为分析的大会。此后，郭延庆担任国际应用行为分析协会中国分会主席。

郭大夫是个网虫，除了传统的授课、开讲座、写文章以外，他更多地利用网络传播专业知识和理念。郭大夫的专业能力和极具强烈个人色彩的表述吸引了大批粉丝。他以"时一憨"为名的新浪微博、博客、微信公众号都拥有众多读者，是名符其实的网络大咖。

在特殊教育领域，医生和家长的合作传统源远流长。除了北京市孤独症儿童康复协会以外，国内最早的特殊儿童民间家长组织之一——广州扬爱特殊孩子家长俱乐部是由一对英国医生史德福夫妇创办的，而广州中山大学第三附属医院的邹小兵教授至今仍担任扬爱特殊孩子家长俱乐部的理事。

⭐

2011年前后，我在新浪微博上与一个名为"求导"的陌生ID互粉。那时候，他仅有几千粉丝，我还不知道，他的大名将在几年以后与他在孤独症基因领域的研究成果一起举世闻名。

他就是中国科学院上海神经科学研究所研究员仇子龙。作为一个从事基础研究的科学工作者，他本来可在象牙塔中与数据、模型打交道，但是，当他在 2011 年第一次在儿童医院亲身接触到孤独症儿童后，他才深刻体会到这些"从生命早期开始就表现为不能像普通儿童一样，与周围的人们和环境建立联系"（凯纳先生）的孩子和他们家庭的悲哀。

他慢慢结识了几位孤独症孩子的家长。他抽时间回复各种咨询邮件，加入孤独症人士家长微信群，利用专业特长撰写关于孤独症的科普文章。在因"孤独症猴"研究一举成名之后，他利用各种机会宣传孤独症的科普知识，参与公益倡导活动。

在孤独症康复事业中，医生、研究人员和家长的关系已经超越了一般的服务、研究关系，更像是合作伙伴和同道者。这种精神上的联结使我国孤独症领域的研究、诊断、疗育都在短短 40 年内走过了国外 70 年所走过的路，获得了长足的发展。

温洪：我的一生好像都在为这件事做准备

2009 年，暑假回到北京，我与一位相熟的孤独症人士家长会面，她兴奋地告诉我：我们终于找到了一位领头人。

2010 年春节，我见到了她说的这位"领头人"：退休的化工部官员，时任中国精神残疾人及亲友协会副主席的温洪。

意外受命

如何描述 2008 年的温洪呢？

她是 50 后，老三届；曾经是一位记者和作家，中国化工报社的副社长和副总编辑。

如果她不是一位孤独症女孩的母亲,她会在辛勤工作了大半生之后迎来闲适的晚年,但命中注定她的生活将和孤独症结下不解之缘。

温洪的女儿宁宁是一位高功能孤独症人士。在宁宁成长的过程中,温洪为了让女儿顺利地在学校读书,尝尽苦楚。为了帮助更多和宁宁一样的孩子,她在女儿3岁时就开始了对孤独症人士的志愿服务。到了宁宁将近成年的时候,由于缺少相应的支持和服务,宁宁还是面临无处可去而只能回到家中的命运。

温洪觉得必须要做点什么。

2008年4月2日,是联合国第一个世界孤独症意识提高日,北京市孤独症儿童康复协会举办了"爱在蓝天下"画展,这是国内第一个面向公众展出的孤独症人士的画展。温洪通过在化工部的工作关系,邀请到时任全国人大常委会副委员长的顾秀莲出席画展的开幕式。中残联对此十分重视,派程凯副理事长出席开幕式,并组织了残联领导、各部门负责人与孤独症人士家长的座谈会。

第一次近距离接触这么多高层领导,家长们有些拘谨,而出身国家机关的温洪则显得大方得体,她的发言诉求清晰、表述简洁,引起了与会领导的注意。

当年,中国残联与所属五大协会同时换届,中残联要求北京市孤独症儿童康复协会推荐一个家长参与中国精协的工作。以前的中国精协名义上是五大主体协会之一,但无经费、无编制、无专职工作人员。在其他残疾人社团当中通常由残障人士担任骨干力量,但心智障碍者行为能力受限,且精神残疾患者的亲友大多不愿意抛头露面,因而协会长期发展缓慢。

温洪作为国家机关司局级干部、新闻媒体的高级管理人员，同时是一位孤独症人士的母亲，从年龄、能力、资格各方面来看正好适应中国残联开展孤独症服务的相关要求。

温洪在出差回来上班的第一天就接到中残联的开会通知，从办公室直接到了京西宾馆。当天晚上，她意外地当选为中国精协副主席。

"当时我表态说：我可能不是最优秀的，但一定是最努力的。"

从那时起到现在，她一直用行动践行着"努力"的承诺。

"水不到，渠是没有的"

作为全国有代表性的家长组织，中国精协如何利用自身优势展开公益活动？在化工部机关长期做工业政策研究的温洪，开始了她在全国范围内的调研与思考。这些调研与思考的重要成果形成了中国精协的政策倡导工程。仅仅针对孤独症群体现状，10年中就发表了六七十万字的文字材料，包括"两会"提案、工作建议，以及在各个场合的发言与讲话。她在残联内部党组中心组的学习会上讲，在全国残联康复干部培训班上讲，更是抓住每年的世界孤独症日向国家机关相关部委、新闻媒体、社会大众宣传倡导。2013年，中国精协召开全国孤独症社会服务与保障研讨会，有三百多人参加，设四个分会场，顾秀莲等领导人出席。中国残联主席张海迪曾经两次出席全国孤独症机构负责人联席会议。

在长期坚持、积极倡导之下，中国精协已经与残联各职能部门和国家机关各部委建立广泛的工作联系。温洪经常作为专家出席康复、教育、就业等方面的总结、评估、研讨会，在各种与孤独症人士相关的法规、政策制定过程中拥有了一定的建议权。

多年的从政经历使温洪明白:"两会"提案,中央领导指示,残联领导批示,新华社的深度报道……这些对具体的、重点的工作肯定有推动作用,但仅仅有这些是不够的,必须在实际操作方面取得突破。

"有效的倡导不仅要告诉政府和社会需要给予残障人士什么保障和服务,也需要给出实现这些要求的路径。我们不怨、不靠、不等,先把我们了解的正确道路走出来,做好一件事然后告诉政府,让他们知道'可以这样做''这样做很好''这样做不难'。"

在温洪主持中国精协工作期间,创新了五大品牌工程,其中与孤独症相关的三项,在全国范围内对孤独症服务行业产生了深远影响:孤独症服务机构自强自律达标创建与组织能力提升工程,创建了民办组织行业标准雏形,评出了108家达标机构,为机构规范化管理和专业化服务奠定了重要基础;"全国家长携手计划"联系全国一百多家家长组织,在全国30个省市自治区和直辖市建立家长社区自助互助服务站,创造了推动家长组织建设和做好家庭康复方面的重要条件;孤独症教师专业成长体系探索,则为本土化批量培养专业教师、提升孤独症康复教育品质提供了一个成功的模式。

虽然探索与实践的过程曲折艰难,但温洪坚信:"不能期待一下子奇迹会出现。水到渠成,水不到,渠是没有的,就得一点点冲,慢慢冲开一点小口,最后变成一条渠。"

创办"康纳洲"

2008年,温洪到中残联任职,一边接手常规的工作一边思考"要做什么"和"怎么做"。要做孤独症公益事业，必须有钱、有人、有与目标匹配的资源。

2009年4月，中国精协召开第一次全国孤独症机构负责人联席会议，中国精协孤独症（工作）委员会成立，温洪就任主任，成为中国残联第一位孤独症专门工作者。会前和会间，温洪找来一帮北京的家长志愿者帮忙做会务，看到困境中的家长对服务的渴望，更感到了家长们的激情和能量。

同年8月，她向残联写报告提出成立孤独症人士家长支援中心的设想。

这一年，她有机会与施丹、邹文等几位北京的孤独症人士家长一起去日本，考察日本家长们创办的居住养护与就业为一体的"榉之乡"。大家一起商议，互相鼓励要为孤独症孩子做点什么。

2011年，她再次提出要成立支援中心，为此在2011年下半年紧锣密鼓地召集七八次策划会。最后，这个被命名为"康纳洲"的孤独症家庭支援中心全部由家长出资建立。

"我觉得没有家长的积极性，事情办不起来。拿了钱的家长，会更把这个事当回事。"

她向几位一直参与筹划的家长发出了邀请。"余华家第一个回复短信，愿意跟着我干，然后邹文、施丹她们都回复了。当时说是一家出两万元，后来追加到四万。"

参与发起的五位母亲是温洪、施丹、余华、邹文、赵琦。"三个月以后，又有一位母亲孙荣加入进来。"

"第一笔钱是我交的。当时是余华管账。有的家长愿意多拿些。大

* 2012年3月，康纳洲办公室门口
康康 / 摄

家约定不管钱多钱少，权利平等。我们签订了捐赠协议，声明此为捐赠而非投资，以后不得索取金钱的回报。另外还有一条，你在机构内所负的责任和捐赠没有关系，职务只与做事有关。我们理事的孩子来接受服务也一样要交钱。"

2012年7月18日，康纳洲孤独症家庭支援中心注册成立。与比较松散的家长公益组织不同，康纳洲一开始就成立了理事会，引入了专业人士，租用了办公和康复训练场所。

康纳洲承办的第一个项目是北京市残联孤独症中高级教师培训班暨2012年北京应用行为分析国际研讨会。长达六天的研讨培训，与会者的日程安排，国外专家学者的传译接待，全都由这家正式成立仅3个月的民间公益机构负责，他们高效率的组织接待和高水平的培训得到了与会各方的交口称赞。能办会、能组织大型活动成为康纳洲的一个强项，使康纳洲在此后的公益倡导活动中大放异彩。

目前，康纳洲已经初步形成了三条服务主线。一是孤独症生命全程服务链条，以ABA密集干预为主的学前康复训练形成了专业品质保障和专业人才结构方面的突出特色；以课堂行为养成为主的幼小衔接班教育和特教助理培养弥补了专业入户、入校支持孤独症学生的空白；职业技能培训与就业支持成为大龄孤独症社会融合的重要探索。二是技术输出链条，从CNABA体系的设计与实践到全国三级ABA人才培养，从民办教师到公办学校ABA专业的推进，从引进外部督导到接受高校和其他机构代培人才，形成了本土化技术输出的重要模式。三是家庭服务链条，以康纳洲大讲堂邀请国内外重量级专家授课为普及通道，以家长系统化服务为实操训练渠道，稳步推进家庭康复走上专业轨道。

"康纳洲是一个机构，更是一个探索型、实验性平台。摸索为孤独症孩子提供生命全程需要的服务，要出理念、出模式、出技术、出人才。"温洪说。

现在在康纳洲不同的项目里接受康复服务的孩子，有两岁多的，也有三十多岁的。但是，温洪的目标并未全部实现，例如托养服务、家庭财产信托，特别是解决父母去世以后孤独症孩子怎么办的问题。

"我们要把它做成一棵生命树，就是每个节点上派生出满足不同需要的若干种服务。当然，这也许不是康纳洲一个机构所能完成的使命，我们的责任就是不断地探索……"

"家长组织是血脉，要渗透到生活的方方面面"

在南京，由于家住在玄武湖附近，张戈的妈妈吴苏星每个月组织相识的特殊家庭来玄武湖游玩一两次。常来参加的有七八家，这些孩子大都接近成年，离开学校待在家里十分无聊。孩子的父母也退休了，体力、精力渐渐衰退，能和孩子一起出来，和熟识的朋友见面聊天、吃饭就很开心。

成年孤独症人士的父母在孤独症圈子里有个约定俗成的称号——"老家长"。他们因其丰富的人生阅历和与孤独症孩子相处的经验往往成为当地孤独症群体当中有影响力的人物。有的通过不断的学习，成为具备一定专业能力的"专家型家长"；有的热心助人，成为家长们心目当中的"知心人";有的则运用自己的组织能力,成为家长社团活动的中坚力量。

在北京,牛牛妈妈也是家长活动的活跃分子。她的儿子牛牛是位开朗健壮的孤独症人士,能够帮助妈妈做家务,还能自己去学校上学。她自己是全职主妇,有时间、有精力,认识不少和儿子同龄的孤独症孩子的家长。她们经常在各种微信群里交流信息,谈天说地,有机会就组织在一起逛公园、野餐、参加公益组织的活动。后来她们的家长小组有了一个正式的名字——"太阳花"。

像这样松散的家长互助小组在全国多如牛毛,难以计数。

齐景芳遇到帅妈李秀霞的时候,已经是唐山市孤独症人士家长群体当中的领袖人物。

景芳的女儿小晰两三岁时被家人认为性格孤僻。为了让女儿顺利入园,景芳就去应聘了幼儿园教师。但是,女儿混进幼儿园之后还是有太多的与众不同。无奈,夫妇俩带着孩子到北京求医,却得到了一个"终身不愈"的孤独症的诊断。

短暂的消沉之后,她带着5岁的女儿去了唐山市北区的一家名为"世纪星"的孤独症培训机构。机构缺乏师资,女儿进机构当了学生,她也在机构先做家长委员会的义工,后来索性当了教师。

做了一年多一线教师以后,善于沟通的景芳被调去做家长咨询工作。在这个岗位上,她接触到了更多渴求抱团取暖的家长。同时,顺应机构的发展需要,她自告奋勇去做对外宣传倡导的工作。

景芳首先选择的宣传对象是在校大学生。从 2011 年到 2013 年，她联络了唐山市各个大专院校的团委、社工组织、学生公益团体，几乎每个周末都去学校做宣讲。

她经常带着自己的女儿，在演讲过程中告诉听众：今天，我们现场有一位典型的孤独症孩子，如果大家一会儿有兴趣的话，你可以跟她做交流和接触，欢迎大家以友善的态度跟她做简单的交流。她会示范给大家看如何与孤独症孩子交流。很多大学生都会在讲座结束的时候跟孩子握手，打招呼，小晰就一直快乐地笑。

两年，一百余场的巡回演讲，景芳聚集起一支不低于 2 万人的志愿者队伍。虽然学生们毕业后会离开，但年轻的大学生志愿者一直是唐山市孤独症公益活动的有力支持者，而已经毕业的学生们，则把公益活动的种子传递到四面八方……

"我在做我能做的事情。我知道这些事情不会白做，而且现在也印证了确实没有白做。"景芳说。

在宣传倡导的过程中，她争取到爱心企业的支持，利用机构提供的场所创办了家长互助会。

2014 年到 2016 年，景芳参加了中国精协的"领航家长培训"，系统学习了社会工作、家庭支持的理念、技术和方法，开始筹划将家长互助会从机构中独立出来，创办家长组织。

作为孤独症孩子的妈妈，秀霞一直在为孩子的权益而努力。可是在最初的几年，她一直孤掌难鸣。

"2009 年，因为唐山本地对残疾儿童的教育及福利政策的现状堪忧，我根据以琳自闭症论坛上各地家长提供的信息，向唐山市政协委员提交了一份《关注自闭症儿童成长，共建和谐幸福之都》的建议，想找一些志同道合的家长联名去提交。但与家长们沟通了一个月，没有一个本地的家长愿意在这份建议上签字。大家说，和政府反映什么呢？训练孩子还忙不过来！而且就算你反映了，政府哪有空理你？

"2010年，我又将这个主题写成论文，入选了'中国孤独症人士社会保障大会'的论文选。我应邀参加了4月2日在北京举行的大会，荣幸地见到了儿时就开始崇拜的偶像、中残联主席张海迪女士。在她热情的鼓舞下，我更加坚定了生活的信心，增加了无比的力量。"

2016年，秀霞带老二文文在"世纪星"训练，她发现这个机构里有一间办公室挂的牌子是"家长互助会"。互助会每周都举办家长培训，除了讲教育训练技术，给家长做心理疏导、融合教育指导，还会到社会上开展许多亲子活动。她还发现，这是一家在2014年，由三位妈妈发起成立、60位家长参与的家长互助组织。

终于找到了"组织"！

"家长互助会对于当时深深陷入迷茫之中的我，就好像有人轻轻地拍了拍我的肩膀，给予我帮助，里面不仅有安慰、有理解，还有接纳与鼓励！"

秀霞和景芳就这样在活动中相识了。两人一见如故，相约一起为孩子们做一番事业。

2017年，以原来的家长互助会为基础，由六位孤独症孩子的母亲发起成立唐山蓝凤凰心智障碍家庭支援中心，景芳和秀霞担任正副理事长。景芳负责对外宣传倡导、联系资源。秀霞负责项目的执行和各种文案资料的准备。

她们之间以名字相称，而不是人们习以为常的"某某妈"。

"秀霞和我可以真的达到默契，就是不说话，你也知道这个事情她会怎么做；不说话，我也知道她面对这个事情的时候是个什么样的状态。她特别坚强，特别能干，充满热情或者说是对孩子的责任感，以及对自己的高要求。她的这种精神也激励着我。我们经常这样互相鼓励：就这样努力下去吧，肯定明天会比今天更好。"

2016年末，包括景芳和秀霞在内的唐山市一百多个家庭联名给市长写了一封关于融合教育的信。"虽然政府并未给出令我们满意的答复，但是，家长的权利意识已经提升了许多！这就是家长组织的力量！"

2017年1月，家长互助会正式更名为"唐山蓝凤凰心智障碍者家庭支援中心"，办公地点也从机构分离出来，由几位骨干家长众筹资金，租了一套六十多平方米的两居室，作为办公室兼活动室。

"蓝凤凰"为心智障碍者及其家庭提供各类服务，包括调查研究、会员培训、心理辅导、科普宣传、社会倡导等。目前正在实施的项目有：融合中国趾印计划、生活结构化公益课堂、快乐融合行活动营、社区融合活动、亲子艺术团及亲子爱跑团、手工坊等。"蓝凤凰"的活动经费来自大型项目（如中国扶贫基金会善行者、融合中国趾印计划、融合中国快乐活动营）的资金支持、家长众筹、社会捐助（多为物品形式）等。活动的组织与服务人员统称为"蓝凤凰志愿者"，其中既有心智障碍孩子的家长，也有高校学生、公益团体人员、爱心团队人员和社会志愿者。

对于秀霞来讲，做"蓝凤凰"还有一个意想不到的收获，那就是把一直固执、消极的丈夫变成了公益活动的参与者。"现在帅帅爸爸可能受到小晰爸爸影响，在新的蓝凤凰中心落成过程中，做了不少的工作。现在他也在中心帮忙，类似助教的角色。所以，我觉得可以慢慢影响他。上周我还把他'骗'到了甄岳来老师的课堂上。"

尽管家有两个孤独症儿子，但秀霞对于未来却有着不同寻常的憧憬："我60岁的时候，帅帅32岁了，他在我们自己的社区养护公寓里，跟三个小伙子一起生活，每天有一位辅导员用三四个小时指导他们。周末时，他到家里来和我们共度。我60岁的时候，文文23岁，我的理想是他初中毕业后上了职业学校，如果不能上完初中，就在12～18岁进行职前培训。通过支持性就业或庇护性就业，他能工作，下班后到公寓生活，或者跟我们生活在一起。"

中国的孤独症人士家长组织早在20世纪90年代初就开始出现，但起初发展十分缓慢，规模小，力量薄弱，功能单一。到21世纪初，仅有北京市孤独症儿童康复协会、深圳市自闭症研究会等少数机构在民政部门正式注册，大部分家长组织处于自生自灭的境地。

近年来，政府陆续出台了一系列政策，促进公益组织和社区服务的发展，社会力量在救助、倡导活动中更多借助于家长组织，而各地的家长组织也在积极参与社会活动中日渐成熟，发展出服务、倡导、维权等多项职能。

在各地家长组织的成长当中，家长们逐渐学会了与其他公益组织的合作和对接；基金会筹集资金；全国性的、大型的公益组织发起项目，提供资源、技术，支持小的、地方性的组织执行。这些家长在自己的本职工作之外逐渐有了另外一个身份：孤独症领域的公益人。

⭐

自温洪到中国精协任职,时间已经过去了九年。九年当中,孤独症群体的外在环境和内部发生了很大的变化。全国性的家长组织从无到有,地方上的互助团体如雨后春笋般涌现出来。

为了把分散的家长组织团结起来,服务自己、倡导社会,温洪拟订并组织实施了在中国精协的"全国家长携手计划"。2016年,争取到120万元中央财政项目,与德国米苏尔基金会资助配套,在全国30个省推进省级家长自助互助服务站建设,其中每个省站由3～8个地区家长组织联合组成。全国一百多个家长组织联起手来,组织254位核心家长和1860名志愿者,开展了128次家长小组活动、106次亲子活动、697次艺术团体活动;入户探访了5279个孤独症人士家庭,项目受益对象19543人。

计划开展三年以来,已经超额完成300个领航家长的培训目标,其中,仅参加家长教练培训的就已达到216人,ABA专业培训超过300人,家长心理咨询师培训近百人。

2017年,中国精协依托家长组织开展了"发现智慧星"活动,旨在倡导家长和社会更新理念,发现孩子的优势潜能,变一边倒的"补偿式教育"为"扬长"和"补短"并重,使家庭和社会重建信心,为孤独症孩子的独立生存创造新的空间。

在温洪看来,"服务"是家长组织最根本的职能:"家长组织是血脉,要渗透到生活的方方面面。凡是孤独症孩子、家庭所需要的服务,我们都要去做。"

融爱于行：把更多的人引为同伴

和很多悲情励志故事的开头一样，最起初，是孤立无援的妈妈和她们需要上学却无法独立在学校里读书的孩子。

戴榕是江西人，20世纪90年代末，她和老公来到广州打拼。和所有的第一代内地移民一样，他们从无到有，一点点发展专业能力、人脉资源，买房子、生孩子、吃早茶、说粤语……长子降生以后，她从老家聘请了一个聪明伶俐的小姑娘帮助带孩子。

在儿子被诊断为孤独症之后，她从企业高管的位置上离职，花费一年时间学习孤独症康复的知识、技能，陪伴自己的孩子成长。同时，她把这个小姑娘慢慢培训成一个能够帮助她教育孩子的"小老师"。

儿子长大，要上学了，"小老师"也长大了，要读书、工作、嫁人。于是，戴榕又招聘了一位有幼教经验的老师当助教，加以培训，然后让她陪伴孩子上学。

戴榕在专家的指导下自己给孩子做评估，制订个别化教育计划，由"助教"在学校实施。

为了帮助孩子融入学校生活，戴榕将他的资料制作成《特殊个案教学参考手册》，包括以前成长过程记录、国外成功案例、给孩子制定的个别化教育计划。她亲自到班级向全班家长宣讲孤独症，介绍自己孩子的障碍，争取大家的理解与支持。经过将近三年的尝试，儿子很好地适应了学校生活。

戴榕既是国内一家知名市场研究公司的高管，也是广州扬爱特殊孩子家长俱乐部的会员。在与家长交流中她发现：孤独症孩子在普通学校里"随班混读"是普遍现象；由于缺乏支持甚至受到歧视，大部分孩子到四年级基本在普通学校就"消失"（转学或者退学）了。很多家长为了帮助孩子适应学校生活放下工作去"陪读"，但一方面家长不是专业人士，做不到专业化地处理孩子的问题，另一方面，这种私人化的"陪读"与学校现有的教学体系有冲突，得不到校方的支持。

特殊孩子在普通学校随班就读需要专业支持，而不是靠着别人的包容怜悯混日子。"这种事情不是一个妈妈能搞定的，也不应该仅仅由家长来承担。"

出于一名专业人士的敏锐直觉和一位母亲的责任心，她开始寻找更多的社会资源、更多的公众支持，希望能把一个个人的服务项目变成一个为群体服务的公益项目。

她的想法首先得到时任扬爱总干事冯新的支持，随后，广州市少年宫特教中心主任解慧超老师也加入，形成项目方案书。他们先在扬爱会员当中发布了这个项目计划，寻找家长和个案。除了戴榕的儿子张峻绮外，第二个支持响应加入融爱行的个案就是卢莹的儿子余龙森。

2008年，扬爱和少年宫联合发起了"融爱行"随班就读支持计划：戴榕、卢莹两位家长代表和扬爱的社工代表冯新，以及少年宫特教老师代表解慧超成为计划的发起人；广州市少年宫招募华南师范大学教育系研究生做特教助理；扬爱招募民政学校实习生做特教助理；

少年宫负责专业培训和制订计划;扬爱提供项目经理做行政管理,为随班就读的特殊儿童提供经过培训的"小老师",并将之正式命名为"特教助理"。从此,那些被迫躲在教室一角甚至走廊上的"陪读姐姐"有了一个正式的职务名称:特教助理。此后历经波折,这个由他们创造的名字作为一个正式的教师岗位,堂而皇之地出现在教育部门的文件上,进入了学校的教师序列。

到了 2012 年,"融爱行"项目已经有 30 名特殊儿童在特教助理的陪伴下入读普通学校,但还是远远满足不了需求,排队轮候中的家长多达百人。另外,每个月 3000~7000 元的特教助理费用对于特殊家庭来说是一个沉重的负担,不断有家庭因为承担不起而退出。

妈妈们不断通过各种渠道向政府和社会提出诉求,希望能引入特殊教育学校的资源,建立随班就读资源中心,同时也提出了一系列的随班就读支持的诉求。

2008 年,戴榕等人就"融爱行"的问题通过信访寻求政府和教育部门的支持。连续三个月的信访日,都有不同的家长到场反映同样的诉求。他们事先做了周密的培训和准备,提供的资料不仅介绍了存在的问题,还提出了解决方案和可行性调研报告。由于"融爱行"积累了大量的成功案例和经验,去信访的家长们有理有节,不卑不亢。在场的每一位领导都被她们所做的事情感动,同时也对家长表现出的专业能力感到钦佩。

2012 年 5 月,诉求信终于得到广州市领导的批示。从当年 9 月 1

日起，广州20所中小学成为特殊儿童随班就读支持督导计划的试点学校，由广州市越秀启智学校接管"融爱行"项目，以"融爱行"为试点，探索广州市随班就读支持模式。在参与项目之初，对20名心智障碍儿童进行全面个人评估，制订个别化教育计划。同时，大部分个案经过评估，每天会有一对一的特教助理陪着，与这些孩子一起上课，提供随班就读支持服务，帮助他们适应普通学校的校园生活和学业。此外，越秀启智和番禺培智两所公立特教学校派出专业教师，每周前往试点学校巡回指导，指导特教助理和普通老师如何教育特殊孩子。

同期，市政府出台相关政策《关于加强我市特殊教育工作的实施意见》，使得"融爱行"项目变成由教育局、特殊教育学校、普通学校、家长和非政府组织五方共同合作的项目，家长和非政府组织的工作变为主要做社会倡导。

现在，广州的孤独症孩子或其他残疾类别的孩子进入普通学校，只要向"融爱行"项目组提出申请，通过轮候就可以获得"融爱行"项目当中给予的随班就读支持，包括专业评估、为学生单独制订的个别化教育计划、提供特教助理和巡回督导。如果家长自行聘请特教助理，在得到相关考核和认证之后也可以与其他特教助理一样进入"融爱行"项目。

"'融爱行'是我的再生父母。"小渔妈妈说。小渔是一个能力较弱的孤独症孩子。两岁多被确诊为孤独症之后，妈妈卖了房子为他做康复训练，但小渔在普通学校入学还是遇到了很大困难。妈妈因此几乎到了抑郁的边缘。加入"融爱行"项目之后，特教老师为小渔提供了专业的辅助，向同学们解释小渔的情况，帮助小渔理解老师的要求，和同学们建立友好关系。经过大家的共同努力，小渔终于适应了学校的生活,并顺利升入初中。

类似的事例在"融爱行"当中还有很多。

家长、非政府组织、特殊教育学校、普通学校、教育部门的通力合作,使得"融爱行"成为全国首例由家长发起、教育部门接纳并主导融合教育的成功案例。

经过多年锲而不舍的努力,2014 年广州市挂牌成立了三个市级随班就读指导中心,包括"听障儿童随班就读资源中心""智障儿童随班就读资源中心""自闭症儿童随班就读资源中心",构建了广州市随班就读支持体系。到 2015 年,广州在普通学校共设立特教班 19 个,可随班就读的学校更多达 581 所,有四千多名特殊孩子在普通学校里接受融合教育。

故事并没有结束。

"融爱行"只提供义务教育阶段的支持,但是大多数孤独症孩子初中毕业以后,即面临着无学可上、无处可去的局面。

这一点,从事特殊教育的老师们感触最深。2008 年,广州越秀区启智学校的教师们对从学校里毕业的学生们做家访,发现有很多孩子因无处可去被迫整天待在家里,他们变得迟钝、肥胖、萎靡,以前在学校里的精气神全没了。这让为他们的成长付出过大量心血的老师们无比难过。

为此,越秀区启智学校的家委会成员向教育局递交"开办特殊高中职业训练"的申请,踏上了为期三年的倡导之路。他们的努力没有白费：从2011年开始，残联下属的康复实验学校、越秀区启智学校、番禺区培智学校先后开办了职高班。

戴榕的儿子也即将从普通初中毕业，戴榕自然非常关注这个问题。除了职业高中和普通高中的随班就读外，戴榕的儿子升学就没有其他更多的选择。特殊教育学校开办职高班，给了戴榕希望和信心，也给了她启发。从2012年开始，历时两年，戴榕利用自己在市场研究行业的专业背景，联合华南农业大学公管学院、广州慧灵以及广州几家非政府组织开展了"广州市成年心智障碍人士就业现状及可行性调查"以及"广州市特殊需要学生职业教育意向调查"。结果发现，广州市16岁以上成年心智障碍群体当中，拥有高中学历的只有5%，受教育程度不足是直接导致他们就业困难的最主要因素。

2013年2月，戴榕和扬爱另外三位家长前往广州市教育局信访，希望在普通职业高中建立特教班，为九年义务教育结束后的特殊需要学生尤其是随班就读学生提供职业教育机会，并递交了"广州市特殊需要学生职业教育意向调查"结果。

2013年4月，时任教育局副局长吴强及四个相关处室处长约见家长，随后教育局相关领导包括屈哨兵局长和吴强副局长到相关部门调研，到残联下属的康复实验高中、广州慧灵和扬爱调研，并召开家长座谈会，听取家长的意见。

广州市总共有11个区，吴强副局长亲自到每一个区做调研和说服工作，争取每一个区都能开一个职业教育特殊班。2013年9月，教育局对申办特殊班的职业高中教师进行专业培训，举办招生说明会；同年10月，三所学校启能班举办开学典礼，近三十名学生进入普通职业高中特殊班。

2016年9月，广州市18所定点学校面向全市心智障碍学生提供273个职业高中学历教育学位。

至2016年，广州市特殊职业教育形成了三个层次的教学模式，即普通职业学校普通班随班就读、普通职业学校特教班、特殊教育学校职高班，以适应不同情况的特殊学生入读。广州已有5家特殊教育学校、11家普通中职学校开设了特殊职高班，正在接受职业教育的特殊孩子有四百多人。

在普通中职学校开设特殊教育班，在全国都没有先例，广州开创先河。为此，广州市教育局受到全国各地教育部门的关注，不断有来自全国的教育工作人员前来取经学习。

刚刚开班的时候，很多中职教师不但没有特殊教育的经验，甚至根本没有接触过孤独症学生！

戴榕的孩子入读的某职业高中是第一批特教班试点的学校之一。特教班的班主任老师以为孤独症孩子都是不说话的、性情孤僻的人。当见到戴榕的儿子时她一下就被惊到了——这是一个特别爱说话、可以从早一直说到晚的男孩。从此，她才慢慢认识到这些特殊孩子到底有哪些与众不同和相同之处，认识到他们如何"活在自己的世界里"。

特教班的一位老师后来这样形容他们当时的状态："通常我们做一件事情的时候没有经验就说是'摸着石头过河'。我们这个中职特教班是什么？就是我们根本没有石头都过了河了！"

两年以后，戴榕和其他家长再去学校访问座谈，老师们已经脱胎换骨。面对着孤独症孩子出现的各种问题，他们已经能够从容应对。

"我们的孩子出现在普通的校园里本身就是一种极好的社会倡导。"戴榕总结说。

对所有参与者而言，融合教育的实践，不仅是一项技术和方法的推广，更是教育理念、价值观的更新。在推广融合教育的过程中，"每一个孩子都有自己的价值""接受教育是每一个孩子的权利"逐渐成为教育界乃至整个社会的主流共识。

⭐

仅仅有职业高中学历是不够的，毕业之后孩子们必须要工作，这才是终极目标。又经过一年多的精心准备，扬爱特殊孩子家长俱乐部代表戴榕、钟翠萍在 2014 年 4 月 18 日再次递交家长诉求信给时任市长陈建华，对政府及教育职能部门推动心智障碍人士职业教育表达由衷的感谢，同时用翔实的数据说明推动心智障碍人士支持性就业的迫切性，希望广州市政府在提供支持性就业方面尽早做出安排，将义务教育与中职特教班相衔接。

陈建华市长接收诉求信后，在 4 月 23 日亲笔批复："请人社局牵头，残联、教育局配合，召开一次座谈会听取意见，制定工作计划。"随后，广州市人力资源和社会保障局发出相应会议通知，请教育局、民政局、残联、社工委和扬爱家长代表参加座谈会。

4 月 28 日，家长代表和相关政府部门工作人员座谈，戴榕向在座的所有人员讲解了《广州市心智障碍人士的就业状况和可行性研究报告》，灌输支持性就业的理念，得到了广泛的认同。很多在场的政府部门工作人员都被深深地感动。

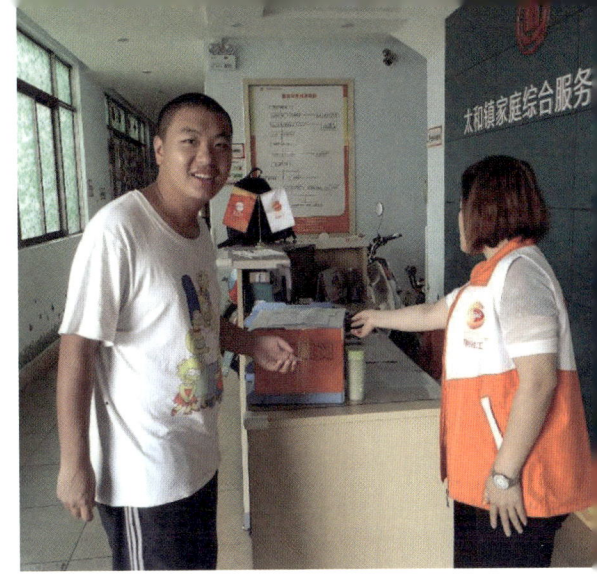

* 支持性就业中的快递小哥张峻绮

同年11月14日,广州市残联通过《广州市智力残疾人支持性就业工作试行方案》,计划在2015年内建立职业评估体系,培养20名就业辅导员,支持20名智力残疾人就业,拟定智力残疾人支持性就业工作方案。12月,广州市残联组织召开2014年支持性就业工作座谈会,开展支持性就业问卷调查,动员家长参与,支持心智障碍人士就业。

2015年3月,广州市残联举办为期八天的首届就业辅导员培训班。

"'融爱行'最大的意义在于,不仅仅停留在个案的良好实践,而是通过实践的积累从而影响政府职能部门,推动政策的改变与出台。"戴榕认为。

"融爱行"能在广州成功不是偶然的。一方面,由于在地理上与港澳台邻近,从2006年开始,港澳台广深五地家长组织组成了交谊平台,每年互访,参加对方的重要年度活动。先进的教育理念和经验给家长们很多启示。同时,经常有专家和资深义工帮助家长组织工作。

另一方面要归功于当地相对文明宽容的社会环境、高效的政府部门、友善的公众舆论、发达的社会组织和志愿者服务体系。在当地,从事特殊儿童公益活动的机构不仅有扬爱这样的家长组织,还有公立教育体系下的特教学校,有少年宫、共青团、义工联、狮子会等多种官方和民间的公益团体。他们开展了多种多样的支持、关爱特殊儿童的公益活动，并在实践中建立了较好的分工合作关系。

早在 2006 年，共青团广州市委、市少年宫就筹建了"特殊儿童教育中心"，组建特殊教育中心志愿服务队，共有 8 所高校、4 家爱心企业、共计四百多名志愿者参与。在长期的实践中，该中心探索出一套"少年宫＋残疾儿童＋志愿者"的艺术融合教育模式。该中心也是"融爱行"特殊儿童随班就读支持项目的有力支持者，同时还有爱成长综合教育项目、瑕之美特殊儿童艺术节等一批面向有特殊需要青年的服务项目。

在"融爱行"当中，戴榕们所做的最重要的工作就是把社会上各种各样的资源汇集起来，支持孤独症人士的特殊需求。在这个过程中，他们交了很多朋友，把很多看上去不相干的人拉进来成为伙伴，每一个伙伴都能带来不同的经验和支持。

谈到如何与相关人士建立合作关系，戴榕显得很开心。

"我们跟教育局的关系不是突然之间建立起来的，主要是源于'融爱行'。"

通过当年的信访，家长和家长组织与教育局建立了直接的沟通方式。仅 2014 年，扬爱理事会与政府部门正式会谈有记录的有 12 次，其中和市教育局开会 6 次，和市人社局开会 4 次，和市残联开会 2 次；递交市长信 2 次，均获得时任市长陈建华的亲笔批复。现在，如果有事情要面谈，家长组织代表已经可以直接跟主管教育的领导电话预约时间。

在"融爱行"实施的过程中，家长们时刻不忘加强与合作伙伴的关系，强化他们做融合教育的动力。哪个学校、哪个部门做得好，他们就向上级部门反映，教育局做得好就向市政府反映。"每次在写感谢信的同时我们会提出一个要求。搞融合教育教育局缺特殊教育的编制，我们就会向市政府呼吁，希望增加特教中心的编制。"这些要求都是一线教育工作者迫切需要解决的实际困难，由家长帮助他们提出来自然会令他们分外感动。

还要充分利用媒体的正面宣传力量。2014年中央电视台《焦点访谈》专题片《雨人们的上学路》的编导通过深圳的家长联系到戴榕。戴榕带着他们到广州，把跟"融爱行"相关的所有机构访问了一遍，然后把他们介绍给广州市教育局。在访谈当中，戴榕介绍了"融爱行"的事迹，时任广州市教育局局长介绍了广州市融合教育的经验。节目播出后，广州市在特教领域的先进经验在全国得到了认可和推广。

"现在，教育局的各位官员跟我们就像普通朋友一样，逢年过节互相发信息问候，但是我没有请他们吃过一顿饭。唯一一次送礼是在某年中秋节，我把慧灵学员做的月饼给他送过去。局长说：'现在我们任何礼都不能收，但这个慧灵的月饼是特殊孩子做的，我们可以收。'"

一代人，又一代人

"亲爱的，你练瑜伽吧！"2017年初，在北京参加全纳教育座谈会期间，我和戴榕同居一室，她对我热心地建议。

从我见到她的第一刻起，她已经连续工作10个小时，刚刚主持承办了"全纳教育两会代表座谈会"，连吃饭都在和一群人谈工作，但是，她仍然保持着敏锐的反应和爽朗的笑容。

晚上10点，她和远在广州的小女儿道过晚安，开始做睡前的"功课"——10分钟瑜伽。

对于一个在职场工作二十多年、担任国内知名市场调查公司副总裁的她来说，这只不过是她漫长职业生涯中的又一次"做项目""出差"。

从"融爱行"开始，她踏入孤独症公益事业领域。几年下来，戴榕已经成为一名走在行业前列的公益人。她现在担任全国心智障碍者家长组织联盟理事长、广州市扬爱特殊孩子家长俱乐部理事长、中国精协孤独症（工作）委员会委员和讲师团讲师。

戴榕很认真地把"公益"当作一个新的专业去学习和实践。她在深圳公益研究院进修研究生课程，每个月都要专门去深圳上课。同时，她也很用心地在工作和生活之间设立防火墙，尽可能地保持个人、家庭生活的完整丰富。

由于长期从事调研与企业管理工作，她的身上更多地体现出职业经理人的温和理性，擅长与不同领域、不同身份的人打交道，寻求最大公约数。

2015年，她担任全国心智障碍者家长组织联盟理事长。2016年，她代表家长组织联盟参加融合国际2016全球大会，在国际讲坛上向同行们介绍中国特殊群体的经验和事迹。

2015—2017年，她主持了全纳教育政策倡导项目。2017年3月2日，家长组织联盟在北京召开全纳教育"两会"代表座谈会，戴榕作为主办方代表出席并做了主题发言。

"我有一个患孤独症的孩子，而这就是我今天站在这里的原因。"

在讲坛上,她这样介绍自己。

对于她来说,"孤独症孩子的家长"是一个无法改变的身份,却不是一个必须献祭的祭坛,更不是一份需要终身偿还的债务。她会尽力为孩子争取最好的未来,但这个未来必须建立在社会、家庭、个人的幸福和健康发展之上。

如果说从前辈家长身上看到的是对孩子、对事业的牺牲与奉献,那么,我们这一代家长则更多地追求事业与生活,家庭与自身发展的平衡。可以说,我们首先是"自己",然后才是我们在社会和家庭当中所要承担的角色和身份。

在公益人和孤独症家长的身份之外,她还是企业的高级管理人员,是爱美的女人、能干的妻子和慈爱的母亲。她喜欢旅行,再忙也不忘记做瑜伽保持身材。出差在外,她每天都与家人通话。在家里,她每天都坚持给女儿读故事,陪儿子聊天。她和她的先生曾经被广州市妇联评为"好家长"。

自 20 世纪 80 年代至今,中国孤独症群体至少已经有三代家长成长起来。

第一代 50 后家长,经过"文革"、上山下乡、改革开放……是家长群体中经历最多社会变迁的一代。三十多年前,面对"孤独症不可治愈"的残酷判决,一无所知的他们用尽力量为自己的孩子谋求康复之道,他们当中的很多人放弃了自己的事业帮助孩子。他们走过很多弯路,他们的孩子未能"痊愈",但他们的努力为后来者廓清了方向。

他们创办了国内最早的康复机构和家长组织,有很多目前仍然是国内孤独症领域的领袖人物。

2011年5月,王晓更和几位志同道合的孤独症孩子家长创办了民间公益组织"爱心社"——北京融爱融乐心智障碍者家庭中心的前身。孤独症儿子阿务在中美两国不同的教育背景下的不同际遇,使得她对《残疾人权利公约》所倡导的"尊重残疾人平等、自主生活的权利"有了深刻的感受。也正是基于同样的认识,她在公益活动当中主张把孤独症人士和其他心智障碍者的权益联系在一起。她认为,心智障碍群体需要的是专业的支持,不是简单的呵护、照顾,而是从旁协助他们做出自己的决定,完成自己的任务,成为越来越独立的人。

"爱自己的孩子,是妈妈的本色,但是尊重孩子的权利,从保护转变到支持是每个家长的必由之路。"

三年后的2014年7月,全国18家各地家长组织成立非营利性网络化组织——全国心智障碍者家长组织联盟,为心智障碍者及其家庭全面平等融入社会,更有尊严地生活而努力。王晓更担任理事长。

2017年9月,57岁的王晓更因病去世。她留下遗言,在她的墓碑上写下:"心智障碍者权利倡导者。"

这是她用生命践行的诺言。

第二代家长是20世纪60～70年代生人。受惠于近四十年的改革开放,这一代家长大多受过良好教育,有完整的工作经历和一定财富积累,在社会上亦有一定影响力。由于较早接触到国内外先进的康复教育理念,相比第一代"领袖型""先知型""魅力型"家长,他们是"技术派"和"实力派",他们的长处在于脚踏实地、凝聚共识。他们当中有相当多的人具有参与国际交流的经验和能力，善于吸收国外的先进经验充实自己。他们是孤独症家长群体的中坚力量，在孤独症公益和教育等领域承担重任。

第三代 80 后、90 后家长，成长于改革开放后逐渐文明富裕的社会当中，享受了社会进步的成果。这一代家长的子女年龄尚小，自身在职场当中处于上升阶段，他们需要投入更多的精力在职业生涯和家庭教育当中。他们中的很多人具备现代教育理念，热心公益，积极活跃于各种科普教育和公益活动当中。他们接续了前辈家长的努力，也同样承载着几代家长共同的希望。

> ⭐ **故人安在 4**
>
> **郭德华**：心理咨询师，曾在以琳自闭症论坛上为家长们义务解答各种心理问题，对我有很大帮助。郭德华先生获得博士学位以后担任中国精协孤独症工作委员会副主任兼秘书长、中国孤独症机构服务协会会长兼秘书长、中国精协孤独症项目总监、北京市康纳洲孤独症家庭支援中心执行理事兼副秘书长。
>
> **朱作杰**：通过游说代表、委员向地方"两会"提交有关孤独症的议案，现为中国精协黑龙江工作站负责人。

第五部分 爱、恐惧与坚持

> 我从中得到醒悟,
> 有了新的空间,
> 去实现第二次永恒的生命。
>
> ——[奥地利]赖内·马利亚·里尔克

*李佳洋绘画作品

第一章　从寻求治愈到支持生命

每一个生命都可以自我成全

> 在坦桑尼亚的塞勒姆盖提大草原上，生存不是一件简单的事。母亲鼓励孩子们，孩子们才学会进食与奔跑。
>
> ——电影《马拉松》

初原有孤独症，从小就喜欢自言自语，喜爱斑马条纹，经常沉浸在自己的世界里，对妈妈教他做的事、说的话不感兴趣。

一个偶然的机会，妈妈和他一起去野外锻炼，发现他的腿强健有力，非常适合跑马拉松。从此，他坚持长跑锻炼，终于在业余的马拉松比赛当中取得了好成绩。

每次比赛前，妈妈和他有一个固定的"励志"仪式。妈妈说："你的腿——"

初原说："价值连城！"

妈妈说："你的身体——"

初原说："战无不胜！"

⭐

一个金光闪闪的励志故事,不是吗?

不是。

对于一个话都说不清楚、买东西不会算钱、妈妈掉到水里都不懂得呼救的低功能(没错,人们就是这么定义他们的)典型孤独症孩子,会跑步有什么用?难道不是应该多教教他说话、写字、做手工,让将来好生活得容易一些吗?

领奖台上那光彩闪耀的几十秒钟,对于初原平时刻板沉默的生活有什么意义?

马拉松是极限运动,对人的体能、毅力都是极为严峻的挑战。只有既有运动天赋、心志坚定又受到专业训练的人才有可能取得好成绩,可是初原只有他的妈妈陪他、教他;运动员在运动当中可能会发生各种意外的损伤:抽筋、脱水、心动过速……可是初原,他连"累"都不会说。

教练说:"他会死的。"

他说:"至少我是为我的目标而跑。他又为了什么?"

他对初原的妈妈说:"你真是个疯子。"

弟弟对妈妈说:"我可怜他,他连反抗(你)都不会。"

初原的老师也说:"难道不应该优先学习生活(技能)吗?"

妈妈坚持自己的判断:"初原跑马拉松的时候,脸上的表情不一样。""他喜欢跑步。"

她要初原参加马拉松比赛,挑战业余选手的纪录。她带着初原去拜访教练，半哄半强制地要他训练初原；她为初原制订计划，在训练过程中到场外偷窥；她对教练带初原的方式指手画脚，直到无法忍受而把教练赶走……

当所有人都指责、劝阻她的时候，她却毅然把初原送上了马拉松的赛场。

但是，初原在比赛途中晕倒，被迫退出了比赛。

当妈妈跟着救护车奔跑的时候，她意识到她可能失去他！她也意识到，初原的腿可能"价值连城"，可他的身体却并非"战无不胜"——他会累，他的腿会疼，他的心脏会受不了。教练的警告并非危言耸听。

或许对于妈妈而言，更伤心的是：他跑得再快，他还是有孤独症。

在地铁里，一个人出行的初原把年轻女孩的包臀裙当成斑马的花纹抚摸，被女孩的男友殴打。当妈妈扑上去阻拦时，倒在地下的初原忽然大声喊起来："我的儿子是一个特殊的孩子！"他用力喊着，就像以前很多次他闯祸时，妈妈做的那样……

妈妈终于明白：即使他努力在赛场上胜过别人，他在生活里也还是要一生受人照顾、同情甚至歧视责难。她后悔一直逼初原跑步，后悔把他带上这样一条艰苦而危险的路。

她辞退了教练，把初原送去接收特殊孩子的庇护工厂，让他像其他所有特殊孩子一样学习简单的手工，在流水线上工作，过安全平静的日子，再也不用在烈日下汗出如浆地奔跑，承受心跳欲裂的痛苦和危险。

完了吗？

没有。

作为一个孤独症孩子的母亲，我承认我一直看得很激动，但直到初原站在宿舍的电风扇下面，抬起头，闭上眼，迎着风练习跑马拉松的步伐时，我才第一次流泪。

不管是因为什么、怎么样踏上这样的一条路，不管母亲做得是对还是错，这一刻，初原自己做出了选择。没有人相信他这样一个孤独症孩子会喜欢跑步，就连妈妈也认为是自己强迫初原才会有这样的结果。但是，初原一个人去参加了春村马拉松比赛。他不懂得危险，他的技术还不够成熟，但这就是他最想要做的事。

妈妈赶来，用"你晕倒他们会给你打针"吓唬他，可是初原说："我不会晕倒的。"

妈妈流着泪恳求："我错了，不要跑了，我们回家吧。"

可是初原说："我们比赛结束后集合坐大巴。"

他长大了，像所有成年的动物一样，要独自面对所有的危险和挑战，再也不受母亲的保护和控制。

出发的枪声响了。

初原紧紧盯住妈妈，不断地说"初原的腿""初原的腿"——他在祈求母亲的祝福。

妈妈终于松开手，说："价值连城！"

我们真的不了解我们的孩子，就像我们不了解孤独症。

所有的母亲都想要保护和教育自己的孩子。这种保护和教育，当然是想要孩子有更好的出路，有的时候，也仅仅是"想使自己心里舒服一点"（电影中妈妈的话）。

我们有时候会做对，有时候会做错，在应该保护孩子的时候拼命把他们往外推，应该放手时却死攥着不撒手。

我们的孤独症孩子，就是在我们的保护、教育和控制中长大，承受我们加诸他们的一切。不管对错，他们照单全收。

谁来告诉我们什么是对的，什么是错的？

是孩子自己用成长回答了这个不解之谜。

初原小时候，妈妈把他带到雨中教他什么是雨。初原无动于衷。十几年后，妈妈生病住院。初原隔着玻璃看到妈妈昏睡在床上，忽然冲到门外的雨地里，学着妈妈伸手接着雨水，说："雨，瓢泼大雨……"

原来，不管我们教了什么、怎么教的，都会在他们的生命当中留下痕迹。

原来，不管我们有过多少失误，他们都会一直爱我们、信赖我们。

原来所有的生命都有向上的欲望和成长的野心，即使是母亲，也不能左右。与其纠结对错，不如相信我们的孩子，接纳他们的特殊，支持他们的努力，赞赏他们的成绩。

这场马拉松，一开始是我们带着他们，教他们，敦促他们，逼他们、哄他们往前跑。后来，是他们带着我们，坚定刻板却无比快乐地往前跑。

孤独症被人们发现仅有半个多世纪的时间，我们对孤独症和孤独症人士的理解还太少太少。我们需要更多地倾听他们的心声，理解他们的感受，帮助他们表达，尝试用各种方式支持他们的生存和发展需要，不是把他们当作"异类""天才""怪物"，而是当作和我们一样具有平等权利和尊严的人。

孤独症是复杂的。人类在认识孤独症、理解孤独症的过程中犯过无数错误，即使是现在，我们仍然无法确定我们所做的一切完全正确。我们曾经希望"治愈"他们，将他们拉回到"正常"的轨道上来，但我们终于能够理解和接纳他们的不同，支持他们以自己的方式生活，我们从他们身上学到的比我们付出的要多。

我们在理解他们的同时更深刻地理解了自己，理解了我们生活的世界。

孩子，当你按照自己的样子被接纳，在你的笑容里，彰显出世界的奇妙和造物主的美意。

佑佑的故事：让我听到你的心声

程天佑：我想对你们说

我是一个你们说的孤独症小孩，我想对你们说一点心里的话。

* 佑佑的作文《我想对你们说》

我妈妈经常说我是一个"外星人",因为我不跟别人沟通交流。我不想妈妈这样说我。我没有懂别人心理活动的能力,我在人群里很寂寞,我不知道别人怎么看我。我一个人的时候,有很多很多想法。我想妈妈是不是因为我和别的小孩不一样而不喜欢我。妈妈说,一棵大树上没有两片一样的树叶,世界上没有两个一模一样的小孩,每个小孩都是独特的。我想别人不了解我,无法帮助我,只有妈妈最了解我,我跟妈妈说话没有压力和障碍。我是一个小孩,没有办法与这个陌生的世界抗争,我只有在妈妈的庇护下小心翼翼地生存。

我希望你们(没有孤独症的人们)给我一点点宽容吧。我不能控制情绪,当我在外面发脾气时,你们假装没看见,我心里很感激你们。我希望长大了,有一个地方让我工作赚钱，回报我的妈妈。我希望能看到我长大后有一个幸福的家庭，有老公，有老婆，有小孩，这样我就心满意足了。

"我想你把我写得聪明一点"

6月底，我和安徽的佑佑妈妈在网上聊她为儿子选择学校的事，然后我写了一篇文章，按自己的习惯发给采访对象看。

佑佑妈妈回复我说："我给佑佑读了你写的文章，他对我说：'妈妈，我觉得我比文章里写得要聪明一点。'"

我有点吃惊："他看得懂我写的文章？"

她说："是的。"

为了证明这一点，她让佑佑通过微信发来一段语音。

我听了，心里十分难受：佑佑的发音重浊古怪，不分轻重，再加上他有口音，根本听不出来他说的是什么——显然这是一个"低典重"的孩子。

我对佑佑妈妈说："他不是会写字吗？你让他把要说的话写出来吧。"

随后，妈妈发来这样一张纸条：

张老师，我看了你写我的文章，我觉得我很聪明古怪，我想你把我写得聪明一点。

我很吃惊，我教过一段小学生的阅读写作课，知道"聪明古怪"这样的词汇通常不是大人能想出来的，这是孩子的语言。这孩子对抽象词汇的理解和运用好得有点出奇。

我强烈建议佑佑妈妈引导佑佑把自己的想法、自己想说的话写出来，因为很多孤独症孩子的书面表达要比口语流畅得多，但直到那时为止，我仍然不明白自己遇到了怎样一个特殊的孩子。

我们都小看你了，孩子

两周后的一天晚上，佑佑妈兴奋地对我说："张老师，你看我儿子写的作文。"

"我是一个你们说的孤独症小孩，我想对你们说一点心里的话……"

这是一篇题为《我想对你们说》的短文，表达清晰、用词准确，生动地体现出一个特殊孩子敏感、自卑又渴求肯定和善意回馈的心灵。作者对自己情绪、情感的认知，对内心世界的描绘，胜过很多"正常的"同龄人。

这篇堪称优秀的短文是怎么写出来的呢？

据妈妈介绍，她让佑佑想一想有什么心里话要对周围的人说。佑佑构思了两天，把自己的想法先对妈妈说了一遍，然后自己写了出来，整个过程一气呵成。妈妈只给他改动了一个词，把"保护"改成了"庇护"。

然而，这只是开始。

短短几天时间，佑佑的灵感就像开了闸门的洪水一样，不断给我们带来惊喜。"2017年7月16日这一天，我变成了一个悲伤的小孩。"在一篇题为《悲伤的小孩》的短文中，他解释了自己前一天晚上发脾气、哭闹的原因：因为妈妈答应带他去上海但是爸爸反对，他不想被丢在家里，所以非常失望和沮丧，就哭了。直到爸爸保证带他去上海才高兴起来："我想你早点有这个态度，我也不用浪费那么多眼泪了！"他心满意足地写道："悲伤的小孩又变回快乐的小孩。"

后来，我给佑佑写了一封信，向他提出八个问题。回答这些问题，需要回忆、假想和选择，他完全理解了我的问题，并很快做出了简明扼要的回答。

读着他写的这些文字，我能够感觉他的快乐与悲伤、沮丧与期盼，感觉到那个试图挣脱禁锢、自由飞翔、不屈不挠的勇敢心灵。

抱歉，我们都小看你了，孩子。

"很高兴我有一个好妈妈"

佑佑妈告诉我，佑佑是一个口语很差的孩子。他在 2 岁 1 个月时在南京被确诊为孤独症，之后由妈妈和奶奶陪伴，在南京、青岛、合肥等地一共培训了四年，6 岁才回到家乡。

佑佑在他的第一篇作文《我的老虎妈妈》当中这样回忆在外地训练的生活：

> 我小时候在外地训练，机构的家长都叫她（我的妈妈）"老虎妈妈"。每天晚上她都要给我上课，让我记住白天上课的内容。如果我忘记了，妈妈就大发脾气，对我又吼又叫。我像一个后妈带的可怜的小孩子。……

我向佑佑妈妈求证，佑佑妈笑了："佑佑是 3 岁到以琳的，那时我有一种与时间赛跑的紧张心态，白天在学校上九节课，晚上至少再上一小时。以琳的每月升组制让我感到压力很大，看到一起的小朋友进步到高组别，我们还在原地踏步，不知不觉对孩子逼得更紧了。记得有次球技课他连续拍了 80 个球，没有达到我要求的 100 个球，我大发脾气。他瞪着惊恐的眼睛看着我。旁边的一个妈妈看不过就说我：'佑佑妈，你太过分了，我家儿子连 8 个球都拍不了，人家拍了 80 个你不夸他就算了，还骂他，瞧把孩子吓得。'教感统的老师说我是全校第二的魔鬼妈妈，这就是'后妈'称号的来源吧。"

儿子眼中严厉的"虎妈""后妈"，其实是一个在工作和孩子的训练当中竭尽全力拼搏、高速旋转有如陀螺般的超人妈妈："自孩子 2 岁 1 个月在南京脑科医院开始训练，我的世界就变得非常简单，家—机构—单位是我不变的活动轨迹，孩子的训练和状态是我高度关注的，几乎占据了我全部的精力。我是一名护士，在合肥训练的两年里，我每周坐绿皮火车在两个城市之间来回奔波，周一到周五带孩子训练，周末两天回蚌埠上班。这种工作模式一直延续到现在。"

幸好，长大的佑佑终于理解了妈妈的苦心，妈妈也在陪伴和教育孩子的过程中磨炼出耐心和技巧，现在"后妈"终于变成"亲妈"，佑佑也在这篇作文的最后写道："我很高兴，我有一个好妈妈。"

受困于沉默躯壳的美好灵魂

让妈妈苦恼的是，聪明内秀的佑佑，因为口语能力差，在周围的环境里处处碰壁。

"在合肥上了一年幼儿园，老师、园长都很好，小朋友完全没有意识到佑佑和他们有什么不同，没想到回来后本地的包容接纳太让人失望了。"

从最初孩子确诊时经常想到自杀，到后来在以琳和众多家长同病相怜、抱团取暖，佑佑妈妈自认已经足够皮实，但是她承认，从合肥回来带佑佑找幼儿园的那一段日子是她最绝望无助的时候。

佑佑是个很要强、很敏感的孩子，他很早就知道自己和别人不一样，非常想要和别的孩子一样。为了练习说话气息，他刻苦练习吹长笛。但是，"不会说话"这四个字就像最严厉的魔咒一样把他天真的向往紧紧地禁锢住了。由于无法顺畅地沟通与表达，他表现出来的就是自控力差，容易兴奋，情绪大起大落，很容易被外界左右。

"最严重时就是从合肥回来刚开始上蒙氏幼儿园期间，他情绪非常不稳定，发生了咬人的事件，把幼儿园的一个19岁的女老师咬了。那个小姑娘吓得辞职了。我和佑爸提着东西到人家里赔礼道歉。园长因为女儿是聋儿，比较理解我们的心情，总算没有赶他走。"

到了上小学的时候，考验又来了。

佑佑出生的时候，父母为了给他最好的教育，买下了当地最好小学的学区房。当佑佑到了入学年龄时，学校的老师来家里探访，询问佑佑为什么不去报名上学。

佑佑妈妈如实地说了孩子的情况，并问老师学校是否允许陪读。老师说原则上不能陪读；如果一定要陪，需要到教委开证明。

佑佑妈妈倒不怕开什么证明，但是她到那所小学去实地考察过，一个班级有六七十个学生，教室里挤得满满的。她觉得那种紧张和嘈杂的环境并不适合佑佑。再说她和佑佑爸爸都要上班，双方老人年事已高，即使学校同意陪读也没有人能全天陪着佑佑。请人也不现实。

怎么办？

她是我的读者，读过我以前在以琳论坛上写的乐渔上学的故事，记得我讲过的一句话:"如果你养的是一只陆龟,那么就不要把它丢进大海里让它学游泳。"

她联系了当地唯一一家特殊学校。带佑佑去报名的时候,佑佑很喜欢这个漂亮安静的学校,家长也对学校的良好设施和老师的耐心印象深刻。

现在,佑佑已经上二年级。特校的教材以社会适应和支持为主,功课对于他来说完全不成问题,课余也有更多的时间、精力和妈妈一起学习阅读和进行生活训练。

在学校里,他最喜欢在操场上体育课。刚上学时,有几次体育课下课了他觉得还没玩过瘾就不想回教室,老师没有办法只好把妈妈叫来。后来他慢慢懂得了什么是"课堂"、什么叫"遵守纪律",再也没有发生过这样的事。

他最喜欢上语文、体育和唱游律动,最不喜欢上手工课,因为精细动作是他的弱项,凡是需要精细动作的课程都让他头疼。

在班上,有唐氏和智力障碍的同学对他很热情,主动和他说话,找他玩。

刚刚结束的运动会他参加了两个项目——二人三足和无敌风火轮,在同学、家长们的欢呼中玩得兴高采烈。

他讲的话仍然只有很少的人能听得懂,在人群中他有时还是那样格格不入。

如果不是一个偶然的契机,让他用笔写出心里所思所想,我们可能永远不能接触到他的内心世界,不能觉察到他封闭在沉默外表下的天赋宝藏,也不了解我们的肯定和否定、尊重和漠视对于他来说,究竟意味着什么。

"我觉得佑佑的灵魂被困在一个不被自己控制、不能摆脱的躯壳里。我能感受到他的痛苦。也许写作能让他找到灵魂和身体统一的感觉。"佑佑妈妈说。

在国外,陆续有凯丽(美国)、东田直树(日本)这样的无口语的孤独症人士通过打字的方式与外界沟通,创作出受人欢迎的文学作品,表现出他们敏感、丰富的内心世界,但是为什么在国内却没有类似的案例报告?《虚构的孤独者:孤独症其人其事》的译者池朝阳博士认为:"有一个可能就是我们的老师、家长和专业人士不相信孩子有这样的天赋,所以没有这方面的省察。我想,很多被正式诊断为有重度孤独症,外表看来具有严重智力障碍,又表现出很多行为问题的孤独症人士,很可能具备超出我们想象的思维能力。"

天天和他的"魔法学校"

9岁的天天在"魔法学校"已经上了两年学。

"魔法学校"是一所只有十几个孩子的家庭学校,就设在天天家小区内的一所民宅中。

每天,天天和妈妈一起去上学。上午有两节课,按照每个孩子的不同情况制订不同的学习计划和内容,以自学为主。有问题的时候,老师会进行个别辅导和讨论。下午有一节阅读课,让孩子自己选书阅读,有时候让孩子自由命题写一篇作文,然后大家朗读、互相提问、讨论;还有一节是自习课。

妈妈在学校里主要负责辅导天天的学习，还带着他和其他孩子轮流买菜、择菜、洗碗、整理房间和图书角，调解纠纷……

学校每学期会有一两次为期一周的徒步旅行。天天跟着大家出去过六七次，到过安徽、浙江、广西、云南等地。天天妈妈感觉孩子的进步很大："他的社会能力有很大进步，自理能力强了，也更有自信了。"

除了在魔法学校的学习，天天还参加了一个绘画机构的融合班。

除了学校小一点、同学少一点之外，他的生活和其他学龄孩子没有什么两样。魔法学校的负责人田志明老师这样描述天天两年来的进步："他刚来的时候显得比较局促，似乎对这个世界有些无所适从。但现在他比较从容，对于所处的环境他有相当大的把握，知道自己的行为会引起什么样的后果。这让他更加自在，感觉更好，更开心，更有自信。"

"我觉得他的这些成长和进步，自信、从容、社会技巧的提高，和他在魔法学校这样一个开放的、真实的环境中有关系。"田老师说。

他曾经是个"问题儿童"。

田老师第一次见到天天，是在他组织的一次爬山活动中，天天和爸爸与学校的其他孩子一起爬学校附近的一座小山。

"那一次爬山给我的印象是：天天的性格比较固执，一旦自己有了一个想法就会坚守不放，很难被说服，也很容易陷入自己的情绪中。还有就是他非常想要控制他的爸爸，他的爸爸基本上是顺着他。"

田老师试着和天天交流，希望能尽可能多了解孩子，并和他建立起信任。他观察到天天和其他孩子的互动交流不是很多。"总的来说，当时我觉得天天是一个很黏爸爸、社交有一些困难、比较固执的孩子。他的身体和运动能力还不错，也许心理年龄比较小。"

天天刚上幼儿园的时候，因为多动、话多、不守规矩，被幼儿园老师怀疑是孤独症。他休学了一阵，后来虽然断断续续上幼儿园，但一直被当作"问题儿童"。上小班时他会在楼里各个班级里乱跑，上中班、大班时会在教室后面跑，一个人玩水龙头。他没有朋友，有孩子故意欺负他也不知道如何应付。老师管不了他，也不允许家长陪读。每当有公开课和大型活动的时候，天天只好请假在家，不去给老师"添麻烦"。

天天上了小学。第一天老师就叫家长去学校，让天天转学到特殊教育学校。以后"请家长"更成了家常便饭，告状的理由也五花八门：不会写字、不会做操、多动……天天妈妈争取到陪读，但不被允许进教室。如果天天有行为问题，老师就让妈妈把他领回去。

或许很难责怪那些老师，幼儿园和小学每个班至少有三四十个孩子，老师自然以"维持秩序"为第一要务。要在没有特教资源支持的情况下接纳和教育天天这样的孩子，太难了。

田老师和天天爸爸是朋友，他知道天天有孤独症。通过初步观察，田老师觉得，天天有可能适合到魔法学校上学，但需要更进一步的了解。"因为魔法学校的环境比较宽松，包容度也比较大。我们有害羞的孩子、开朗的孩子、调皮的孩子，还有过一个全盲的孩子。一般我会把这些不同视作孩子的个性。同时，魔法学校的一个建设目标就是构建一个模拟的小社会。"但田老师也坦承，天天能否坚持下来主要取决于两个方面：一是学校是否有足够的能力和资源帮助天天；二是天天能否和其他孩子相处。

"我把他看作成长缓慢的普通孩子"

在学业上，由于魔法学校的个别化教学方式和天天妈妈的辅导，天天没有遇到很大阻碍，他的麻烦总出在与人相处上。

"开始的一年半里，天天跟同学关系很紧张。那个时候他自身情绪不稳定，自我调节能力不足，同学里有人爱故意惹他。他基本上是一点就炸，然后大哭大闹。我只好带他回家。"天天妈妈这样描述。

天天很喜欢魔法学校，发自内心地想和同学们一起玩，但是他缺乏交际技巧和自我控制能力，和大家玩不到一起。他越是努力想加入，效果越差。这时他会生气，骚扰别人，搅乱秩序。经过长期反复的磨合，他学会了想办法、提建议、做交换，但有时候效果不佳，就又会回到哭闹的老路子上去。

在这方面，田老师非常坚持："我觉得对于天天，其实对于所有孩子都一样，宽容和规则都是非常重要的。所有的孩子，包括天天，都知道规则的重要性。"

如果天天违反了规则怎么处理？惩罚。魔法学校的规则是孩子们参与制定的，通常很宽松，但执行起来却很严格，谁也不能随便违反。

最让老师头疼的是天天的一些难以纠正的行为问题，比如，拒绝承认明显的过错，在不恰当的时机极度唠叨。这些都令年轻的田老师抓狂。"我有时候会发作，用严厉的语调教训他，罚他站在教室外面。"事后，田老师会思考并且调整自己、调整环境，更冷静地处理天天的问题。

经过长时间的教学,他逐渐看到天天在遵守规则方面的进步:"如果你问天天他是否做错了事情,他从来都不会承认自己错了,即使事实非常明显。但是,现在如果真的是他错了,他会甘愿受罚,即使他嘴上不承认。"

天天的另外一个进步是在游戏中很少搞破坏了。虽然有时候还是有不愉快的情况发生,但现在天天更多地是通过协商、请求和有策略的温和行动谋求加入游戏或者达到自己的目的。

作为学校的主任教师,田老师尽可能把天天当作一个普通的孩子来要求。"我把他看作成长缓慢的普通孩子,暂时可能还不会有和他年龄相称的行为表现,需要一些耐心和包容。当天天的行为对其他孩子造成困扰,无法用一视同仁的规则来对待时,我也会这样解释给其他的孩子听,并且赞扬和鼓励他们的宽容。"

天天自己非常希望被作为一个普通的孩子对待,也愿意为此努力。天天整天兴致勃勃地跟着大家"混",把推推打打都当作"玩",并不生气。有时候别人生气了,他也看不出来。

学校里有个叫承承的孩子,善良而有协调能力,经常带着他玩,还在孩子群里为他说话。天天想学轮滑,承承就带着几个孩子每天教他,和他一起滑。天天很快就学会了。承承和天天的互动起到了很好的示范作用,很多孩子从此发现:原来还可以这样和天天相处。

"虽然天天常常会惹恼同伴,让老师和家长们苦恼,但另一方面,天天也有很多让人开心的方面,比如,他笑起来很灿烂,他的单纯和笨拙有时看上去很搞笑,这些都让人开心。某些时候他也会表现出让人赞叹的聪明和机智。大部分时候他看上去很混乱,但有时候他能表现出让人赞叹的条理性和一贯性。他非常喜欢为大家服务,想要照顾别人,虽然不管别人是否想要。最让我感动的是他的真诚,他非常喜欢自己、接纳自己,并且完完全全地忠实于自己。在这个虚伪的世界上,他的真诚就像一道撕裂夜空的闪电。"

"所有这一切,好的和坏的,我们都接受了。"田老师认为,"如何与天天相处"也是其他孩子在魔法学校学会的课程之一。"对于其他孩子来说,虽然很多时候受到困扰,有时候还很生气,但是他们也学会了如何与他相处,如何调整关系,掌握分寸,什么时候宽容,什么时候忽略,什么时候接纳,什么时候反抗,什么时候自己解决,什么时候告诉老师。这些对他们都是社会技能的训练,天天在惹恼他们的同时也让他们更加成熟。"

继续融合还是在家上学

新学期又要开始了,对于特殊孩子的家长,真是亦喜亦忧:喜的是,孩子在集体环境中度过又一年;忧的是,今后的路要怎么走?

由于融合教育的大力推进,孤独症孩子进入普通小学和普通孩子一起学习已经不再是难以实现的梦想。但是,对于大多数谱系孩子来说,在普通学校里学习仍然有很多实际的困难。随着年龄增长,学业的压力逐渐增加。到了小学高年级,有相当多的孩子已经跟不上学业。在课堂上听不懂,或者听不进去,作业变成沉重的负担,在学校里的生活也变得乏味无聊。在九年制的义务教育里,他们还有很长的路要走,他们要怎么办?家长怎样做才能有效地帮助他们成长?

为进一步了解这个问题，我接触了一些在小学高年级或初中就读的孤独症孩子的家长，他们不约而同地提出：孩子在学校上大部分文化课是浪费时间，还增加了心理上的压力，能不能干脆"在家上学"，或者在学校只上音乐、体育、美术等副科，主课时间由家长安排孩子学习其他的功课和技能？

当然可以。"在家上学"在国外也是一个可以选择的教育方式，在国内更是方兴未艾。很多普通孩子的家长，都在做这样的尝试。对于强调个别化教育的特殊孩子来说当然也可以尝试。

问题在于，"在家上学"没有现成的模式可循，对家长的教育能力是个极大的考验。而大多数家长，除了会给孩子"补习功课"以外，其实并不知道应该教给孩子什么，也不懂得如何教。比如，有家长提到可以带孩子一起看绘本。目前，绘本在普通教育和特殊教育里都会经常用，区别在于，特殊教育的目的并不是要教孩子"会看"绘本，而是把它作为掌握实用技能的认知基础和辅助手段。而希望通过绘本教育孩子明白什么"道理"、掌握多少字词，明显是普通孩子学习的路子（而且不一定是有效的学习方法），很容易变成加料的语文课外阅读理解。

再比如，有的家长提出想教孩子"包饺子"。这是一个很好的项目，但是如何教呢？是简单地教一下"怎样用皮包住馅再捏住边"，还是从认识各种材料工具开始，到如何买菜、如何配料，最后到"怎样才算是煮熟"，围绕制作饺子的流程，根据孩子的实际能力设计一系列的课程？这考验的是家长对于教育目标的理解、对孩子能力的了解以及近乎专业水平的课程设计和实施能力。

难吗?

其实也没有那么难。在明石洋子女士写的"与自闭症儿子同行"育儿三部曲当中,很少看到她直接教有孤独症的大儿子彻之如何认字、如何做算术,相反,她带着孩子做家务,教他清理个人卫生、整理自己的物品和房间;在他逐渐长大的过程中,她在结构化的生活安排之下,教会他作为一个人如何遵守时间独立地、得体地生活,作为兄长如何关爱自己的弟弟,出门如何坐公交、如何认路;与人交往如何行礼;去外面的小店帮忙扫地如何得到别人的允许……这样,彻之虽然没有考上全日制高中,但他通过补习学校也拿到了高中毕业的文凭,而且通过统一考试,成为一家养老院的优秀员工。

2011年3月11日,日本发生大地震时,彻之正在上班。在突如其来的大灾难面前,他和同事一起安顿好养老院的老人,并在地铁停运、电力和通信中断的混乱状况下,镇定自如,步行几个小时安全回到了家中。

这样的生存能力,正是我们的孩子最需要的。

作为成年孩子的家长,我们都做过自己的孩子"和别的孩子一样"的美梦,也为之做出过很多努力。现在回过头去看,我们在学业和社交等方面未免给了孩子一些过多的、不必要的压力。这样的压力,对孩子的身心健康不利;这样的蠢事,不希望后来的家长再重复。跟在主流教育后面亦步亦趋是没有前途的。我们的孩子现在能够在社会上和别人一起生活、交流、共处,不是因为他们变得"和别人一样",而是他们具备了适应社会生活的能力。

"中国很缺乏真正的个别化教育",这是与中国孤独症群体同行二十余年的孤独症专家海伦博士的深切感受。在她看来，主流的教育过于强调课业成绩，给家长和孩子造成了太大的压力；而机构或者教师为了"跟上主流"，可能会在训练当中给孩子提出太高的目标和太难的任务。为了完成这样的任务，家长就会一直辅助、辅助、辅助，甚至替孩子去做。这样的模式会令孩子感受不到成就感，因而更加被动。因此，她对国内的家长有这样的忠告："不要一直训练你的孩子。我们要争取给他们机会上学，给他们机会参加社会上的活动，给他们机会学习。"

对于我们而言，最重要的是要破除心中的迷障：对于即将成人的大龄孩子，不要再把认知，特别是与功课有关的认知放在教育的首要位置上，而是要把"适应社会生活"的能力提高放在第一位；家长要从教育者或者辅助者的角色蜕变为孩子的心理支持者、资源提供者和成长伙伴。否则，"在家上学"和"在学校混日子"并没有本质的区别。

"适应社会生活的能力"没有一个固定的内容和模式，它首先基于每个孩子的自我接纳和自我发展的需要。如果一个孩子没有内在的学习动机，再好的教育方法都事倍功半。这一点，一直陪伴、辅助孩子们读书的家长应该深有体会。因此，要让孩子在学习当中得到快乐和成就，就再也不能用机械的单调的方法去"教"技能，而是要有创造性地运用各种机会和方法，把单一的技能和丰富的社会化的活动结合起来。在家上学，不是像武侠小说里那样隐居深山修炼神功，而是把在学校的融合教育泛化到社会当中，在生活当中学习技巧，发展才能。

这个转变很难,毕竟我们一直是把"回归主流""和其他孩子一样"作为康复的目标。随着孩子接近成年,他的能力、水平已经开始定型,未来成长方向的分层和分流即将开始(对于普通孩子也是一样,以未来就业为导向的分流与分层从初中就开始了)。随着支持性就业、庇护性就业以及日间养护、全日制托养项目的出现,孩子们的未来将会有多种生活和工作方式可以选择。我们应该做的是遵循个别化教育的原则,从孩子的实际能力出发,为他设计提高能力、学习技能的项目和方法,寻找适合他们的成长方向。

我们生活在一个快速变化的时代,人们的生活方式、工作方式乃至教育本身都在急剧变化。在特殊教育领域,个别化教育、支持生命全程的教育目标对教育者提出了新的课题和挑战,家长、机构和教师都必须做出相应的改变。希望大家都能看到这一点,抓住机遇,走在变化的前端,为自己和孩子创造更多的机会。

"现在越来越多的人在学习特殊教育,机构也越来越多。我希望大家能好好想一想,不要像在跑步机上一直跑,没有时间停下来思考。我希望学校接收每一个孩子之后,能够真正面对他们每个人的特点,而不是认为他们必须改变成为普通人。"海伦博士如是说。

支持性就业:一千场春雨和一千个春天

2017年9月29日,中国精协孤独症家长委员会秘书长、SAP项目负责人冯新发布的一条消息在孤独症圈中被疯狂转发:

@所有人

世界500强企业思爱普SAP"自闭症人才计划"第一轮面试已于28日顺利结束。

来自辽宁、广东、山东、陕西、天津和湖南的六名候选人经历了5小时的考评工作坊,表现良好。

这六位孤独症少年代表了孤独症人士职业发展的新的可能性,对全国孤独症人士和家庭都是良好榜样和积极鼓励!

六个候选者,其中四个通过初试,即将加入SAP公司北京总部进行为期一个月的实习。对于苦苦寻找就业支持的中国家长来说,这是一个里程碑式的胜利。

时间回溯到2017年4月27日——全球领先的企业应用软件解决方案提供商德国SAP(思爱普)公司宣布,在中国正式启动"自闭症人才计划",将与中国精神残疾人及亲友协会、北京星星雨教育研究所携手帮助孤独症人群挖掘培养天赋和才能,为他们创造工作机会。

这个消息在全国孤独症家长当中如一石激起千层浪。

相会在北京

当冯新亲自打电话给何子的时候,何子正在犹豫要不要替越越报名参加SAP公司招收孤独症员工的测试。在她看来,越越离"世界500强企业员工"太远了。

越越2017年在深圳一家职业技术学院毕业,专业成绩还不错,但是何子觉得他比较容易焦虑,特别是面对就业压力,他的情绪时有起伏。如果让他单独到某个单位去工作还是有一定的困难。

冯新已经直接跟越越通过电话了。她对何子说:"孩子的能力很好,很有上进心,你不要拖他的后腿!"

9月26～27日,越越在北京和其他五位孤独症人士一起参加了SAP公司举办的面试。这几个孩子都是孤独症圈里的"名人",也是同龄孤独症人士中的佼佼者。越越在面试时认识了新的朋友——大他一岁、面相憨厚、热情乐观的佳洋。佳洋23岁,来自大连,毕业后已经在社会上工作了一年。他在六个应聘者中社会经验最丰富、表现最从容。

面试从上午10点持续到下午3点,中间有40分钟的午餐时间。越越非常认真地对待这次面试。在走进大楼前,他拍摄了建筑的外观发到朋友圈,配文:"相信自己,总能做到!我迈出了第一步!"

经过近5个小时的面试,最终,包括越越在内的四名候选人通过了第一轮面试,进入SAP公司北京总部进行为期一个月的实习。

越越的就业准备

从越越上大学三年级起,何子就在为他的就业做准备。

假期里,越越在深圳图书城找到了一个暑期临时工作。刚入职的时候,经理说他们中午可以休息一会儿。越越理解的"休息"就是"躺下来睡觉",于是有一天,其他部门的一个经理经过,发现他躺在工作间里,大吃一惊,问道:"你是哪个部门的?为什么躺在这儿?"经理将他批评了一顿。越越莫名其妙:"不是说中午可以休息的吗?"最后还是一个熟悉的老员工告诉他:经理说的休息只是喝杯茶、坐一会儿这种"小憩",而不是他理解的"睡午觉"。

越越努力适应工作，和同事也相处得不错，但是因为一件小事，他还是产生了深深的挫败感。在向一对年轻顾客介绍音乐光盘后，他受到了同事的责备：因为他的介绍方式过于详尽，可能导致顾客只欣赏音乐，不买光盘。

可是越越想不通：让喜欢音乐的人欣赏到自己喜欢的音乐有什么错？他感到委屈，更为自己不能理解同事的要求而沮丧，把自己关在房间不停地自责："我真没用，我什么都干不了！"

在这种时候，家长往往说什么都没有用，只有等，等待他冷静下来。

越越慢慢平静下来，接受了心理疏导，尝试从"卖家"的角度来思考问题。

"他们就是需要一点一点、一步一步地在实践当中学习、体会职场的规则。"

越越终于平安度过了剩下的工作时间，还拿到了平生第一笔工资。

实习还是相对单纯，但要联系单位，递交简历，参与面试、笔试，对越越来说，真是压力太大、太难了。

最后一个学年，妈妈开始关注各种招聘会，希望越越去感受一下气氛，但是越越非常紧张、焦虑。第一次去招聘会的路上，越越突然情绪崩溃，大哭起来。"我这才感觉到，他承受的压力和我们感受到的压力根本不在一个量级上。"何子说。他们果断折返。第一次尝试就这样夭折了。

过了几天，学校里也有了招聘会。妈妈跟越越商量：不带简历，不用跟别人交流，只是去看一看，好不好？

越越由妈妈陪着来到招聘会现场附近,他还是很紧张。这时,几个平时在"义工联"一起活动的同学来了,他们跟越越打招呼:"你来参加招聘会?哎呀,你都要毕业了?!来合个影吧!"

他们说说笑笑合了影,又去会场找别人,越越也就很自然地进入了招聘会现场。在现场,他们遇到同专业的同学,同学说这回没有什么与他们专业对口的工作,都是其他专业的。越越松了一口气,开始随着人流四处走动。他注意听别人如何交流,看同学们如何挑选有兴趣的单位,如何递交简历。妈妈从招聘展位的角度窥视他,发现他坐在那里很认真地和招聘单位的人交谈,并送出了两份简历。

在第一家招聘单位的展位上,越越问:"你们对社交能力有什么要求?我在这方面有不足,但我到了工作岗位上会努力改进的。"

在与另外一家单位的交谈当中,对方问他有没有做过某个项目,他回答说:"我没有做过,只在课堂上编过程。"随后他说:"对不起,那我就是没有经验。"于是他把已经送出的简历又要了回来。

"人家都是拼命展示自己的优点,他却太……这也显示了他的自信心还是不足。"何子这样总结。

春种秋收

其实,早在一年前,何子就听说了 SAP 这个项目,也提前给越越做了很多心理建设。"我们不能一次给他太多内容,那样他接受不了。"

"我们提前一年就埋下了种子。对于我们这种孩子,对于支持性就业,一场春雨是不够的,要无数场春雨;一个春天是不够的,要无数个春天。"

他们提前来到北京，在融爱融乐心智障碍者家庭支持中心接受支持性就业专项培训，一共做了三次面试辅导。"第一次他特别紧张。经过三次，他轻松多了。"

真正的面试到来时越越还是紧张。越越告别妈妈和其他候选者一起走进电梯，当电梯门关上的瞬间，妈妈听到他对冯新说："我的皮鞋破了。"

"这会不会让他发挥失常？"何子的心一下子提到嗓子眼儿。

面试持续了5个小时。中间冯新发了一张图片，妈妈看到越越在看说明书，而其他人已经开始动手，更着急了，怕他进入不了状态，时间掌握不好。

事实证明，妈妈的担心是多余的。面试官当着妈妈和越越的面公布了面试结果——他成功进入下一轮培训。

然而，最后也是最简单的环节越越却差点出了大纰漏。面试官问他喜欢不喜欢SAP的这个环境，越越却以为对方是在问他喜不喜欢北京。他想：我是南方人，我要在北方生活吗？北方冬天那么冷我能适应吗？我的嘴唇会不会干裂？他被这个念头缠住了，所以第一个反应是：不，我不喜欢。后来想想又不对，他又去找对方解释：我只是想说我不适应北方的环境。

"道理他都懂，但有时候他的思维就是这样会被种种琐碎念头纠缠住，抓不住重点。"何子笑着摇头。

后来他又问："如果我被录取了，能派我到南方吗？"

面试官说："我们可以过四个星期之后再来看这个问题。"

＊李佳洋剪纸作品

佳洋是大连东软信息学院2016届毕业生。毕业后进入大连市馨爱公益基金会工作,后来又在一家商店兼职。2017年夏天,他参加融爱融乐的支持性就业项目培训,独自一人在北京生活了两个多月。对于一个23岁的年轻人来说,这是难能可贵的。

"我觉得佳洋需要学习和别人沟通。让他独自在北京租房住,和别人沟通的能力,适应环境、解决问题的能力,都可以得到锻炼。比如,他性子比较急,以前遇到塞车就急得不行,现在北京天天遇到塞车,也慢慢适应了。"佳洋妈妈说。

佳洋的独立生活能力是一点点锻炼出来的。早在大三时,他不但独立去医院看病,还陪着妈妈去看病,照顾生病的妈妈。在毕业后的这一年,他在基金会做各种文字工作,独立运营个人微信公众号,外出旅行、出差更是不在话下。

为了准备这次面试,佳洋妈妈请教了在外企工作的朋友,帮助佳洋提高英文水平。佳洋在大连的时候自己到处联系，寻找机会参加了很多单位的面试，学习各种面试技巧和礼仪。但是妈妈认为，最重要的还是参加了融爱融乐组织的模拟面试。"一次英文的，一次中文的，在各方面都设计得很详细。"

或许是有了这些历练，和其他的应届生相比，佳洋显得比较胆大、自信，也比较"皮实"。在面试的现场备有西点，其他的孩子一开始都没去拿，但佳洋胆子大，想吃就第一个去取。别人见了，才跟着过去拿。

面试官对佳洋的临场表现评价很好。

"他从小就喜欢乐高玩具，搭得特别好。"佳洋妈妈感到庆幸。

在等待孩子们面试的 5 小时里，佳洋妈妈比较坦然，她甚至说服其他两个妈妈一起出去逛了一圈。"反正也帮不上忙。"她说。

不管佳洋最后能不能成为 SAP 的员工，佳洋妈妈已经打定主意要把家搬来北京。她觉得北京的就业支持资源多，社会融合的氛围好，适合自己做的工作也不少。

"我可以去做学龄孩子的陪读老师，也可以做成年孤独症人士支持性就业的辅导员，这些都是孩子们迫切需要的；佳洋爸爸可以去当司机。佳洋有了这样的经历以后，他的就业机会也会增多。"她的心里，已经有了未来生活的完整图景。

一个人的成功，无数人的努力

作为全球领先的管理软件公司，为孤独症人士提供就业机会是 SAP 企业文化的一部分。早在 2013 年，SAP 的"自闭症人才计划"已

＊佳洋参加 IBM 障碍消除挑战赛获奖

经在全球范围开始为孤独症人士提供工作机会，迄今已在 9 个国家的 17 个城市招募了 116 位孤独症员工，从事 21 种不同的工作，员工留任率达 93%。

SAP 的目标是到 2020 年，全球招募孤独症员工 650 人。

本次在中国实施的"自闭症人才计划"当中，除了 SAP 公司派出了专业团队进行招聘、培训以外，国内的公益组织也提供了强有力的支持：北京星星雨教育研究所和中国精协承担了大量的组织、协调工作；北京融爱融乐心智障碍者家庭支持中心为孤独症人士量身打造有针对性的面试培训；星星雨的特教助理更是在项目当中为孤独症人士提供一对一的支持。

不仅是 SAP，在微软、IBM 等知名外资企业当中，招聘有专长的孤独症人士已经成为一种风气。从 2016 年开始，许多大公司开始启动类似的项目。在 SAP 宣布全球招聘 650 名孤独症谱系人士之后，Salesforce、谷歌、Cable Labs、惠普和 CollabNet 等大公司也同时跟进。这些高科技公司招聘孤独症谱系人士还有另外一个理由：这个世界有多至 10 亿的具有各种障碍的人士，如何创造产品为他们服务也是一个大的市场；招聘有障碍的人士参与开发产品，能影响其他员工对产品的理解，从而开发出更适合于这个群体的产品。IBM 还为此专门成立了"无障碍研究开发"（Accessibility Research）部门，目的是将新技术成果分享给包括孤独症人士在内的弱势群体。

更多的谱系人士进入一些小的专业公司工作。在这些公司看来，谱系人士对工作的忠诚以及对细节的执着，是非常可贵的品质。位于新泽西的 ULTRA Testing 是一家软件测试公司，他们有 75% 的员工都是谱系人员。在软件的检测中，他们的效率甚至战胜了鼎鼎大名的 IBM。

前加州劳工部长迈克尔·伯尼克（Michael Bernick）估计，全美大概有 50 家公司的雇员主要是孤独症谱系人士。

个人化的自由职业更适合大部分普通的谱系人士。新泽西的雅各布·威特曼（Jacob Wittman）和妈妈成立了自己的面包作坊——"No Label at the Table"，人们可以通过他们的实体店或者网店购买他们的食品。他们发展良好，已经开始招聘其他的孤独症谱系人士参与工作。

2017 年 11 月，经过为期一个月的培训，越越入职 SAP 上海分公司，担任技术助理。这是 SAP 在中国聘任的第一位孤独症人士。这一成果令从事支持性就业的公益人深受鼓舞。融爱融乐支持性就业项目负责人曲卓说："和其他孩子相比，孤独症孩子在支持性就业项目中的长处是比较追求完美，工作完成的效果比较好；劣势是情绪不够稳定，有可能会在工作环境中干扰他人。"

佳洋和越越的培训是融爱融乐承接的第一批孤独症人士的支持性就业项目。通过为期一个月的合作，曲卓对孤独症人士的支持性就业有了更全面的认识："我觉得孤独症人士支持性就业的难点有这几个：在家长的过度保护下，孩子独立生活能力欠缺；学龄阶段缺乏就业意愿的塑造和转衔支持；频繁的情绪波动；因社会公众对其障碍特点不了解而产生的恐惧、不接纳。"

鉴于国内孤独症人士成功就业的案例寥寥无几，很多家长都对孤独症孩子"找工作"抱着怀疑的态度，认为这种孩子最好的后果就是"好吃好喝养起来"。曲卓不同意这种观点："孤独症孩子一生都需要有人支持，这一点是显而易见的，但这不意味着他们完全没能力工作，完全没能力生活，完全没有能力自主决策。支持性就业就是要通过融合就业的自倡导行动重新定义家长和社会对他们的价值判断。不是每个孩子都适合支持性就业，但也绝不是所有孩子都不能融合就业。支持性就业为孩子的未来发展多提供了一种选择。

"从目前的案例来看，智力障碍者的支持性就业相对难度低一点，这也是因为我们从业者最初学习和实践的案例都聚集在智障群体上，所以在孤独症群体的支持性就业技术方面需要再多一些时日的学习和探索。"

据悉，北京市孤独症儿童康复协会也将成立大龄孤独症人士职业培训课题组，研发针对孤独症人士的职业培训课程体系。

"孩子们的成长和社会的进步催促着我们要不断提升团队的专业能力。家长的支持是我们坚实的后盾。"曲卓说。

十年前，国内没有一个孤独症孩子能够接受高等教育。十年后，我们有了石头、越越、小玄、欢欢、凌益洲、李佳洋……这个名单还在不断延伸。

随着孤独症孩子的成长，在他们周围，支持他们就业和生活的系统在逐步形成。起初，是一两个家长、家庭的努力，然后是爱心人士、志愿者、专业人士、公益团体提供帮助；在群体的呼求之下，公共政策向残障人士倾斜；更多的资源，更多的专业机构、专业人士提供有针对性的服务。这是一个社会自我进化、自我完善的过程。

每一个能站在职场上寻求就业的孤独症人士，都是胜利者；每一个胜利者身后，都有一个坚持不懈的支持系统，家长、学校、老师、亲友、同学、志愿者、公益机构、雇主、同事等这些人无微不至的帮助，如同点点滴滴、润物无声的春雨，让这些孤独症孩子像所有风华正茂的同龄人一样，站在一个全新的起点上，面前是逐次打开的世界之门。

这是无数人的努力换来的进步，是让人充满希望的开始。

成年养护，路在何方

1996 年，广州市慧灵托养中心针对成年心智障碍者推出一项"终身托养服务"：残障人士的监护人只要交纳十万余元，就可与中心签订"终身托养协议"，将孩子的余生托付给这家刚创办不久的机构。此后 3 年，共有 26 位家长交费签约。

二十多年过去了，这 26 个"孩子"目前都在慧灵机构当中生活。他们有管理员"爸爸"，有同组的同伴，每天有各种娱乐和学习活动，生活安排得井井有条。他们大部分年龄在 45 岁到 50 岁，最年轻的也已经 30 岁，其中已有 4 名超过 60 岁。由于父母都已去世，家属联系人已变成兄弟姐妹。

10万元在20年前还是一笔天文数字的巨款,现在看来却是一笔最好的投资,确保了这些孩子老有所依,安度余生。

然而,慧灵的这项服务已经终止,后来的心智障碍者再也无法享受与这些孩子一样的终身服务。除了政策原因外,最大的问题是心智障碍者的养老成本高昂。据介绍,目前这26名终身托养者一年的开销将近一百万元,慧灵不得不为此去募集费用。

2017年11月,由余华(小满妈妈)、罗意爸爸等孤独症人士家长发起创立的康纳洲星星小镇成年养护项目在北京举办招募说明会。全国各地赶来的家长把能容纳百余人的会议室坐得满满当当。

他们向全国招募50个家庭加入康纳洲星星小镇项目,初始投入为50万元。

对于大多数家庭来说,一下子拿出50万元确实是一笔巨款,但如果能够换来孩子安享后半生,仍然有相当一部分人愿意尝试。

2017年10月,北京慧灵在朝阳区东旭新村的社区养护点突然被要求搬迁,理由是"环境整治"。

这几年,由于旧城改造、环境整治、房租上涨等原因,慧灵的安置点已经多次搬迁,从最早的景山附近搬到二环、三环外,现在这个在东五环附近的安置点又面临危机。

激愤之下,慧灵的创办人孟维娜女士发出公开信抗议,并呼吁心智障碍群体支持她的诉求。

"慧灵等三家民办公益机构面临搬迁"的新闻和"八旬老母亲杀死智障儿"的案例共同入选了"2017年心智障碍领域十大新闻",突显成年养护问题的复杂和严重。

建在城区的成年残疾人士养护机构通常会面临一种尴尬的处境:一方面,社区安置要求孤独症人士生活在人际关系密切、有各种服务设施的环境当中;另一方面,房租和人工成本的上涨是刚性的,机构微薄的收入已经不足以支撑日益上涨的成本。

金蜗牛心智障碍者家庭服务中心负责人史慧民老师的爱人住院了。她把已经成年的孤独症女儿放在机构里,一个人在家、医院和机构之间来回奔波。

目前,金蜗牛有两处相隔不到五百米的活动场所,庇护性就业场所在一家创业园区内,另外的活动室和宿舍在附近的小区里。金蜗牛用作宿舍的房子是史老师家自己的,所以不存在因涨租金赶人的问题,但是机构的收费仍然无法负担所有的房租费用,只有依靠每年公益基金筹集的捐款来解决。

"哪天筹不到钱了,我就不做了。"史老师开玩笑似的说。

史老师曾是北京融爱融乐的创始人之一,但是在融爱融乐顺利发展的当口,她却退出了,理由很简单:她的女儿成年了,没有地方可去;她要办成年孤独症人托养机构,给自己的女儿以及像她一样无处可去的孤独症孩子一个"窝"。

这个窝建得艰难,维持更不易。现在除了聘来教课的老师,全职的管理人员只有史老师一人,其他工作需要家长分担。

"孩子的事情家长办"在中国孤独症领域几乎已经成为一种惯例。

*北京利智康复中心学员在打扫宿舍卫生

然而,在全世界范围内,家长的角色一般是倡导权利和争取资源,亲力亲为办机构并非主流。在国内,规模比较大、历史比较久的几家成人养护机构也是由专业人士创办的。

北京利智康复中心在丰台区,租用的场地是带前后院的独幢三层小楼。一楼作为活动场所,二楼有办公室和宿舍。这幢小楼原来是北京市铁路局家属居委会的一个活动室,很多年以前被利智以较低的租金租下。近几年,几经上涨的租金虽远远低于市内其他地方的租金,但利智的收费还是不够支出,这项开支需要外界捐款帮助解决。

"以后附近开通地铁的话,房租肯定会猛涨,到时候能不能继续在这里就很难说了。"利智的负责人杨超说。

利智曾经在远郊区县办养护农场和分支机构。一开始一切都很顺利,但是当农场的房子、设施建好,一切就绪,原来出租土地的农民突然提出毁约,村委会也支持本村的农民,于是一切投资都打了水漂。

在城里办,租金太贵;在农村办,土地使用权不在自己手中。无可奈何之下,只有勉强维持现状。

由于学员只进不出,利智已经好多年没有招收新人入学。慧灵在北京各个城区办的托养机构也有大批心智障碍者排队等候进入。

杨超是2002年经招聘来到北京的大学毕业生,和星星雨的孙忠凯等人几乎同时入行。"做大龄机构收入太低了,同时去做小龄康复的同学现在收入都比我高出一倍还不止。"杨超苦笑着说。

他的工资在利智是最高的,但也仅仅相当于北京市平均工资的水平。太太生了女儿,在附近租了房子住,请不起保姆,只有奶奶帮忙,他中午一下班就急忙回去照顾。对于机构而言,这样的收入很难吸引到合适的人才,来了也留不住。

大龄养护机构缺少收入来源,导致各种设施只能因陋就简,那为什么不能提高收费呢?

这是孤独症群体面临的一个难题:在成年以后,年龄越大的孤独症人士,得到的福利保障和社会支持越少,特别是在广大的农村、小城市,他们几乎是被人遗忘的。

即使在北京、上海这样的大城市,一个成年孤独症人士虽然可以享有基本医疗保险,但一个月能得到的残障补助也不过千元左右。而在其他很多地方,他们通常既没有收入,也没有医保,只能依靠父母生活。他们的父母通常已经到了退休年龄,收入下降,经济承受能力有限,更倾向于把孩子带在身边共同生活,把钱存起来以防万一。

"家长肯为小龄的孩子花钱,因为还有康复的希望,但很少人愿意为大龄的孩子花费同等的钱,因为觉得再花钱也就这样了。送到机构来的孩子,一般都是家里不好待的。很多家长只有等到实在带不了孩子才想要送出来。"杨超说。

所以这就形成了一个怪圈:一方面是成年养护机构办不下去,一方面是很多孩子没有地方去。

"我走访过一些大龄机构,觉得大龄机构发展缓慢与人工成本、国家政策、家长意愿、师资匮乏等因素有关。首先是人工成本高。小龄机构老师和孩子的比例可以是1:4，甚至更高，而大龄机构就比较困难。大龄机构里中重度的孩子相对较多，有时出现情绪问题，年轻女老师根本就应对不了，甚至有被打伤的。其次是政策上的问题。小龄孩子在定点机构做康复训练，国家有补贴，有的地方每月能补两三千元，而大龄机构没有补助。再有就是家长的投入意愿不同。有的小龄孩子家长为了孩子每个月花上万元的训练费，大龄孩子家长就很难做到，因为大龄孩子的训练效果有限，而且他们还要留些钱给自己养老或是给孩子的未来留一份保障。还有就是有大龄孤独症康复经验的师资太少了！这还需要一个过程。据我所知，现在的成人心智障碍康复机构有不少是大龄家长创办的，他们很有勇气，也很不容易，我很钦佩！"中国精协副主席、孤独症工作委员会主任肖扬说。

近年来，不断有组织和个人创办孤独症和其他心智障碍者的养护机构，如北京的静语者家园、星星雨成人托养班、杭州启明星的明星工坊、成都的蜗牛山庄……这些主要由专业人士负责运作的机构引进了各种不同的模式，为孤独症人士提供了从日间照料、庇护性就业到全天托管的各类服务。他们的收费方式、标准不一，但共同特点是人工成本高昂，入不敷出，需要通过其他渠道募款或政府补贴维持运营。

孤独症和其他心智障碍者的养老首先是一项公益事业，很难按商业模式达到自负盈亏、自给自足，必须由政府承担起公共服务的责任。

十多年来，家长和其他社会力量不断积极探索各种养护模式，但在关键的"政府主动托底"这一步,取得的进步仍然极为有限。

另一方面,心智障碍者的养老问题涉及一系列复杂的法律、经济问题,不单单是缺钱那么简单,也不可能用政府包办来一揽子解决,需要整个社会的运营、管理方式做出合理的改进。如果缺乏有效监督,即使政府建再多的养老机构,也很难避免悲剧发生。

多年以来,家长们出于个人的动机和为人父母无法推卸的责任,竭尽全力希望创造一个支持体系为孩子"托底"。我们也许力不从心,可能事与愿违,但我们希望,当我们再也托不住的时候,政府和社会能够负起责任,不要让他们孤独无依。

⭐

关于国内成年孤独症人士的养护问题,正在进行此项调研的肖扬女士有很多见识和体会。

从目前国内外的实践看,孤独症孩子未来的生活和养老有这样几种模式。第一种是社会性居家,即父母离去后,孩子还生活在他熟悉的家庭环境中,白天去温馨家园或参加一些简单劳动和活动,晚上回家居住,监护人或社工定时上门提供支持。如果他遇到问题,也可以打电话叫人提供帮助。当然,这是程度比较轻的孩子。第二种是社区家庭,国内的一些机构已经在做,程度稍重一些或是不愿独立居住的孩子,可以采用这种模式。一般是几个孩子生活在一起,居住在社区的单元房里,有老师或助理提供生活照料或康复服务。第三种就是到专门的托养机构中生活。

肖扬认为,将来不论是父母养老还是孩子的未来生活,都不会是简单划一的模式，每个家庭、孩子的情况不同，需求也各不相同，我们需要探索和创建不同的、多元化的模式，以满足不同家庭的需求。

由于孤独症的孩子通常都会与父母同住，很多家长提出最好将他们的托养问题与父母的养老问题合起来解决，也就是家长养老、孩子养护一起解决的"双养"方案。

对此肖扬认为，"双养"只是解决方案之一，而且是一个过渡性的方案，因为父母迟早要离开，最终还是孩子的生活照料问题。一些孩子情况比较好的家长，希望将来入住"双养"机构，陪伴孩子生活直至终老；而情绪问题比较多的孩子家长，则希望与孩子分开，保持一定的距离，使自己疲惫的身心能得到歇息、调整。可见，即使都是"双养"，需求也不尽相同。

肖扬介绍，北京市民政局下属的基金会正筹备建立"双养"机构，但他们面临两个比较大的挑战：一是呼声很高，但真正想马上入住的家庭微乎其微；二是养老容易养小难，也就是说真正能够担负成年孤独症人士照料和康复的专业人员十分匮乏。

尽管如此，肖扬认为，从未来发展看，"双养"模式的探索还是很有价值的，它会满足和解决一部分家庭的需求。

关于孤独症成年养护问题，肖扬还有个观点："个人不一定完全靠得住。"

为什么呢？

她回答："因为任何情况都可能会发生变化。比如，您有个侄子人很好，愿意承担监护或照料的责任，但你很难保证他将来结婚后，妻子也乐于承担这份责任。再有,如果他万一发生了不测你怎么办?或是他或他的家人患了重病,确实需要用你这笔钱治病救命,你说他是动还是不动你留下来的钱?不动,他将来就无法再承担照顾的责任;动了,孩子未来的生活就成了问题。我是从这个意义上讲个人不一定完全靠得住。当然,我们不希望被托付的人发生任何不好的情况,但有时又世事难料。所以我主张,对于孤独症孩子,管人和管财产要分开。将来我们走了,我们的孩子要有机构或组织照管他,同时也要有人或是某个部门负责管理他的财产,定期拨付他的花费。在这方面,美国和我国港台地区都有经验可以借鉴。"

事实上,成年孤独症人士和家庭面临的问题不是个别的,它凸显了我们整个社会面对老龄化社会的种种困厄和不足。

很多孤独症人士是独生子女。父母在时由父母监护,如果父母去世了由谁来监护?再如遗嘱执行的问题。如果没有一个切实可靠的遗嘱执行机制,没有可靠的执行人,家长留下多少钱也帮不了孩子,反而可能害了他。

因应这些特殊需求,国家的政策和法律制度正在做出积极的改变。根据 2017 年 10 月 1 日施行的《民法总则》,只要是父母担任监护人的,父母就可以通过遗嘱指定孩子的监护人。

"现在不少金融机构都在做家庭财富传承、家庭财产信托,其中不仅有遗嘱执行的费用,还有监管遗嘱执行的费用,而且现在北京也有律师团队在积极推动这件事。只不过这需要一定的费用,特别是家庭财产信托一般要上千万元,大部分家庭还无法享受这种服务。"肖扬介绍。

"没有钱的孤独症家庭,父母离去后怎么办?"

肖扬说:"这也是我关注和思考的问题。最近我在调研中了解到,北京市建立了两个精神病托管中心,那里可以接收父母离去后没人管的孤独症孩子,由政府给该机构提供每人每月2400元的经费。"

"光靠家长的努力肯定是远远不够,还要积极争取政府的扶持。"肖扬坚定地说。

2018年1月19日,全国人大代表、国务院妇儿工委办公室领导与中国残联、中国精协和康复机构的代表、家长共济一堂,围绕2018年的"两会"提案和成年孤独症家庭最关心、最迫切的问题进行研讨,共同推动政府解决成年孤独症群体面临的问题。会议召集人是中国精协副主席、孤独症工作委员会主任肖扬。肖扬向与会者介绍了"两会"提案的写作思路和具体建议,主要包括建立由民政部牵头,财政、社保、教育、卫生、残联多部门合作的工作机制;制定针对成年孤独症人士康复服务和托养照料的可行方案、时间表和行动路线图;编制预算,增设面向成年孤独症的国家大型普惠项目,发放成年孤独症康复训练补贴;着力加强孤独症专业师资和康复师的培养;采取多种措施促进民办机构的发展,整合温馨家园和民办机构的资源,不断提升孤独症服务的专业化水平;加快建立孤独症社区康复服务个案管理制度,积极扶植包括成年孤独症在内的社区家庭建设和居家康复照料服务,促进残健融合。

参考资料：

《潜在市场&未开发的人才宝库？——成年自闭症谱系人士就业问题趋势、现状与未来》，小丫丫爸爸编译，来源：微信公众号"小丫丫自闭症"，2017年11月18日。

《托孤！他们的父母20年前做了这样一个"心碎"的决定》，龙锟，来源：《广州日报》，2017年12月12日。

第二章　我们的生命课

假如有一只猴子得了孤独症

科学研究发现，造成孤独症的基因变异并不只发生在人类身上，在其他哺乳动物当中也有。

比如老鼠、猴子。

让我们来假设有一只不幸的动物，它得了孤独症。

假如它是一只老鼠，它可能变得孤僻和刻板，它可能不再出去觅食而只是围着一个固定的地方打洞。如果它面前有一个关卡，它从一边通过了，但第二次这个关卡换了一个通过的方向，其他的老鼠经过反复尝试从另一边通过了，而它的刻板使它不能接受这个改变，它固执地试着从已经封闭的一边过关，一遍又一遍。

最后，它可能被关口活活困死。

假如是一只猴子，它得了孤独症。

它会经常远离同伴独自待着，会有一些刻板的动作，可能在抢夺食物时落在后面。如果它是一只小猴子，它的妈妈会关照它，但也不可能时时陪在它身边。

它很容易走失。除了妈妈以外,没有猴子会想要找回它。

当它将近成年时,它找不到伴侣,因为猴群里的雌猴只属于强壮者。

它可能遭到欺凌,因为恃强凌弱在猴群当中是常态。

所以它会变得越来越瘦弱、孤僻,最后在食物短缺或遭到意外时死去。

"大自然是残酷的,然而我们是人类,我们不必这样。"

说这话的人叫天宝·格兰丁,美国知名的动物养殖设备专家。她的另外一个身份是:已知的世界上第一位完成高等教育并独立工作,还写书讲述自身独特经历的孤独症人士。

她从小孤僻、暴躁,不能忍受穿丝绸衣服,不愿意在交谈中正视对方。但是,她有很好的智力和独特的视觉天赋,在动物养殖设备领域,她设计的"保定栏"获得意外成功。

当人们追问原因时,她说自己是从牛的角度来看待这个(保定栏)的。

经由她的讲述,我们知道了孤独症人士对周围环境独特的感受和认知方式,我们了解到令他们敏感和痛苦的根源。通过和她的对话,我们知道她付出了艰苦的努力去适应环境,克服干扰,做一个对社会有用的人。

很多人问过类似的问题:这些患有孤独症的人的存在对于多数普通人有何意义?

在生物进化的历史上,人类的进化是个令人着迷和不解的突变:

与其他灵长类相比,人不够强壮,不够灵活,不够凶猛,但为什么只有人类成为生物界的主宰者?科学家们有一个解释:只有人类,在稳定的族群内部发展出了有序的、有策略性的合作与竞争关系。这种关系使得整个族群的发展达到一种均衡状态,让强者得到利益,也让弱者得到保护。换句话说,如果人类没有发展出合作、互助的基因,我们早已在自然选择中被淘汰。

有时候,我们要庆幸我们身为人类。

身为父母,我们没有放弃自己的孩子;身为兄弟姐妹,我们没有嫌弃自己的亲人,而是和他一起游戏、一起生活,长大成人;身为学生,我们没有歧视、欺凌自己的同学;作为专业人员,我们关注他们的特点,教导他们如何学习、如何生活、如何与人相处;作为路人,我们在发现他们的异常之后坦然地和他们共处;作为服务人员,我们了解他们的特殊需求,提供有针对性的服务。

所以,我要感谢你——打开这本书的人,感谢你分担我们的苦难,而不是转过头去,说:"呸,关我什么事。"

我们来到这个世界上,是为了幸福地生活,而不是在优胜劣汰的游戏里排除异己;我们一起,构成了文明的现代社会,而不是冷酷的黑暗森林。

当有孤独症的人们带着自己的特点平静地生活在我们周围,我们的世界变得更丰富美好。这个"丰富美好"来自我们每一个人的创造。

即使孤独症的发病率在不断上升,即使有很多人自称"自闭"或

"阿斯"，有孤独症的人在这个世界上仍然是名符其实的少数。为了这少数人，花费如此多的资源是否值得？如果他们占有了这样的资源，是否意味着其他人得到的变少了？这样做公平吗？

持有这种疑问的人，多多少少有一个前提假设：资源是固定的、稀缺的，就像蛋糕，一个人分多了，其他人必定就分少了，所以最好的解决办法是把"不够格"的人拒之门外。

希特勒就是这么做的。纳粹德国因此颁布了《防止遗传性疾病儿童法》，将患有遗传疾病的儿童从父母身边带走实行隔离关押。他们建立了集中营，专门关押残疾人、精神病人这些"无用的渣滓"，让他们绝育，让他们在孤立无助中苟延残喘，直到死去。

最后，他和他的第三帝国进入了历史的垃圾堆。

社会的资源、福利不是天生的，是人类创造出来的，而人类只会为了自身的需求而创造。抑制和消灭需求也就消灭了人类创造的动力，消灭了人类自身发展的无限可能。

身为孤独症孩子的家长，我们养育了有特殊需求的孩子，十年，二十年。小时候，他不会说话，不理人，我们创办教育机构，培训老师、引进教学方法，甚至亲自上阵，变身特殊教育专家；当他到了学龄却无法上幼儿园和小学时，我们去做公益倡导，去做陪读的教师助理，去推动融合教育和社会融合；等他们长大了，离开学校无处可去，我们去开拓支持性就业和庇护性就业，办农场、托养机构、公益组织……

为了这些孩子的特殊需求，我们已经无中生有地创造了很多东西：创造了一个行业，一个职业，一个又一个机构、组织。我们学会了公益宣传、政策倡导，我们让全世界都看到我们，听到我们的呼声……我们要创造一个支持生命的生态系统。

这样的体系，支持的是弱势群体，守住的却是整个社会的文明底线。

我们坚信生命本身的价值与美好，坚信人类的创造力可以从一片荒芜当中为孩子们开创出新天地，坚信尊重少数人的需求的制度也将使多数人从中受益。

这不是一个圣母白莲花的痴人说梦，是中国两代孤独症家长用生命践行的道路。十年、二十年，我们会继续走下去。

鲁迅先生说："无穷的远方无数的人们，都和我有关。"

这不是一般的文艺，而是一种拥有巨大力量的、对生命的关怀。

在这样的关怀里，我们成长为更好的自己。我们一同创造这世界前所未有的美好。

如果你愿意和生命做这样强有力的联结，那么，这些孩子的故事，我们的故事，都和你息息相关。

关于孤独症和猴子的故事，有一个戏剧性的结局。

2016年1月26日，英国《自然》杂志在线发表了中国科学院上海生物科学院神经科学研究所仇子龙研究组与该所苏州非人灵长类研究平台孙强团队的合作成果。研究中，他们通过遗传学手段让猴子患上了孤独症。这一成果标志着中国科学家在世界上首次建立了携带人类孤独症基因的非人灵长类动物模型。

*《猫咪》/康康绘

孤独症所教给我们的……

一年前,畅销育儿书《孩子是个哲学家》的编辑向我约一篇书评,但我没写出来。那是一本富有哲理又生动有趣的育儿书,读的时候我很喜欢,但是,在我要动笔的时候,心里一直有个小小的声音在发问:"你的孩子,那个患有孤独症的孩子,是个哲学家吗?"

我知道是我自己的问题。在内心深处,在某些情况下,"养育一个患有孤独症的孩子"仍然使我感到痛苦和有压力,我没有办法装作"坏事变成了好事"或者"一切从来没有发生"。这就是所谓的"创伤性精神压力"。不管你灌了多少心灵鸡汤,做了多少积极的心理暗示,甚至已经把它遗忘,但在完全愈合的表皮之下,它仍然是一个随时可能疼痛的伤口。

"家长神话"背后的心理压力

大江健三郎曾经把长子患脑病对他的冲击比作"原子弹爆炸",这意味着在最初的冲击波和光辐射之后,是漫长的清理废墟、清除污染、重建家园的过程。有时你以为一切都已经过去,但次生灾害仍然时时威胁着你的生活。正如罗伯特·纳瑟夫博士所说的:"孤独症可能带来较严重的创伤,因为孤独症是长期的,在孩子的整个生存期都会影响到家人。每每在孩子和家人闯过了一个危机之后,另一个危机又出现了。随着孩子长大,这种情形还有可能加剧,并使原本的创伤变得更加复杂。"

罗伯特·纳瑟夫是一位富有经验的心理学家,同时也是一位成年孤独症人士的父亲。长子泰瑞克在3岁被查出患有孤独症,悲愤的纳瑟夫拒绝接受儿子"不能恢复正常"的结论,带着儿子四处尝试各种非主流的"神奇疗法"。在两年多的连续碰壁之后,他在朋友的帮助下慢慢接受了现实,重新组建家庭,回到大学攻读心理学博士学位。他把孩子送入专业的孤独症康复中心,同时开始作为专业培训师为新泽西开发"促进家长和专业人员合作"的培训项目。1992年,他和妻子创建了独立心理咨询室"新选择",专职服务于孤独症以及其他特殊需要孩子的家长。多年后,他以亲身经历和心理学家的专业经验写下了《让爱重生:自闭症家庭的应对、接纳与成长》。

孤独症家长是抑郁症、焦虑症等心理疾病的高发人群。在我认识的家长当中,有很多优秀的父母、能干的机构领导者、不知疲倦的公益人,他们是传说中的"伟大的"、无所不能的父母,是受到表彰的先进代表，是"家长神话"的主角，但孩子是他们最大的软肋，只要孩子出问题，家长一定会焦头烂额。特别是大龄、成年的孩子，如果突发癫痫、焦虑、严重的行为问题或者其他意外，家长可能一下子变成最脆弱、最需要帮助的人。而更多的家长只是普通人，面对创伤性精神压力，他们需要长期的、专业的心理支持帮助他们渡过难关。过分强调家长的全能，容易使人忽略他们的真实处境，忽略其他社会主体应该承担的责任。

正如孤独症本身不需要美化一样，孤独症人士的家长也不需要美化。创伤就是创伤，痛苦就是痛苦。"只有在你正视痛苦的时候，痛苦才会开始减轻。"罗伯特·纳瑟夫如是说。

孤独症生命的价值感是一份人性证言

在《蜗牛不放弃》的采访过程中，我经常问孤独症家长一个问题："你觉得自己的孩子有什么价值？"康康爸爸回答："他对于别人、对于社会可能没有什么价值，但他就是我的儿子。"这种无条件的爱，在父母和孩子之间建立起牢不可破的生命联结，是很多家长帮助孩子克服障碍的动力。

正是基于这份爱，康康爸爸当年放下正在创业的公司，陪伴孩子到机构进行康复训练。他一直承担着养家糊口的责任，让妻子把大部分精力投入孩子的教育当中；他鼓励妻子从事孤独症公益活动。十几年过去，康康在普通学校完成了九年义务教育，交了少数几个好友。长大后的康康上过电视节目，会吹葫芦丝，会画画，爱做烘焙，热心公益活动，喜欢和人聊天。2016年，妻子写了一本书《康康的世界》，很多人通过这本书认识了这个温和、可爱的孤独症孩子，了解到孤独症人士所拥有的来自生命本身的单纯美好。

如罗伯特·纳瑟夫所言："孤独症儿童生命的价值感，是一份人性的证言，证实了人与人之间深层联结的存在。重视孩子的价值就是重视你作为父母的价值，最重要的功课，是与每一个孩子建立联结，无论他／她的现状如何。""付出所有而不期望任何回报——不期望芭蕾表演、不期望全垒打、不期望成绩优异——这是孤独症孩子教会（或许是逼会）家庭的一门功课。这意味着要无条件地爱你的孩子，而不是因为他／她在将来的人生中会取得多大成就、获得多少财富。"

养育特殊孩子的困难之一在于：一方面你要接受现在的这个"他"，另一方面还要付出努力使他变得更好。这需要无条件地接纳，更需要专业人员式的冷静旁观。

没有人能够做得完美。但是，在这种价值观之下，你更容易看到真实的他，而不是你幻想中的孩子。你会看到他实际的水平和能力，理解他的成长需求，找到和他互动、建立联结的方式。

与你爱的人建立深层的生命联结，共享幸福，是我们养育孩子的目的，也是我们当初爱上一个人并与其建立家庭的初衷。所以，当你被痛苦、失败、失意所裹挟而迷失的时候，请记得，你的价值观和你的目标到底是什么。然后，我们可以设计具体的干预目标，追求一个最微小的进步，并从中得到鼓舞。这种方法不仅针对孤独症孩子的干预治疗，还可以帮助我们拯救各种危机中的亲密关系：夫妻、亲子、孤独症孩子与其兄弟姐妹……

"你会改变吗？"才是你应该问自己的

全世界的孤独症家长都曾经想要"治愈"自己的孩子，但事实证明这不可能。现在，家长组织提出的口号是"支持生命"。与此呼应，2017年世界孤独症意识提高日，联合国的主题是"自主和自决权"。我们的目标不是"把孤独症变成不是孤独症"，而是提升社会服务和社会保障水平，让孤独症人士带着自己的特点有尊严地生活。

在这一争取过程中，孤独症人士的家长还需要学会"说出自己的故事"。罗伯特·纳瑟夫发现，在孤独症人士家长和其他发展性障碍人士家长之间，有一种特殊的情谊。这种情谊，首先表现为以互相倾诉为基础的共情与支持，这是他组织的心理小组成功的秘诀。在纳瑟夫的小组讨论上，他总是鼓励人们倾听别人的故事，说出自己的故事。这样，每个人既能帮助别人，也能从别人那里得到帮助。因为他自己也是这样开始自我疗愈的。

对于家长来说，"说出你的故事"并不容易，有些人甚至不能对自己的伴侣讲出真实的感觉。特别是对于父亲而言，面对无法解释的厄运，逃避、沉默比哽咽着倾诉更像一个男子汉。但当你学会聆听伴侣的心声，你会从中得到意外的褒奖和肯定，也更能够理解其所作所为背后的含义。这是走向治愈的重要一步。

在孤独症公益领域，"说出你的故事"正在成为公益倡导的一种重要方式。现在人们提起孤独症，总是情不自禁地想起一连串的名字：田惠平和杨弢、方静和石头、喜禾和喜禾爸爸……如果没有他们的努力，孤独症可能至今还是躺在医学词典里的冷冰冰的词汇，而不会是一个万众瞩目的焦点。

人们总是问：会变好吗？会变容易吗？但这些并不是最好的问题。在《让爱重生：自闭症家庭的应对、接纳与成长》中，罗伯特·纳瑟夫认为，"你会改变吗？"才是更应该问的。而这样一种发问最终指向的最深刻的改变，是使孤独症人士的家长以及更多人意识到，"养育一个孤独症孩子，真的可以带你走上一条通往智慧、慈悲、真爱的道路"。

在这样一条生命之路中，你的孩子可能永远学不会打棒球，你可能始终没办法同他讨论爱情和国际新闻，但直到你白发苍苍、步履蹒跚之时，他仍然愿意像小时候一样牵着你的手陪你散步。而那时，你可能已经别无他求。

正如维克多·雨果所说："人生最大的幸福，莫过于确信有人爱你。"

田惠平的生命课

生活中所有的问题当中生命的问题是最难的。其他的问题你可以依赖天赋，但面对生命一下子大家都变得平等了。我们必须学习、了解、敬畏。

——田惠平

2016年8月的一天，田惠平带着30岁的儿子杨弢来到一个叫作"十二堂生命课"的公益讲坛。这个讲坛每月请一位名人做一次以生命为主题的演讲。

*田惠平和杨弢在"十二堂生命课"上

从2点到5点,在长达三个多小时的演讲中,杨弢始终陪伴在妈妈身边。他手里拿着一个矿泉水瓶,常常低着头若有所思,或是看着无人处发呆,口中时而发出无意识的"啊啊"声。当他发声的时候,田惠平仍然在说话,并没有停下来安抚或制止他,也没有提高音量试图盖过他的声音。

前不久,田惠平获得一个奖项提名,需要填一个问卷,其中一个问题是"你生活中最大的遗憾是什么?"田惠平填的是"没有"。这似乎也是她给自己的生命课题的一份简洁而完美的答卷。

27年前,当3岁的儿子被确诊为孤独症之后,田惠平曾认真地考虑带孩子自杀。

在她的周围,在她的经验里,一个残疾孩子不但会使自己的生活变得悲惨和无意义,也会给家庭带来沉重的压力。而且一旦父母离世,他的生活立即失去保障,生死祸福只能听天由命。

她不想过这样的日子,也不想让杨弢过这种日子。"如果生命的延续意味着悲剧,那么结束生命才更道德。"但是,真的要付诸实施,她又觉得说服不了自己。"这时候我才发现生孩子、决定带一个生命来人世间是何等大事,他来了,所有的价值都自然在那里,活着是他的权利。而我为了他,也必须活着。为他的尊严而活,意味着放弃'我'、我想要的生活。"

她放弃了所学专业、大学教职、安稳的生活、升迁的机会。1992

年邓小平南方谈话之后,"东方风来满眼春",下海创业风潮席卷大地。在滚滚南下的浪潮中,她却收拾了一只行李箱,带着 7 岁的儿子悄然北上,几经辗转,创办了中国最早的民间公益组织之一——北京市星星雨教育研究所。

星星雨从最初只有两个老师、八个学生,发展到现在不但成为中国孤独症教育领域的领头羊,也成为最成功的公益机构之一。从风华正茂到鬓发斑白,田惠平付出的,是一个女人最宝贵的二十年。

她曾经对我说:"有整整十年,我的生命里没有别的,只有孩子。我甚至没有时间自己去看一场电影。"

田惠平于 2012 年从星星雨负责人的位置上退下来。她当选过"亚洲英雄",参选过"感动中国十大人物",无数报纸杂志、电视节目报道过她,但闲下来的时候,她仍然是一个没有北京户口的"老北漂"。

不同的是,她自由了。

她最喜欢做的事就是旅行。

退休后,她几乎每年都会出去旅行,沿着欧洲大陆从南向北,寻找文明之根。

"今年,前一阵晚上我觉得不适,一晚上起来好几次,怕身体出问题去医院检查。当时想:要是真出问题了,我还有几件事没有做,比如去西西里……"

在北京的时候,她像一位普通的退休女士那样,去超市买菜,回来做饭,和已经成年的儿子一起过周末。她靠退休金生活,不算有钱但也不虞匮乏。她相信幸福的生活就是"尚可安排的生活",而自己是一个"没有忧虑、没有纠结"的人。

她说:"我没有失去自我。"

演讲结束以后,我和田惠平做了简短的交流。

在不同的年纪做不同的事

张雁:每个家庭都有生老病死。父母陪伴孩子的时间是有限的。田老师已经有三十多年,我的是第二个十年。第一个十年,我们带着孩子四处训练,希望他能上学,能跟上主流的社会;第二个十年里,我们慢慢感到不是那么回事,我们不是要跟上标准,达到要求,而是要理解他,按照他的特点去选择他的路、他的生活,同时你的家庭也必须因应这个变化成长。

在你陪伴孩子的每个十年里,你的重心在哪里?哪些是变的?哪些是不变的?

田惠平:什么阶段做什么阶段的事。每个阶段关注的内容不同,但不是截然分开的,一个阶段为下一个阶段做准备。

我们要学着如何陪伴他而不是把他怎么样。从全世界来看都一样,随着孤独症人士的长大,身边的家长和老师逐渐地明晰了一件事,就是什么东西可以不教他了。就像普通孩子去试着学美术、音乐,然后看到哪项没有天赋就放弃一样。我们尝试教他们语言、书写……然后逐渐根据他的发展选择可以放弃哪些。小的时候,是社会发展障碍。打个比方,一个13岁的小孩子上厕所,先脱裤子再进去,这样的话,你教他读书、写字是没有用的。因为他主要的问题是社会交往障碍,他不能理解规则。如果两三岁的时候不教,那他到13岁时还是这样。所以一定要从小教,让他为成年做准备。因为我从小教毅,所以他第一次白天在慧灵遗精的时候,自己回到宿舍里换好裤子再回来上课。老师发现后很惊奇。

对他来讲这没什么道理可讲,他理解不了,但由于他的刻板,只要你教会了他就会照做。他可能不理解为什么他是男的就不能去女厕所,但他被训练以后很容易就做到不去女厕所。杨弢有些事不知道,但他理解脱裤子只能在两个场合:卫生间和宿舍。所以他在青春期一点也没有(这方面不适当的行为)。当年我在国外遇到的家长特别强调"适当的场合适当的行为"。我翻他的床单发现,他(的生理需求)都是自己解决的。

孤独症人士的训练首要的是要提高行为的社会适应性。想一想,你在生活中自己回答"这是红色"有几次?但是,你在公共场所如何行动、怎么吃饭、怎么上厕所、怎么到超市、如何购物,这些都是重要的。我们追求的东西应该是符合本性的东西,而不是别人怎么说、社会怎么看。

普通人在3岁以后慢慢懂事,自觉理解社会交往规则,但孤独症人士在这里停滞了。所以要先知道我们的孩子是"谁",他的障碍在哪里。

向孩子学习爱

张雁:我们孩子的语言能力有限,对他人的理解有限。我们如何教导他们接受爱和表达爱?

田惠平:不是我们要教他,而是要向他们学习(如何爱)。

2006年的一天,我们几个朋友在三里屯酒吧喝酒。我带着他,弢很高兴，朋友们看着他，他过一会儿就笑眯眯地看着我。那种眼神啊，我觉得世界上不可能有第二个男人像他那样看着我。

他用他的眼神、他的举止告诉我："妈妈，我爱你。"

我们的孩子天天用他的举止告诉我们（我爱你），我们听了吗？

当你爱别人的时候，你很美好；当你被爱的时候，你也很美。

另外一个是学习如何接纳。曾经有一个记者采访我，我和他一起带着弢先去银行办事，我发现这事一时办不完，就跟他说能不能请他打车送弢去慧灵，也顺便观察一下孤独症人士。他很害怕地连声说："我不行，这可不行。"——这就是一种排斥。

弢这种孩子对这种排斥非常敏感，这是夺去其他一切的命运留给他的独特天赋。不是我们在教他，而是我们通过这些要看到孩子能理解多少、他在学习什么。

弢永远是我生活的一部分，必须是生活的一部分，但只是我生活的一部分。我们有这样的孩子，我们没有陷进去，这很好。

有很多这种孩子的家长，最后说：这个特殊的孩子是我们的快乐之源。

肖扬：我们的爱、恐惧与坚持

肖扬[1]是国内最早的孤独症公益组织的发起人之一，先后担任北京市孤独症儿童康复协会常务副会长、中国精协副主席和孤独症工作委员会主任。她以体制内学者的身份调查研究国内孤独症和其他残障群体的生活困境，一方面联络全国人大、政协的代表委员向"两会"提交相关议案、提案和建议，一方面撰写研究报告送达政府高层，进行政策倡导。在2012年康纳洲大讲堂上，她和田惠平、方静、温洪、甄岳来四位大姐一起登台演讲，作为"第一代"家长的代表，讲述她们几十年为孤独症群体所做的努力。更多的时候，她是以妇女、家庭问题研究者的身份活跃在社会研究领域。如今，她和众多同龄人一样面临退休。对于她来说，她还有一个无法退休的工作：教育已经成年的孤独症儿子。由于她的多重身份以及对孤独症领域的深入了解，我们的谈话几乎涉及了孤独症领域的所有重要问题。

---

[1] 肖扬，祖籍湖南长沙，1955年出生于天津。全国妇联妇女研究所副所长、研究员，主要从事公共政策、社会性别领域的研究。曾主持国家社科基金重大项目和大型国际合作项目，担任联合国妇女儿童研究专家和宣传倡导首席专家。主要社会兼职为中国家庭教育学会和中国婚姻家庭研究会常务理事、中共党史学会和中国人口学会理事、中国妇女研究会理事等。在孤独症研究领域，主持完成国家"十一五"孤独症儿童家庭教育研究课题，撰写《孤独症儿童家庭状况分析和对策研究》《促进孤独症儿童康复教育的政策建议》等。

张雁：您和田惠平、温洪、方静、甄岳来老师都是50后，是中国第一代孤独症家长。您所了解的同龄孤独症家庭的情况如何？

肖扬：第一代孤独症家庭因孩子和各家的情况不同，也表现出不尽相同的情况。我知道甄老师的女儿已结婚，生了孩子。我的儿子在社区职康站。以前因为工作很忙，还要照顾常年卧床的父母，我没有太多的时间和精力照顾儿子，不过他的情绪还算比较稳定。由于年龄的关系，我接触大龄和成年孤独症人士家长多一些。我的总体感觉是：无论孩子的症状是轻是重，家里的情况如何，家长对孤独症孩子未来的那份牵挂和担心是普遍存在的。特别是成年孤独症人士家长，他们都已年逾花甲，带病生存已成为常态。有的配偶或父母也需要自己照料、伺候，这使得一些原本已经能够坦然面对的家长，在衰老病患到来之时又陷入"二次焦虑"之中。衰老容易使人脆弱，但这些家长是坚强的，但又带着几分忧虑和无奈。

我觉得，关注孤独症生命全程的一个难点和重点，就是要解决孤独症人士的未来生活这个"终端"问题。如果这个问题不解决，一些家长的"终极焦虑"就在所难免。这绝不仅仅是大龄孤独症家长必须要面对的问题，而是整个孤独症领域有迫切需求又亟待解决的问题。这也是我现在做大龄和成年孤独症人士社会政策研究的初衷。或许在中国建立孤独症人士的安养体系，我们这代人已经赶不上了，但这并不妨碍我们为之不懈努力！

张雁：媒体经常歌颂母亲为孤独症孩子的付出和牺牲，但现代女性有自己的人生观和价值观，有自己的工作和兴趣爱好。您长期从事妇女和家庭研究，您认为女性是否应该为孩子放弃职业？母亲为孩子付出多少才算是足够?

肖扬：这个问题既是女性的个人选择，也是一个家庭的决策，要根据孩子和家庭的具体情况来定。对于孤独症家庭而言，丈夫和家人的支持至关重要。

据我所知，现在有不少家庭采用传统的性别分工，也就是男主外、女主内，男的在外赚钱养家，女的在家做饭带娃。我个人认为，现代社会比较好的模式是夫妻携手，丈夫也能分担家务和育儿的责任。从原则上说，我不主张女性回家，特别是孤独症孩子的母亲辞职回家。因为在这个社会迅速变迁的时代，很难保证婚姻家庭一直没有变故，一旦发生变故，无业的女性就会陷入非常脆弱的境地；即便是夫妻关系很好，人生也还会有旦夕祸福，一旦"顶梁柱"发生不测，现实就会很残酷。另外，养育孤独症孩子需要有资源，这种资源不仅是个人资源、家庭资源，还包括社会资源。光靠丈夫一个人在外打拼养家，他的压力可想而知。一般收入的家庭，压力也会很大的。再说，女性辞职回家带孩子，如果孩子能有明显进步还好，但事实是，有些女性成为全职太太后，孩子的症状并没有因妈妈的辞职得到明显改善，这就会使一些家庭陷入焦虑、忧愁或夫妻相互指责之中。我看见有的调查说，孤独症家庭离婚率高，最近才知道大龄孤独症人士家长离婚的也不少。尤其是现代女性，许多接受了良好的教育，有一定的职业经历和社会地位，如果回家常年面对变化不大的孩子，很容易郁闷。所以，我主张妇女尽可能地平衡工作和家庭，兼顾事业和生活。从我个人走过的路来看，我之所以能够帮助康纳洲、中港汇晟、北京市孤独症儿童康复协会获得捐助，能够将政策研究报告提交国务院，能帮助老师和孤独症孩子出版自己的书,都得益于我的工作。孤独症康复需要社会资源,这是全职妈妈难以做到的。

当然,我也知道现在有不少年轻妈妈选择了回家,准确地说,是"被回家",因为请人照料孩子的费用比自己的工资还高。这也是一种无奈的家庭策略,凸显的是社会公共服务的不足。但就妇女个体而言,不论你面对什么境况都不要失去自我,即使是选择回家。

至于你问到母亲对孩子付出多少才叫足够,我觉得至少应该是无愧于心吧!

张雁: 当孩子确诊以后您的感觉是怎么样的?为什么您没有像很多家长那样"要拼命把孩子带出来"?

肖扬: 带出来?我觉得不现实,这不是你拼命就能带出来的事儿!孤独症是世界性的医学难题,至今连病因还没搞清楚,更谈不上对症下药。就我目前所知的情况,世界上还没有哪位家长能把孩子从孤独症中带出来。尽管有的孤独症孩子拿到了博士学位,有的结婚育子,但他仍然有孤独症,孤独症的本质特征依然存在,很难说是带出来了吧?!

我儿子是1988年底出生的。在婴儿期我就发觉他和别的孩子不一样,几个月就认字识物,能听故事,一岁半就会用连词表达,但他说出来的话大多是重复的车轱辘话,手部也有刻板动作。几个月时带他到儿童保健所做常规检查,因为他不会用动作和别人表示"再见",智力评分较低。当时我想,坏了,这孩子会不会是"陈景润型"的,与人交往一窍不通!后来,我发现他和别的小朋友玩不到一块儿,根本不关注别人,也听不进鼓励的语言。两岁多时带他到精神卫生研究所,就是现在的北大六院,杨晓玲教授给出的诊断结果是"孤独症倾向,高功能"。当时是第一次听到"孤独症",还不知道这是怎样一种病,觉得有病就治吧,但取出药来一看是叶酸和维生素B_6,我觉得这不都是补充营养素的吗?吃这些孤独症能好吗?当时,没有手机更没有网络,翻阅家中的几本医书也没有介绍孤独症的。后来,经朋友介绍,我咨询了中央教科所的一位专家,她告诉我孤独症是无药可医的不治之症,有这样孩子的家长压力特别大,因为他们的孩子都上不了小学。我一听,心就咯噔一下沉到底了,心想连小学都上不了,家长怎么受得了啊?!后来,我从杨教授那里和相关的资料上得知,孤独症是一种发生在儿童成长期的广泛发育障碍。当时了解到的结果就是:孤独症病因不明,无药可医,精神或智力发育迟滞伴随终生。我想既然如此,也就没有必要到处求医问药了。

我看到有的家长说想到自杀,我没有。我就哭过一次,觉得这就是自己赶上了,想不开也无济于事,只能达观一点。

张雁:您是怎么做到这么达观的?

肖扬:我觉得这跟我的个人经历和所学专业有关。从个人经历来说,我从小就在逆境中生长。我1955年出生,11岁小学算术课刚学到小数点就赶上了"文革"。我父母是高级知识分子,挨批斗、关牛棚、扣工资、房子被压缩、保姆也被迫离开,我要照顾患帕金森症的姥姥,还有弟弟。"黑五类"子女在学校很受歧视,不能参加红小兵、红卫兵。1970年就让我到校办工厂里劳动,当时是童工(笑),这使我比较早地进入社会,体会到世态炎凉。

1976年,我弟弟被查出白血病,两年后离世。我姥姥是1979年辞世的。亲人的相继离世,使我在很年轻的时候就深切体会了什么是生死离别，什么是肝肠寸断、痛不欲生。

还有就是我所学的专业也使我变得比较达观。恢复高考后，我考上南开大学，学习历史，硕士是在北京大学读的社会学专业。人文学科和社会科学这两种学术背景使我对社会、对人生的看法比较达观。仅就历史而言，纵观古今中外上下几千年，多少世代更迭，多少悲欢离合，真是沧海桑田，我们仅此一人而已，有什么看不开的？

张雁：您从来没有感觉到唯一的希望破灭了吗？

肖扬：我从来就没有把孩子当作"唯一的希望"，没有寄托太多。

张雁：您先生也不着急吗？

肖扬：这本来也不是着急的事，我们从来没有吵过，先生的脾气比我还要好。

张雁：但还是很难吧？

肖扬：难是肯定的！孩子上幼儿园，我不敢跟人家说是孤独症，怕幼儿园不要。到上小学的时候，就更难。其实普通孩子也挺难，我只能是到哪一步说哪一步，有什么问题解决什么问题。对孩子的问题当然要干预，但是时间一长或难度一大，他就急了，发脾气，前功尽弃。（在不掌握方法的情况下）有时干预越多越坏。所以我持一种"无为"的态度，无为而治嘛。有这样的孩子，家长要想明白了：不要希望他能"正常"，和平共处就好了，如再能有些进步就更好。当然，父母要尽可能地为孩子创造支持性环境。

张雁：我知道有一些家长给孩子安排了婚姻，希望将来父母不在了有妻子或孩子来照顾他们。您了解这方面的情况吗？怎么看？

肖扬：我觉得孩子不应该被安排婚姻。如果孩子自己没有这方面的意愿和需求，这种婚姻也是很难维系的。如果婚后再生个孩子，风险就更大了！总之，这是应该慎之又慎的事情。其实，我觉得这个问题的实质不是结不结婚的问题，而是孤独症孩子在父母离去后能不能得到照料的问题。在我看来，父母为他们安排婚姻实在是一种无奈之举，甚至可以说是拿着身家性命赌一把，而这恰恰是我们要着力推动政府和社会解决的问题。

张雁：在国外，残障人士的权利运动被称为"温柔革命"，国内的孤独症群体也做了很多这方面的努力。从您的亲身体会和社会研究的角度看，我们改变了什么？

肖扬：我觉得政府、社会和我们自身都有积极的改变。首先是政府出台的相关政策和社会保障措施，比如，残联系统正在落实的"两免一补"政策，以及特殊扶助金、重症残疾补贴、护理补贴的发放，小龄孩子的部分康复训练费用和成年孤独症人士的市场租房补贴等等都是从无到有。此外，融合教育、庇护性就业方面也在不断进步。我看到"十九大"报告里还首次写入了"弱有所扶"，相信弱势群体的生存环境会逐步改善。

社会层面的支持和前些年比也是越来越多了，如北京市孤独症儿童康复协会在798创办的"天真者的绘画"，从成立到运营都是靠爱心人士的常年捐助和辛苦付出。扶危济困是许多人的天性。有关孤独症的公益项目、各种活动，很多都是社会各界支持的结果。社会对孤独症的知晓度和包容度也在不断提升。

我们家长也逐渐成熟了。许多地方都建立了家长组织，社会影响力越来越大，家长成为推动我国孤独症康复、服务的重要力量。他们从孤独症的阴霾中走出来,变得更加坚强和睿智了。一些家长热心公益,无私奉献,做了不少事情。

张雁:我们家长是"以私人的动机追求公义",但私利和公义之间还是会有界限,可能会有冲突……

肖扬:私和公之间肯定是有界限的,要看情怀。办机构总得有人干,也总会有人干。家长现在又是服务者,又是监督管理者,还是资源提供者。有不少机构工资低,请不到合适的人,家长什么都自己做,累没关系,能累几年呢?我不是很看好,但我很能理解,这都是逼的。还有,一个机构、组织必须得有接班人,而且要比较早地培养接班人。当然,这个接班人不一定局限于家长。

张雁:我觉得您和田老师都给我一种很从容的感觉。为什么你们不怕老、不怕死?

肖扬:或许是因为我们总是处于被需要的境地吧!(笑)

张雁:最近几年,全国和各地"两会"上关于孤独症的提案、议案每年都有很多。

肖扬:是的,这几年发展很快,而且提案、议案涉及的面也更广了,对提高社会认识、引起政府部门的重视起到了积极的作用,但更重要的是如何把这些提案、议案落到实处。我和有的家长组织也讲过,要坚持年年提、持续地提,要注意在"两会"期间发挥媒体的作用,同时还要推动监督落实,不要期待立竿见影,特别是涉及立法的,十年八年才通过的并不少见。而且目前的"两会"制度还不够完善,我还经历过自己给自己写的提案做回复的事情。所以这是一个持续努力的过程,但从总的趋势来看,制度环境和社会环境还是越来越好。

张雁：我觉得中国孤独症群体这几十年的宣传倡导工作，创造了这样的一个机会，让整个社会摆脱野蛮和势利的风气，体会到人的价值、人的意义。

肖扬：是的，我也感觉到人性的回归，社会的文明程度和包容程度越来越高了。

张雁：看到新闻里披露的打骂残害残疾人的事件，每次都觉得特别恐惧。因为在一个野蛮的社会里，我们的孩子如果没有钱、没有亲人、没有保障……如果他什么都没有了，他就再也不是一个"人"了，别人想怎么对待他就怎么对待他……

肖扬：而且不用负责任。他们成了别人泄愤的工具，因为他们不能反抗、不会诉说，也就不会有人去追究，不用承担任何法律责任和后果。这与我们对残疾人的人文关怀和社会关照不足有关，也与法制观念、平等理念淡薄有关，所以宣传倡导很重要。你和一些家长创作的作品，对于提高整个社会的认知起到了很好的作用。心智障碍者的维权之路任重道远。

张雁：前十年、二十年我们一直是顺势而为，在整个国家繁荣进步的潮流中做成了不少事情，但现在我们老了，对未来也不再一味乐观。在您看来，未来会更好还是更坏？

肖扬：未来的事情很难准确预料，但总的趋势是越来越好，这是可以肯定的。从个体来说，我觉得家长要尽可能地提高孩子的能力，这是根本，比给他存钱成家都重要。历史的发展有必然也有偶然，但不论社会怎样变化，孩子自身能力的提高都是至关重要的。我对国家的未来是有信心的。我们一起努力吧！

尾声

我追寻答案,却总是抵达未知

＊牛牛绘画作品

⭐

十多年前,我的长子乐渔被诊断为孤独症。

我经过一年多的采访,收集了七个孤独症孩子家庭的故事,采访了孤独症领域的一些医生、教师、家长和志愿者,写成《蜗牛不放弃——中国孤独症群落生活故事》。在书中,我提出两个问题,一个是:我们死了,孩子怎么办?另外一个是:像我们这样的孩子,他的人生有什么价值?

这本书和上一本书一样,在孩子、家庭、社会和我本人的成长当中,不断追寻这两个问题的答案。

十多年过去,孩子们都长大了。他们有的成为博士生、大学生;有的成为图书管理员、教师;有的热爱音乐,学为人师;有的擅长绘画,作品出现在国际名模的服装上;有的热爱户外运动,骑着滑板车行遍天下……但更多的人成长为普通的残障人士,他们中的大多数需要在有保护的环境里生活和工作。

⭐

在不断追寻答案的过程中,我渐渐发现:"孤独症孩子的人生有什么价值"这个问题并不是提给孩子们的,而是提给父母、家庭、学校和整个社会的。换句话说,这个问题的实质是:我们如何看待自己的孩子?剥离开那些财富、能力、阶层、出身种种元素,人的生命本身有什么价值?如何按照生命的本来面目理解和接受他们?

有孤独症的孩子，正是在这一点上，用他们充满矛盾和困惑的存在，打破了人们心中的种种成见，触及了人们不愿正视的终极问题，要求我们做最诚实的回答。

在这个问题面前，如果我们的回答不合格，那么，不管孩子的"程度"如何，他和我们的生活都可能是一场悲剧。

在养育一个孤独症孩子和一个普通孩子之后，我渐渐发现：教育孩子的过程其实是家长自我教育和自我发现的过程。无论是普通教育还是特殊教育，我们都需要从根本上重新审视我们的目标、程序和手段。尊重生命自身的价值和成长规律，理解每一个孩子的特质，尊重他应有的个人权利，培养他成为有尊严、有自主能力的个体，让教育为他的人生服务。把他当作人，有思想、有情感、有情绪的人，而不是可以随便支配的机器和工具。

在这本书里，我讲述了一些出色的孤独症人士堪称奇迹的故事，但更多的是普通的家庭、父亲和母亲、兄弟姐妹、志愿者和教师，他们帮助孤独症人士，与孤独症人士相处的故事。因为那些平凡琐碎的故事才是我们生活的原生态。

如果我们把眼睛仅仅盯在几个成才、成名的榜样和典型身上，我们将永远看不见他们的真实感受、处境，以及他们为了生活做出的可贵的努力，看不见他们对我们生命的影响和改变。如果家长拼命努力的目标，仅仅是让他们努力"赶上"其他孩子的正常水平，混进普通人当中读书、就业、结婚生子，那么，不管多么努力、付出多少牺牲，我们仍然不能发现他们生命的特质和潜能，无法理解他们的存在对家庭和社会的意义，抓不住我们的社会因应这些特殊人士的需求而改进的契机。

如果是这样，那错不在孩子，而在我们。

⭐

至于"我死以后孩子们怎么办？"这更是一个令人忧伤的、无解的问题。

2016年8月，西安交通大学李俊芝老师突然病故。她有孤独症的21岁的儿子被寄养在舅舅家。前往探望孩子的人们看到，人高马大的男孩全身赤裸，没有语言，也不能理解他人的话语，经常大发脾气。他的父亲试图送他进入托养机构，但是由于亲属间意见不一致未果。这个孩子就这样混乱地、毫无尊严与希望地活着。他才21岁，他的未来会如何？

一个城市的大学教师尚且如此无奈，贫困的残障孩子父母就更加束手无策了。同月，《人民日报》报道一位九十多岁高龄的农妇，育有三个生活不能自理的残障儿子。她为了让自己过世后孩子们有饭吃，辛苦积攒下两大缸稻谷，被称为"积谷妈妈"。遗憾的是，"积谷"并不能保障儿子们的生活。不说别的，稻谷在缸中容易发霉，如果没有村民帮助翻晒，很快就会霉烂变质。

在中国，很多残障孩子的父母给孩子提供保障的方式，跟这位"积谷妈妈"大同小异，无外乎是给他们存钱，留下资产；让他们的兄弟姐妹照顾，或是给他们安排一门亲事，让其配偶甚至未来的孩子照顾他。

在当今社会里，对于孤独症孩子而言，这样的"安置"方式不但不适合他们的生活需要，自身也难以实现。

　　社会化是解决他们养老的根本出路，社会福利保障是他们可靠的凭依；不仅是对孤独症的孩子，对所有可能失去能力的人都一样。

　　由于孤独症群体的长期努力，对于孤独症群体的私力救济一直是积极、有力的，但是，我们必须认识到，私力救济的力量是有限的。在"以私人的动机追求公义"的过程中，"私"仅仅提供一个出发点，而制度化、规范化的解决方案一定是基于良好的社会运作、整个社会的利益协调与价值共识的。

　　公平、民主、文明、兼顾各方利益、照顾弱势群体的政治制度、法律体系、社会运作规则、组织架构，才是我们留给孩子们最宝贵的遗产，也是他们未来生活最有力的保障。

　　从个体来说，我们必须要把孩子交给有能力并且愿意照顾他的人，或是由这些人组织的机构。如果没有，我们就聚合所有志同道合者去创造——这就是我们的使命，也是我们一直在做的事。

　　我们都是时代变革与社会进步的受益者。中国第一代孤独症家长大多是50后，如今都已六七十岁，他们的孩子已经是中年人，他们的使命已经基本完成。而我们这些第二代家长所要做的事太多，时不我予，老之将至，我们还能再做些什么？再努力几年？后来的人，能否接续我们的未竟之路？

　　在这本书里，我试图回答这样三个问题：作为孤独症群体，我们面临的是什么？我们都做了些什么？我们还要做什么？

当书稿初成时，我才发觉自己是如此自不量力，追寻问题、探索世界的过程就像剥洋葱，永远达不到最后一层。我只能讲述我看到、听到的故事，让读者凭借有限的内容去还原、想象整个事件的来龙去脉。

世界是如此奥妙深广，我寻求答案，却总是抵达未知。

秋天刚开始的时候，我的父亲去世了。作为一个非常节俭的人，他为我们留下了一定数量的遗产。但是，当我们在整个夏天里轮流到医院里陪伴他，为他擦洗、按摩，为他送上可口的饭菜，当我们聚集在一起商量关于后事的一切细节，当我们在他的墓前献上鲜花和祭品，当我们彼此拥抱着哭泣和互相安慰时，我深深感到，他留给我们最宝贵的遗产是：让我们彼此相爱。

如果我们能彼此相爱，那么制度、法律、规则、技术、方法、共识等那些我们觉得难如登天的东西，都会慢慢无中生有。

父亲教会我们的另外一件事是如何面对死亡。我们怕死，因为死亡对我们来说意味着湮灭，意味着失去控制，对世上的一切无能为力，无法保护自己最放心不下的亲人。但是，父亲面对死亡的通达、智慧和忍耐，让我意识到：死亡是人生的一部分，正如孤独症是世界的一部分。如何面对死亡，就如同如何面对残障一样，是我们人生必不可少的一项功课。身为孤独症人士的家长，我们带着巨大的恐惧和担忧生活，亦因为这恐惧和担忧，催生出保护弱势者权益的制度、法律、机构、组织、团体。这是四十多年来我们社会文明的伟大成就之一。我们参与其中，与有荣焉。

所以，"我死以后孩子怎么办"不是一个有确定答案的问题，而是一个对于生命本身的追问。它的答案不是写在纸上的文字、图案,而是我们每一个人日复一日、具体鲜明的生活。

最后,我把杰克·吉尔伯特的诗献给大家,让我们互相慰勉,走过下一个十年。

> 我们死去,永恒地融入泥土。
> 当我们还有时间,应该坚持。

后记

这本书拖拖拉拉写了将近三年。要感谢的人太多了。我先说两个人。

刘娲是《蜗牛不放弃》的责任编辑,十多年来我们成为志同道合的朋友,一起为孤独症群体服务。2015年,我跟她商量要写《蜗牛不放弃》的续集,她说"好,你先写个大纲"。

然后,我就没下文了。

过了半年,我写了个大纲给她。她提了意见。我觉得她的意见很好,但是,我不知道怎么改,所以又没下文了。

又过了半年,我的朋友叶倾城问我:"你说的那个书写得怎么样了?"

我说:"大纲没通过,不知道要怎么写。"

她说:"你给我看看。——这不挺好的吗?快写呀!"

我一听高兴起来:"真的呀?那我去写。"

这就到了2016年。大约10月份,我拿出了第一稿。

刘娲看了,说:"行,我知道这个书有了。"

不用她说,我知道这个初稿没法要——大部分是这几年积累的旧稿的堆积，整本书的筋骨脉络根本还看不出来。

改吧。

于是有了第二稿、第三稿。

作为一个编辑和朋友，她从来不催我，不说否定的话，总是为我的每一个微小的进展欢欣鼓舞。

催我的是倾城。在整个书稿的写作过程中，每过一两个月，她都会问我："你的书写得怎么样了？快写啊！"

有时候，我对她吐槽："我为什么要写这个呀？写这个对别人有什么用？对孩子有什么用？对我自己有什么用？"

她总是一句话："别想那么多，写吧，写出来再说。"

我有一份全职工作，有两个孩子和一个家要照顾，但这并不是我"拖延至死"的理由。很多时候，压力来自自我怀疑，怀疑自己的能力，怀疑写作的意义，怀疑一切的努力都是徒劳。

一度，我几乎要放弃所有有关孤独症的写作，因为觉得自己没有力量去帮助别人。

感谢何子和方静邀请我加入以琳自闭症家园微信公众号的编辑工作，在我最低潮的时候让我重拾信心，恢复了写作的状态。

在我迷茫的时候，戴榕给了我很大的鼓励。她说：如果没有人来记录这段历史，我们做的很多事情可能根本不会为后人所知。

感谢曾鹏宇为本书起了一个简洁明快的名字。

感谢亲爱的小猪同学为我的书稿调整篇目。

感谢所有对本书的写作提出意见的朋友。感谢所有鼓励我、帮助我的朋友。你们的爱照亮了我的路。

*《我追寻答案，却总是抵达未知》
张雁/摄

感谢所有接受我采访、授权我使用作品、为我提供资讯的朋友。

感谢支持我的家人。

最后，要感谢所有的孩子，包括特殊的孩子和普通的孩子。这本书是为你们写的。为了你们，我们要创造一个更好的、更适宜人们生活的世界。也许我们看不到这一天的到来，但希望属于坚持不懈的人。

张雁